蒋萌网评

2005年度人民网最具影响力的十大网评人

● 蒋萌 著

福建人民出版社

图书在版编目(CIP)数据

蒋萌网评/蒋萌著.—福州:福建人民出版社,2006.12

ISBN 7-211-05385-2

Ⅰ.蒋...　Ⅱ.蒋...　Ⅲ.①时事评论—作品集—中国—当代②杂文—作品集—中国—当代　Ⅳ.I217.2

中国版本图书馆CIP数据核字(2006)第114193号

蒋萌网评

JIANGMENG WANGPING

作　　者:蒋　萌
责任编辑:陈艺静　林俊杰
出版发行:福建人民出版社　　**电　　话**:0591-87533169(发行部)
网　　址:http://www.fjpph.com　　**电子邮箱**:211@fjpph.com
地　　址:福州市东水路76号　　**邮政编码**:350001
印　　刷:福建省天一屏山印务有限公司
地　　址:福州市铜盘路278号　　**邮政编码**:350003
开　　本:850mm×1168mm　1/32
印　　张:12.125
字　　数:287千字
版　　次:2006年12月第1版　　**2006年12月第1次印刷**
印　　数:1—2500
书　　号:ISBN 7-211-05385-2
定　　价:19.90元

序　言

吴兴人

蒋萌的第一部评论杂文集即将出版，他要求我能在他的文集前写几句话。我欣然应允。

今年25岁的蒋萌是东方网的特约评论员、北京市杂文学会会员。出道不到两年，却有一定的知名度，在国内的互联网上已为网民们所熟知，可谓是一位时评和杂文新秀。

在蒋萌25年的人生经历中，有过常人难以想像的种种磨难。12岁那年发现脊髓长瘤，这种病在青少年中的发病率只有十万分之零点三。仅仅两年时间，这个活蹦乱跳的孩子脖子直不起来了，胳膊抬不起来了，手不能动了，路不能走了，最后发展到呼吸困难，四肢瘫痪。

蒋萌的父母亲带着他，几乎走遍了北京所有大医院的神经内科和外科，寻访了所有这方面的医学专家，甚至也曾以极为虔诚的态度求助过那些所谓的“气功大师”，但他的病情还是没有丝毫的好转。就在一家人陷入绝望的时候，北京301医院的神经外科专家，曾经为战斗英雄麦贤得主刀的段国升教授提供了他从一篇论文中得到的信息：上海华山医院做这种脊髓肿瘤手术，成功率是80%。于是，1994年春节刚过，他的父母亲以及他当外科医生的舅舅一起护送他踏上了开往上海的火车。

为蒋萌主刀的是上海市十佳医生、华山医院神经外科专家徐启武教授。第一次手术从清晨一直做到晚上10时，上半段的脊柱——从颈部到胸部的椎板被一一打开，肿瘤被小心翼翼地取了出来。因为在整个手术过程中长时间地趴着，当他被推出手术室时，头部肿大，脸部变形，已经认不出原来的模样。他在重症监护室整整住了40多天，气管被切开，心跳一直在180次/分钟上下波动。然而，在手术十几天后，上臂就能抬起来了，这个被医生、护士和病友称为“小北京”的孩子激动地哭喊着：“我的手又能动了！”两个月后，徐启武教授再度为蒋萌进行了长时间的手术——从胸椎至腰椎。脊髓内的病灶至此方才得以彻底摘除。半年后，一家三口回到北京。

生命被挽救过来了，后遗症却相当严重。他的下肢恢复得不好，只能借助于轮椅。然而，那时才十四五岁的蒋萌没有在命运面前低头，也没有过多的自卑和叹息。他说：“只有承认现实、面对现实，想办法让自己在现有的状况上更好一些。身体是改变不了的，但要改变能够改变的状况。”11年来，他以惊人的毅力，在病床和轮椅上坚持自学，用自学来改变“能够改变的状况”。借助于复读机，他的英语达到大学研究生的水平，能用英语与国外的同学通信，还翻译过一些作品。对电脑也情有独钟，打字、上网、修理、装配，件件都能拿得起，还先后安装过五六台电脑，运行都很好。远在国外的朋友，电脑碰到了故障，也通过网络打国际长途向他咨询，请他“远程会诊”。安置于床头的电脑已经成了他须臾不可离开的朋友。他常常猫在网上，在网上学习，在网上写作，在网上购物，在网上获取了很多的知识和信息，也在网上交了许多至今未曾谋面的朋友。互联网扩大了他的视野，拉近了他和现实社会的距离，使他的生活不再寂寞，也使他的精神变得更加充实。

蒋萌的爸爸蒋元明是著名杂文家，也是我主持的东方网时评专栏的特约评论员。前年的一天，他与我谈起蒋萌的近况，谈起蒋萌与电脑的缘分，我听后顿生一念，对元明说："让蒋萌为东方网写点短评行不？你们若能父子'同台'，岂不甚好？文章发表，稿酬照付。"元明听了十分高兴，他知道蒋萌天天写日记，文字功底不错，"我怎么就没有想到这一点？"他说："待我回家和他谈谈，听听他的意见。"

2004年5月27日，蒋萌给我传来了他的第一篇时评，题为"F1需要'花瓶'吗?"。F1是"Formula One"的缩写，意思为"世界一级方程式赛车"。作者不赞成电视台在转播F1比赛时请美女出场当主持人。他写道："电视节目是否受观众欢迎，主要不是看主持人的长相、年龄，更不是看他们的性别。关键在于节目的内容、主持人本身是否有自己的特色、是否拥有所主持节目方面的知识，以及是否有控制节目进程、调动观众情绪的能力等等。观众不需要'花瓶'来做节目点缀。想看美女的话，换时尚频道好了。"文笔虽然有点稚嫩，但立意和分析都不错，次日东方网就发表了。这对蒋萌鼓舞极大。此后，他便隔三差五地传来时评，也大都发表了，且多有佳作。

就这样，蒋萌的写作一发而不可收拾。近两年来，不但在东方网、人民网发表时评200余篇；还在《光明日报》、《中国青年报》、《工人日报》、《北京日报》、《羊城晚报》、《今晚报》、《杂文报》、《讽刺与幽默》以及《国风》、《民主》、《前线》等报刊上发表时评、杂文近100篇，不少文章都有自己独到的见解，因而有的被《读者》、《报刊文摘》等报刊转载，有的还引起了更广泛的注意。例如，《是狗疯了还是人疯了?》一文被选入2005年度的《中国最佳杂文》（收入该书时，改题为《"狗咬美女"，谁疯了?》），《我国大学"一流毕业生"哪儿去了?》一文则被人民网评为"2005年度最具影响力的十大人民时评"之一。2005年4月，他写了几篇涉日的时评，中共上海市委宣传部副部长宋超同志读后感到文笔不错，分析精当，又有网评的特点，于是问我"蒋萌是谁"，我告诉他蒋萌是北京的作者，一个张海迪式的青年。宋超同志很高兴地说："应当鼓励他多写。"

法国作家雨果说过："苦难，经常是后娘，有时也是慈母。"命运对蒋萌的确相当不公，使他从12岁开始，因为不得不与病魔作殊死搏斗而失去了与他的同龄人一样正常上学的权利，不要说大学、中学的门没有进过，就连小学也未能读完。然而，人的潜能也真是一个奇妙的东西。命运的打击压不垮坚强的意志，心理的健全却能减轻命运的打击。一个人倘能倾注全力于一点并持之以恒，那么，他就能做出常人难以置信的成绩。蒋萌虽然没有上过正规的大学，但他写的不少时评，却未必是从大学新闻专业毕业并熟读新闻写作理论的人所能写得出来的。他坐着轮椅进入一所没有围墙的大学，走出了一条自己的路；他靠着坚强的意志和信念，在精神上奇迹般地站了起来。于是，苦难也就从"后娘"转化为"慈母"，对他露出了亲切的微笑。蒋萌有时为了赶写一篇文章，常常熬到半夜。我想，他坐在电脑前聚精会神地打字的镜头，将会成为一种自强不息精神的典型写照。

元明自然更高兴，不仅因为儿子从此有了一份适合自己做的工作，有稿费收入可以养活自己而使做父母亲的放下了一桩心事。他告诉我，儿子现在的精神状态好极了，觉得自己能对社会做出贡献，也是一个有用的人了，没白活。

记得1983年，我曾应约为蒋元明的第一个杂文结集《嫩姜集》写过一篇书评，发表在《语文学习》杂志上。我在那篇文章中说，姜是老的辣，却是嫩的香。想不到23年过去，又一部"嫩姜集"即将问世，这枝嫩姜经受了更多霜冻。在中国现代杂文史上，父子同操时评杂文这一行且成绩卓著者鲜见，这也可谓是文坛的一段佳话！

2006年9月1日

目　录

柴米油盐

官风民意

书香味外

荣辱之间

地球村语

柴米油盐

房价还会涨到哪里去

物价，是所有精打细算过日子的百姓最关心的一件事。前些年，人们关心的是一斤粮食一斤鸡蛋涨多少，现在的话题却集中到房子这样的“特大件”了。2005年3月17日，央行正式上调商业银行住房信贷利率。这一举措使人们的目光再次聚焦到“房价”这一热门话题上。

好像吃了兴奋剂，近几年房价一路狂飙猛涨，许多地方几年翻一番。据说上海徐汇区的房价已经窜到每平方米16000元了，陆家嘴更是涨到每平方米几万元。国家统计局数据显示，2004年第四季度，35个大中城市中，有9个城市房屋销售价格涨幅超过10%。其中，青岛同比上涨19.8%，南京上涨15.2%，济南上涨13.7%，杭州上涨13.4%，沈阳上涨12.0%，成都上涨11.4%，宁波上涨11.1%，上海上涨10.4%，重庆上涨10.3%。2004年全年新建商品房平均售价上涨14.4%，远高于其他各类物价涨幅。回顾近几年涨价历程，上海房价自2000年开始上涨，4年翻番。杭州更惊人，3年涨一倍。北京在奥运、中央商务区等概念推动下，连通州、大兴等远郊区房价也近翻番。看来，全国同时“普涨”已是不争的事实。涨得多的上海被视为“龙头”，成了“众矢之的”。

那么，房价为什么会普涨？又为何选在近几年大涨？

首先，刚刚结束没几年的福利分房，使得亿万中国百姓必须从“无产者”转为自行购房的“有产者”。私人购买力的迅速形成无疑是商品房销售的最基本条件。随着经济高速发展，生活水平大幅提高，公众对改善居住条件的愿望也越加迫切，不仅众多已有旧房者要重新购买，更换更大更舒适的新房，而且在每年约800万对结婚新人中，大部分新人也需购房。广阔的市场空间、强大的需求无疑为房价上扬提供了巨大的源动力。

其次，20世纪90年代以后职工工资普遍出现较大幅度的上调，人们腰包渐鼓，不少家庭都有了余钱。与此同时，“积极储蓄支援国家建设”不再时兴，银行利率9年8次下调，利率极低。国家提倡消费拉动内需，投资、保值、增值开始成为议论焦点。但期货不是一般人“玩”的；炒汇太专业也没那么多外汇；股市连续4年走熊，至今一蹶不振；保险理赔难，业务员高提成，感觉一点不“保险”。买房投资、拥有一笔能“留传”的不动产成为相当多人的共识。加之银行从1998年起对个人贷款购房实施鼓励政策，城镇居民一户购买多套住房的情况已相当普遍。据上海市统计局最新抽样调查，21.7%的上海城镇家庭已拥有两套以上房屋，拥有3套以上的也达到2%。央行3月18日公布的2005年1季度对全国50个大、中、小城市进行的城镇储户问卷调查结果也显示，有22%的居民准备在未来3个月购买住房。

此外，“大城市效应”在房价上涨中同样有着不可估量的影响。比如上海凭借雄厚基础实力成为中国经济的领头羊。申办世博会、承办APEC峰会等大型活动，使之在国际和地区间的地位有了显著提高。天然优质深水港更使其在贸易航运方面拥有得天独厚的优势。而北京本已是首善之区，又乘奥运东风、海淀IT和高新技术，得到了迅速发展。诸如杭州、天津等许多城市也都有着各自的优势或优惠政策。各城市兴旺繁荣除引来众多投资、诸多国际著名企业外，当然也吸引了大量“北漂族”、海归派、留学生、民营企业家和外商。这些新“移民”往往充满活力，具有较高学历与收入，为房价上涨做出的“贡献”着实惊人。

还有，大城市房地产投资的广阔“钱”景，当然逃不过奸商的眼睛。房地产公司、楼盘如雨后春笋的同时，诸如虚假按揭、囤积哄抬楼价、买空卖空制造虚假繁荣等黑幕也被陆续曝光。温州炒房团等投机炒家更是四面出击，把各地楼价炒了个“乌烟瘴气”。一些地方当局也帮着商家炒高房价，把生地炒成熟地，把熟地炒成热地，还炒“概念”，什么经济圈、商贸圈、花园区、黄金区，等等，造成经济繁荣假象，制造政绩。这种种行径严重扰乱了正常楼市和经济秩序，制造了“泡沫”，使人们想起了前几年狂热的股市！

上述诸多交织在一起的合理与不合理、理性与非理性、合法与不合法的因素，形成“合力”，使房价狂奔，也使各方在楼市是否存在“泡沫”、哪些地区存在“泡沫”、“泡沫”大小等一系列问题上难以形成共识。上海以它的中国第一大都市、“金融中心”、“东方明珠”等身份，使其绝对房价和涨价均列前茅。

面对房价之高、居民难以承受之痛及客观存在的炒家、黑幕，中央和各地政府已经予以高度关注，积极着手出台措施，力图减缓遏制楼价无序疯涨。上海将对网上备案房源超过200套、撤销排行榜位列前三名的楼盘展开调查。“富海商务苑”、“耀江花园”等7家楼盘已因涉嫌网上虚构合同被勒令停牌。上海市财政局、地税局已宣布除调整上海市中低收入家庭住房购房贴息外，将对居住不满一年出售的二手房征收5%的营业税。根据上海经验，北京市房屋交易信息公示和预售合同网上签约系统也已正式运行，还将对合同撤销率过高或恶意退房给予充分曝光，严打虚假繁荣、哄抬房价。本次央行上调房贷利率，目的也很明确，就是对市场发出一个信号！相信还会有其他措施陆续出台。

政府在对房价进行调控的同时，也要考虑稳定和各方利益。所以，很难指望它下“猛药”。何况，上有政策下有对策，一些地产商、炒家、机构为利益驱动会联手“硬扛”，继续提价将风险转嫁给消费者。这种博弈的继续，使房价的走向带有不小的变数。当前中国股市的“熊”样，很容易让人联想到房市。人们寄希望于各级政府用科学发展观指导改革与发展，提高驾驭市场经济的能力，别让股市的疯狂与惨跌在房市上再度重演。

2005年3月20日

成本，测算房价暴利的尺子

在接连宏观调控之后，房价上涨的“火箭”上升趋势得到一定程度的遏制。但各种数据也显示有的地方房价回落甚微，有的地方还在小涨。因而，公众对房产暴利质疑仍旧频频。可一些部门与开发商却声称房价已调整“到位”，“没水分”了。然而，一则消息掀起了波澜。

2005 年 8 月上旬，福州市物价局在全国率先公布了该市的商品房社会平均成本。所谓“商品房社会成本”是指商品房总成本中除销售管理、“隐性”费用外，包括地价、建筑安装、配套设施等在内的最主要部分。据介绍，福州此次分地段、分等级对 101 块合计 2632 亩的公开挂牌地块进行了成本核算。结果显示，福州商品房平均开发成本在每平方米 2019～2305 元之间，而福州上半年商品房平均销售价却达到每平方米 3587 元。售价减去成本，那就是约 50％的平均利润率！而且，测算还显示利润率通常会随楼盘档次上涨，最高竟超过 90％！

平均 50％的利润率，还未必就已测算“到位”，说“没水分”蒙谁？据统计，在国内 35 个大中城市中，福州房价还只算得上中等水平。在“全国楼市一片红”，预售、期房、贷款建楼等风险、资金压力被大部分转嫁之后，各地房价的“猫腻”、开发商真实的投入产出比更像一个谜。媒体称福州此举为“重磅炸弹”，相关人士也表示，官方首次以确切数据揭开房产内幕，很可能引发“多米诺骨牌”效应。

事实上，人们通常所说的暴利，在经济学术语中就是超额利润，即超过正常利润以外的利润。而暴利由于远高于正常的收益，对于攫取者而言自然多多益善，而且它还会千方百计地维护暴利环境及其循环。可对于社会和国家，暴利则是在掠夺、榨取社会财富，扰乱正常经济秩序，不断积累着金融风险。暴利行业的规模与涉及面，更直接影响着金融的风险系数。然而，究竟多少数额与比例构成暴利，却不那么容易一概界定。尤其在各种名牌及奢侈品被追捧的情况下，尽管一些商品售价早已偏离正常价值，但价格的疯涨很难受到合法的干涉和约束。再加上一些地方政府的政绩观出了偏差，房产商、投机者才敢在短短两三年间疯狂炒地、囤房、拉涨，暴利思维也成了楼价上涨的最猛烈的“催化剂”。

那么，楼价高位硬挺背后究竟蕴涵着什么？

首先，对于国家所采取的稳定房价的软着陆策略，“赚疯了”的投机商恐怕未必“领情”，早已深陷其中也使得“顺坡下驴”并非易事。一些不协调的“打气”论调，更使少数房产商仍抱幻想，有恃无恐。

其次，由于前两年所积累的巨额暴利及“多宰一个是一个”思维，某些房产商在客观和主观上都能够维持暴利链条在相对一段时期的楼市不景气中硬挺而不断链。

其三，也是最重要的一点，则涉及著名的“博弈论”。作为运筹学的一个分支，博弈论探究竞赛、对抗的性质，被广泛应用到对经济、社会、政治等诸多现象的解释。谈及博弈论，必涉及

“囚徒困境”这一博弈论里最经典的案例。“囚徒困境”讲的是两个嫌疑犯（A和B）作案后被警察抓住，隔离审讯；警方的政策是“坦白从宽，抗拒从严”，如果两人都坦白则各判8年；如果一人坦白另一人不坦白，坦白的放出去，不坦白的判10年；如果都不坦白则因证据不足各判1年。结果，两人都选择了坦白，各判8年徒刑。故事中俩囚徒均从利己目的出发，结果损人不利己，这一案例已成为“纳什均衡”也称“非合作均衡”的最好诠释。由此所推导出的“合作是最大利己”已成一条黄金定律。国内彩电、空调、汽车等“价格战”更被商人认为是“前车之鉴”。一些报道揭示房产大佬们每逢新政出台必共商对策，各种强撑观点不断，楼价岿然不动，实质上都是在构筑攻守同盟，试图以合作垄断实现最大利益。说白了，就是房地产商抱成一团，在死扛着一个往下滚的巨石，能扛多久是多久。

但所谓物极必反，只要是泡沫，终归会破。在市场经济、反垄断、完全竞争的大环境下，任何脱离实际价值的行径都不可能长期得逞。“暴利同盟”由于各方利己的思维而勾心斗角、尔虞我诈，最终也必将土崩瓦解。世界贸易组织成员国强调反垄断的目的也在于防止社会经济效率受损。20世纪90年代初的海南房地产，以及1996年、1997年的香港楼市泡沫都是前车之鉴。这其中，真正发大财淘到金的只是极少数人，更多人以及地方则深受其害。直到现在海南还在为“烂尾楼”犯愁，香港经济受楼市拖累同样损失不小。

尽管福州此次公布商品房成本并不会直接影响楼价，但它至少让公众获得了部分早该具有的知情权，使一些红嘴白牙的谎言不攻自破。但同时人们也注意到，此次测算结果3月份就已明朗，但直到8月份才公布，这据说是怕“对社会影响太大”。而且，物价局已测算出每个楼盘成本，却不打算一一公布。可见，真相“见诸天日”背后的阻力有多大，有多少无形的手在左右楼市走向。但这毕竟是一次开端，坚冰已经打破。正像几年前中国的股市一样，先知先觉者大声疾呼股市有泡沫，股市已成大赌场，可各方利益集团却恨不得杀死这些“早叫的公鸡”，连有关职能部门也参加死扛，不断出台“利好”措施，结果呢，扛住了吗？5年熊市，市值缩水一半，小股民“遍地哀鸿”不说，许许多多的券商、机构不也深受其害吗？

公布商品房的成本，让公众对楼市的认识更加清醒，各种黑幕也将不断揭开。好戏还在后头。

2005年8月29日

“红包”还是“劳务费”的纠纷

在湖南衡阳市南华大学第一附属医院，近来发生了一起患者未能做手术就被医生从手术室里推出来的事件。据患者家属讲，病人因脑血管梗塞住进该院，需要进行一次脑部手术。术前该院医生告知患者丈夫，手术需要从广州请专家来做，因此要另外交2000元“劳务费”，作为专家的“差旅费”，而且这部分钱没有收据和发票。患者丈夫答应了。手术当天，患者女婿在给这2000元“劳务费”时问了一句：这钱算不算“红包”？能不能少一点？这些话使医生非常生气。之后，患者丈夫就接到了医生的电话，说手术不能做了，原因是医生压力太大，手术没把握。

对这2000元的额外费用的性质各有各的理解。医院认为这是“劳务费”，因为专家往来车费、住宿、吃饭、做手术等都需要花钱。虽然物价部门对此没有具体的规定标准，但收取这样的费用已成惯例。而患者家属则认为，这是在手术费用外另加的，又不给发票就属“红包”，并已聘请律师，准备对医院提起诉讼。

医生收取患者家属的“红包”早已成为一种丑恶现象，且在被禁之列。但这2000元与“红包”有所不同。医生敢公开要，而且还将其写在“医嘱”里，可见其理直气壮。其实，专家到其他医院出诊本是件好事，不仅患者不必远赴他乡求医，实现医疗人才资源的共享，而且可以促进医生之间的交流，提高各地医疗水平。问题是对于这种医生的“流动”目前还无法可依。有的只是医院与医院之间签署协议，实现人才的交流共享。还有很多情况是医生的个人行为，也就是所谓的医生“走穴”。问题也可能就在这里，医生付出的劳动、往来路费、食宿等等都需要钱，而这些费用都没有相关的标准，往往是按“惯例”行事。医院认为是因为患者才请专家来实施手术，费用自然该由患者出，加之可能为了避免财务上的一些麻烦，很多情况下这笔请“外来”专家的费用就要由患者“额外”支付了。患者一方则往往将医方看成一个整体，你让他另外多出钱，他就有怀疑；一旦医疗效果不如愿，更容易产生不满情绪以至医疗纠纷。

假如有关部门对这种医生“走穴”现象不加以规范，还会产生其他问题。医生可能会因忙于“走穴”，耽误本单位的正常工作。出现医疗纠纷，是由医院负责，还是由“客座”专家负责也没有相应的说法。此外，由于主刀医生是临时请来的，对患者术前的病情了解也很可能不充分，术后患者可能出现的各种情况也无法立即采取措施。还有，由于这种医生交流的不规范也会产生税收的盲点。

像这样不规范的角落，其他行业也存在，甚至更严重，比如教育、建筑、科研等等。在变革时期，会不断出现许多新的问题，这都是正常的。问题是法律法规、制度建设也要相应地及时跟上，不然就会像改革之初那样，容易出现今天当罪犯抓进大牢，明天又当改革家放出来的尴尬局面。针对医生“流动”现象，如能尽快出台相关的法规加以规范，是“红包”还是“劳务费”的纠纷也就会大大减少。正所谓没有规矩，不成方圆。

2004 年 6 月 27 日

对医院收费“检查合格”的质疑

北京市卫生局公布了近期对全市医疗服务价格的检查结果：49家三级医院中，只有5家被查出违规收费，其中“最大头”的是一家医院因护士“笔误”，多收了900元麻醉费，其他4家涉及金额均是几块钱的“毛毛雨”。此外，则是所谓物价举报箱和举报电话分离、举报电话明示位置不规范等小毛病。也就是说，医院收费问题不大。

对于这样的检查结果，人们纷纷提出质疑，认为这是在“护短敷衍”、“避重就轻”，根本无法解释公众抱怨最多、意见最大的大处方、检查项目繁多、药品和检查费居高不下等突出问题。

为什么医疗主管部门和公众之间存在着巨大的不同看法呢？

医疗行业的特殊性决定了针对某一病征，可能确实需要数种检查才能确诊或排除病因。对于各种疾病，以最少检查取得最高“命中率”，不仅要求医生具备大量医学知识，更需丰富临床经验。这实际上却引出了如下问题：即医生因经验不足，或为减少误诊及后续麻烦，则可能让患者多做检查。医书及相关守则更不可能硬性规定检查项目与数量。因此，检查项目多，可能是因为客观需要，也可能是医院为保险而“宁多勿少”，甚至也可能是借机多收费。而出钱的病患方则对所有检查都可能产生“被宰”的心理，这给专业机构判断哪些检查到底是“必要”还是“不必要”带来了很大的难度。

相比之下，大处方显然容易判断，医院药价比平价药房贵了不少，拿回扣获取暴利更已是公开的秘密。那么，这些为啥“查不出”？或者说有啥“难言之隐”？实际上，这还是牵扯到“以药养医”、医疗服务费用与药品价格倒挂等“老大难”问题。我们看到，医疗体制改革虽然已进行10多年了，包括公立医院在内的诸多医疗机构也已自负盈亏了，然而，按现行标准收取的诊疗费用远远不能满足医院各种设备、人员、运营的开销。比如一位专家一上午看20个门诊，医院收入挂号费顶多数百元。一例费用为5万元的心脏手术，手术科室仅能拿到2000元。这与医务人员的辛勤付出显然不成正比。算下来，医生的技术报酬还真不一定有“的哥”开出租车拿得多。因而，医院自然得想法儿“堤内损失堤外补”。《北京市卫生统计资料汇编》显示，2003年北京地区各类医院平均每人次诊疗费用为262.78元，其中药费竟占190元，比例高达72%！正是由于这种情况的普遍性和“必要性”，尽管主管部门对症结所在心知肚明，但只要医院、医生不搞得太“过火”，通常也只是睁一眼闭一眼。此次没查出什么“大问题”自然很好理解了。

许多问题都说明，医疗市场化运作，已在客观上将医患置于对立面。许多患者认为医院、医生纯粹是赚钱机器，血汗钱被无可选择地榨取。不少医生则被医院强行要求完成“定额”、并奖励“超额”，个别医德败坏者干脆借此发财。诸多对医疗服务的不满、纠纷，甚至患者使用暴力等现象，根源都在于医疗的市场化。医疗服务，本应是社会最大的福利之一。世界上可能只有美国的医疗市场化、私立化模式称得上可行，而人家的市场化是建立在健全的社会保险保障机制上的，政府和公立医院则负担少数弱势群体的医疗服务。其他如英国、日本、加拿大、法国，医疗机构尽管有公立、私立主导之分，但都是由政府或行业组织管理，确保服务规范，医疗费则由政府承担全部或绝大部分。如果说发达国家经验还不足以说明问题的话，再来看 GDP 比中国低许多的那些国家。诸如苏丹、缅甸、布隆迪、肯尼亚、利比亚、古巴、朝鲜……他们实行的都是全民免费医疗制度，公众甚至压根没听说过什么诊断费、手术费、药费！

亡羊之后，应当赶紧补牢，还去检查到底是丢了三只还是两只羊，那有意义吗？

2005 年 9 月 7 日

“平价医院”的疑问

卫生部领导在2006年全国卫生工作会议上提出，各地应建立一批平价医院或平价病房，解决老百姓看病难的问题。对此，卫生部新闻发言人表示：虽然大多数医疗机构还戴着“公立”帽子，也被归为“非营利组织”，但事实上并未承担相应职能，指望其一夜之间回归“本位”不现实。因而卫生部决定“另起炉灶”，解决低收入群体的医疗问题。关于平价医院如何筹建、由谁投入、有何标准等等，似乎也有了点眉目。

然而，好事却没给人带来多少好心情，因为疑问不少。

首先，谁来建平价医院？卫生部表示，平价医院建设资金主要依靠地方政府投入，建多少、建多大也都由地方自行“酌情”决定，全国没有统一标准。在地方财政普遍“哭穷”的情况下，“朦胧宽松”的建设目标以及主要由地方“出血”的方针，在具体落实执行时能有多少保证？卫生部与地方政府并不存在隶属关系，你让它出钱它就出钱，灵吗？卫生部门能管的该是诸多“公姓”医院，看着它们以药养医、追逐暴利无可奈何，却要“指示”地方政府投资“另起炉灶”，这是什么思维方式？

再看平价医院的几条原则：一是低价不能低质；二是医务人

员的待遇要保证，不能让好医生流失；三是要考虑流动人口特别是农民工的需求，并制定相应政策。医院服务好不好与硬件设备和医生素质密切相关。要保障这两条则又离不开——资金。事实上，已有人质疑平价医院使用陈旧或者被淘汰设备，但似乎目前还没有相关界定与管理措施。此外，药厂与医药器械商早习惯了与医院“合作”维持暴利，面对少数没多少“油水”的平价医院，医药用品提供是否真能“又便宜又好”？至于平价医院的医务人员待遇，更是敏感话题。面对“普通医院”的大处方、高回扣，平价医院所谓“合理的待遇”参照什么？靠什么来保证“合理待遇”呢？

就算一座城市建起了一两家平价医院，那也是杯水车薪。我国44.8％的城镇人口和79.1％的农村人口都没有任何医疗保障，均存在“有啥别有病”，小病扛、大病拖的普遍现状。且不说平价医院能不能真正解决低收入“困难群体”看病难的问题，就是非“困难群体”的普通老百姓难道就该去普通医院“挨宰”吗？没这个理呀！

医改是一个社会的全局性问题。既然卫生部承认“公立医院就应该是平价医院”、“现在的公立医院职能失位”，且对名为“公立”实为“营利”的医院尚无“私有化”提法，那么就应从全局入手，解决众多已是尽人皆知的医疗暴利、体制不顺之弊，纵然这可能困难重重，但总比另起炉灶来得切实。因为，平价医院“没有具体的日程表和比较明确的标准”！要等到猴年马月全没准儿！

面对医改一团乱麻，有关部门急于想辙冲出重围，这完全可以理解。但也不能病急乱投医。作为公民最基本福利的医疗保障，需要的绝不是权宜之计，更不是画饼充饥！

2006年1月12日

盖70个印章背后的制度缺陷

新学期开学两个多月了，可广东的中山大学、华南理工大学、暨南大学、广州民航职业技术学院四所部属高校的助学贷款仍然没有全部到位。而广东省属高校助学贷款受理银行的招投标才刚开始，贷款预计期末才能到位。助学贷款迟迟发不下来，很多贫困生面临窘境。

学校和学生普遍反映贷款手续太复杂。银行为防范风险，办理助学贷款的申请与个人商业贷款的手续类似。申请助学贷款者首先需提供乡镇一级政府出具的经济困难证明，之后要经过个人申请、班级讨论、学院负责人签名盖章、公示3天、处理投诉、学生处汇总审核、网上公示、学校资助委员会确认、主管学生工作的校领导签字和发文等等一大套程序。盖的章也多如牛毛，办好一份贷款要盖70多个“戳”。真正是层层“把关”，处处有坎。一些学校开学后就加班加点办贷款，每天工作至深夜，国庆节不休息。就这样，一些贫困生还是没拿到钱。

银行防范贷款风险是可以理解的，毕竟它是商业机构，即使不赚学生的钱，也不能赔本。部分高校毕业生还贷率低也是事实，一些高校的违约率甚至超过20%。按专家的说法，违约率不超过4%，才不赔本，20%显然是银行无法承受的。这些因素也造成银行对助学贷款并不热情。但由于国家的鼓励，新的国家助学贷款办法的出台，还款期限的延长，风险补偿专项基金的建立，部分利息由财政补贴等一系列利好政策，在一定程度上增强了银行的信心。

但是，目前银行仍然以繁琐的手续、繁多的印章、漫长的审核等“原始手段”，期望避免贷款风险。这样真能解决违约高、还贷率低的问题吗？恐怕未必。实际上，最根本的原因还在于国内个人信用制度的缺乏及个人信用法规的不完善。这导致名为“信用”贷款，实则毫无“信用”可言，因为信用根本无从考察。由于信用制度的缺乏，即使按时还贷，个人信用度并不会随之提高。而那些违约的人，也不会受到惩罚，其社会信用度、诚信度也不受丝毫影响。显然，这是极不符合市场经济规律的怪事。而助学贷款的放贷初衷也与其他商业贷款不同。别的贷款是贷“富”不贷“穷”。但助学贷款正好相反，它是以“穷”为首要条件，越穷越贷，这无疑增加了还贷风险。此时就更凸显出信用、诚信的重要性。因此，如果不彻底解决信用问题，逐步建立一套完整的信用体系，单靠繁琐的手续，所谓的严格审核，并不能解决根本问题。它除了徒增劳动强度，降低工作效率，产生大量不满外，基本毫无益处。

这也让人联想到如今很多机制、制度上的缺陷，造成大量无意义的“空忙”。经常是为办一件事，人们要无数次地往返于各种机关、部门。很多本可一次办成的事，因制度缺陷，被人为“细化”，还美其名曰“分工明确”。这样一来，办事成了马拉松，所有项目还不能同时办理，需按顺序逐个“攻关”，只要有一处“卡壳”，整个进程都将停滞不前。这使人们对政府机构的工作效率，公职人员的业务水平产生了极大怀疑，引发了诸多不满。而实际上公务员也是在照章办事。办事者无数次往返，公务员同样在重复大量不必要的工作。

不久前，耶鲁大学教授陈志武对“中国人为什么勤劳却不富有”的解释曾引起广泛关注。他认为：这主要是因为中国的制度资本不足或制度成本太高；众多廉价劳动力的勤奋工作在经济增长初期弥补了制度资本的不足，这是中国经济近二十几年高速增长的重要原因；当国家的制度机制不利于市场交易时，人们的相当一部分勤劳是为了对冲制度成本；在高制度成本或低制度资本下，公民不仅必须更勤奋地工作，而且只能得到更低的收入。当然，这一观点也在国内引发了一些争议。但有一点是各方都认可的，那就是中国人勤劳却不富有的根本原因在于制度成本太高。

应该看到，中国近 20 年的高速发展，制度改革在其中起到了相当作用。改革提高了制度资本或降低了制度成本，促进了劳动积极性，打破了大锅饭。然而，必须承认的是，目前相当多的制度依然存在缺陷，一些社会体系也仍处于构建的初级阶段，有大量劳动资源浪费在繁琐而无意义的工作上。比如助学贷款就要盖 70 个印章就是典型一例。由此可见，加大改革力度，深化制度改革是必须也是十分迫切的。

2004 年 11 月 24 日

450 亿元的课本费与半个饼

新学期早开学了。有人算过一笔账，我国目前在校生约为 2.2 亿人，按每人每学年 15 本教科书计，课本总需求量达 30 亿册左右；30 亿册左右的书需 55 万吨纸，造 55 万吨纸又要砍 1100 万棵大树；假设每本书 15 元钱，一年就是 450 亿元。然而，以惊人代价印出的教科书却是十足的"短命鬼"，一学期四五个月后，仍旧很新的教科书和辅导材料、尚有许多空白页的作业本，对学生和家长便成了弃之可惜、留之无用的"鸡肋"。要么是塞满家里书柜、要么当废品处置。如此年复一年，造成巨大的浪费，至于森林木材的巨量消耗，造纸业对环境、水源的破坏更是难以估计。

书籍的"寿命"本应取决于两方面：一是所含知识的有效性和内容吸引力，二是物理磨损程度。教科书内容相对固定，那就看磨损程度了。据了解，在不少发达国家，教材一般由政府提供，并循环使用。一本教材平均使用 5 年，至少经过 8 个学生使用才"寿终正寝"。一些中国小留学生很有感触，上了几年学愣是没"轮"上一回新课本。老外如此"物尽其用"，显然使每本书的经济与社会效益发挥到了最大限度。我们却是另一番景象。尽管自 1986 年以来一直在稳步推进"普九"义务教育，但书本、学杂费实际上仍需个人掏腰包。教科书“私有化”不但给共享循环设置了机制障碍，更人为地缩短了教材寿命。并且，一面是城里家庭旧课本没出路，另一面贫困地区的孩子又因交不起书费无法上学。2004 年国家拨给贫困地区免费教材的专项资金就达到 17.4 亿元。中国人多，即便全国每个在校生一年只省 10 元书费，那也将是 22 亿元的惊人数字！

应当说，教材浪费并不是今天才被意识到，循环问题也早有过呼吁。但有关部门却一直不太热心，这又是何故？虽说在操作上可能有一定难度，但深层次原因显然不在于此。有道是“再穷不能穷教育”，加上“课本私有化”，如今的教科书、相关辅导材料实际已成一个巨大的赚钱产业，而且还具相当垄断性。每年指望着课本这最大“畅销书”发财的人绝不在少数，花样繁多的辅导材料更是铺天盖地。这一“大户”如真搞起节约循环，牵扯的则是十分微妙又相当现实的行业利益问题。在一些人看来，反正羊毛出在羊身上，老百姓在教育上投入，“拉动内需”不说，还培养人才呢。这样的高论正是导致今天巨大浪费的一个原因。

建设节约型社会的必要性毋庸置疑，但观念转变以及客观矛盾的化解难言轻松，站在不同角度，以不同的眼光来看待，问题的利弊也会完全不同。从教科书一例已能看出端倪。而各种矛盾利益牵扯、行业垄断、摆谱浪费……也对培养勤俭意识“从娃娃抓起”产生了负面影响。

前两天，一位老教师的举动令人感叹也引发了一些争议。面对被学生扔掉的半个饼，一位老教师并未有太多责备的语言，只是对学生说：“你们没经历过困难日子，不知道粮食的可贵”。尔后便要将饼送入口中。扔饼的学生见状，立刻跑上讲台，和老师一起把饼吃了。有的学生哭了，更多人则以“震撼”、“沉重”、

"影响一生"来形容感受。半个饼看似小事，但节约的观念对学生而言却不是小事。数亿册教科书的浪费，带来的负面影响不止是物质上的，还有精神方面的，不可怕吗？

2005 年 9 月 11 日

“驴拉宝马”的思考

前些天，媒体报道了一起“驴拉宝马”事件。车主林先生年底花200多万元购买的顶级宝马车接二连三出现各种故障，虽经数次维修，却是旧病未愈，新病又发，最后这宝马干脆趴窝、歇菜了。车主在经过多次交涉经销商不答应退换、指定维修点始终无法将车修好的情况下，干脆买了3头驴拉上“病马”游街，并声称要这么一直拉回杭州。

车主把拉“病马”游街解释为万般无奈之举，但明眼人一看就知道这是想让宝马车“丢人现眼”，让其名誉扫地，通过媒体宣传施压，引起宝马公司的注意。不管能否解决问题，先出口恶气，把舆论造出来再说。这两天情况似乎有了变化，车主不再提“游街”回杭州的事了，对之前所说的诉诸法律也连称“持保留意见”。另据宝马公司中国代表处公关部经理透露，宝马公司与林先生正在交涉沟通中，并声称“相信双方能达成共识。”很显然，这“病马游街”见效了。

问题出现解决的曙光是件好事，但令人感到纳闷的是为什么很多事都要以这种“非正常”途径才能得到解决。相信两年前武汉那起砸大奔事件人们还历历在目，车主也是在多次协商未果后，一怒之下把大奔砸了。一砸还真管用，奔驰公司随后也与车主“达成共识”，事情也不了了之。

实际上，不管是宝马也好、大奔也罢，不管多高级，都有出现质量问题的可能。但不能因此就说出现问题很正常，厂方就可以推卸责任。一个产品的好坏不单单在于它出厂时的品质，更有赖于其售后服务，对于汽车这样很需要保养的物品就更是如此。而且，任何产品的出售价格其实已含有一定的保修费用。何况昂贵的宝马、大奔，本来质量就应好于普通车辆，三番五次出问题，经多次维修又无法把车修好，眼看数百万打水漂的车主一怒之下和厂家来个鱼死网破，让其丢人现眼也就不足为奇了。虽然这种“游街”、“砸车”事件也有利用媒体炒作之嫌，但不把人家逼急了，能有这样的“过激”行为吗？

有人可能会说，与其砸车游街找媒体，不如找消协或法院正当而且文明，这个想法不错，但情况却远没想像中的好。中消协近年来接到了大量关于汽车质量问题、新车退换、维修弄虚作假等投诉，但由于汽车“三包”规定尚未出台，解决这类纠纷没有法律依据，消协所做的只能是调解而已。因为调解没任何强制效力，买卖双方各执一词，很难达成一致意见。在砸大奔事件中，消协甚至根本不予受理。既然消协不行，那法院应该主持公道吧？可是现在不少人不愿打官司。倒不是人们法律意识淡薄，因为现在打官司过程犹如马拉松，少则一年半载，拖上好几年也不稀奇。此外，调查取证也是麻烦事，往往得消费者自己出面，遇到的困难和艰辛没经历过的人是无法体会的。这一过程不仅会耗费消费者大量的时间、精力，诉讼费、律师费、调查取证费、误工费等一系列损失更难以估量。到最后还未必能有令人满意的结局，有时候赔偿根本弥补不了精神和物质上的巨大损失，碰上执行难的问题，更叫人有苦难言。与单个的消费者不同，厂方有专门的律师顾问，打官司是他们的专业和强项，而且人家不怕拖。

这是一个尴尬且啼笑皆非的社会现象：很多久拖未决的老大难问题通过正当手段去解决，耗时费力效果差。弄出点“轰动效应”找媒体，反而能更快地解决问题。难怪有好事的人编出顺口溜说是“甭管市长热线，还是法律热线，全都不如新闻热线”。然而，奔驰、宝马“名头”响，新闻媒体关注程度高。那买不起宝马，买“宝驴”出了问题还能得到媒体这样的关注吗？

俗话说：“没有规矩，不成方圆”。想必宝马、奔驰在它们的原产国是不会出现上述“爆炸”性新闻的。发达国家对消费者权益保护有完备的法律条款，事情根本闹不到这个地步。所以，新闻媒体在关注个案的同时更应大力呼吁加快法律、条例的制定，并积极献计献策。相关机构也应随着时代的变化，加快各项立法的步伐。法院、消协等机构在实践中更应遵循依法、高效、透明的办事原则，减少中间环节，让当事人都能够且愿意通过正当渠道解决问题。

但愿像这样的砸奔驰、拉宝马之类的闹剧会逐渐减少，依靠法制解决问题，保障消费者真正成为“上帝”的时代能够早日到来。

2004 年 9 月 8 日

20年个税走了多远？

《个人所得税法修正案（草案）》提交人大审议是近年来的热门话题。修改主要涉及两点：一是个人工资、薪金所得减除费用标准，即通常所说个税起征点从800元提高到1500元；二是高收入者要自行申报。

个税制度改革的迫切性，相信已不存在什么疑问。诸如800元起征点20多年不变，就业者800元以上月薪比例2002年就已达52%，2004年个税收入65%来自工薪阶层，个税“劫贫济富”等问题早成众矢之的。此次由800元涨至1500元，也是全国首次统一提高个税起征标准。

对于这项旨在减轻中低收入者税负、加强对高收入者税收征管的改革，公众反响如何？

起征点提高，直接效果便是缩小纳税人群，对中低收入者肯定是利好。然而，对1500元起征点，相当多群众还是表示定低了，太保守。截至2005年8月31日晚，人民网一项调查人数近4万人的调查报告显示，约有64%的投票者认为起征点应定在2500元或更高，选择2000元者比例约占18%，仅11%选择1500元。出现如此结果，显然并非偶然。社会处于转型期，诸如教育、医疗、养老、住房等一系列十分现实的压力与问题，通常只能由公众自行承担，许多城市家庭月均开销已远超过 1500 元。因而尽管比起 800 元，上调幅度似乎已“很大”，但考虑到诸多实际情况，以 1500 元作为“富余”的分水岭也仍显过低。加之居民收入不断增长，这样一项应在较长一段时间保持稳定的制度，更缺乏前瞻性。

针对《个人所得税法修正案（草案）》规定，各地统一执行，起征标准“一刀切”，不少人也提出了不同看法。即各地发展水平不均，贫富差距较大，使得 1500 元收入者比例、所能获得的生活条件、地区价值均大不相同。因而建议起征点在一定范围内浮动，允许各地酌情处理。对此，据说国内在政府部门和法律界之间的争论很大。核心便是法律的公平一致性与严肃性。然而，抛开争议以及纯理论研究不谈，我们注意到不少发达国家在此问题上，实际也只是将薪水作为参考基数，具体纳税额还要考虑个人所处地区、家庭总收入、人口等等因素。这种处理方式显然更具人性化，也更加客观。法律是人定的，是为人服务的，拘泥于条框、观点之争，以人为本从何体现？而广州自 2004 年个税起征点已是 1600 元。北京、上海此前也都自行上调至 1200～1400 元。如 1500 元统一标准成为现实，面对广州“降价”可能引发的抱怨，上海、北京“微涨”的不疼不痒，欠发达地区“大涨”导致财政收入减少，各地真能严格遵守吗？会不会诱发违规冲动？而在发展差距客观存在、财政各自独立的情况下，以平民所得税平衡各地贫富现实否？税法如得不到广泛认可与严格执行，又谈何严肃性？一刀切能体现出理想中的公平吗？

对高收入者的管理，此次个税法修改也存在操作难点与不确定问题。首当其冲的就是高收入的界定。事实上，如今任何条文中都没有明确规定收入达到什么水平才算高收入。演艺圈、体育界由于是“众矢之的”相对好说。但年薪10万元左右乃至几十万元的公司职员算不算高薪？你说高薪应自行申报，可人家还自认是“工薪族”呢。诸如自由职业、律师、教授等具有相当隐性收入群体则更难控制。单靠自觉自行申报现实吗？其次，起征上调那点“小钱”，对高收入者几乎没什么影响，高收入群体税率是否变化实际上才是问题的关键。然而，这在此次个税改革中显然并不明朗。有人更一针见血地指出这是“济贫不劫富”，对目前个税征收重点、贫富缴纳比例倒挂状况很可能并无多大改观。

关注缴税的同时，许多人心中还存有如下疑问——2004年中国个税收入已达1700多亿元，这些钱究竟哪去了？按道理，税款应“取之于民，用之于民”。然而，相比一些发达国家高税收下包揽“摇篮到坟墓”的一切，中国公众在上学、医疗、养老等一系列公共福利领域却极度缺乏付出认同及回报感。“纳税光荣”往往停留在口头上，纳税人缺乏应有的知情权，对税款用途不清不楚，这也对公众纳税心理产生了十分消极的影响。

据悉，全国人大法律委员会将于2005年9月27日对此举行听证会。这也是《中华人民共和国立法法》明确立法听证制度以来，人大常委会举行的首次立法听证会。人们有理由要求听证会能真正广泛听取公众意见，而不是成了地方听证的形式套子、走过场。所谓万事开头难，面对个税政策存在的诸多问题，提高起征点，只能说是迈出了解决第一步。不可否认，若达到理想中以税收调节收入、贫富，体现公平，纳税人真切体会受益，则还路漫漫。

2005年9月1日

“民工荒”只是冰山一角

每年春运，上亿人次的大流动，成为牵动全国的重大新闻。这其中的主角，就是几千万的返乡民工。“民工潮”、“返乡潮”给世人的印象是，中国的人力资源丰富而廉价，取之不尽，用之不竭。

然而，自2004年春节过后，广东、福建等地的不少中小民营企业却发现招不到工人了。仅广东“农民工”的缺口就达200万人，导致众多企业停产或开工率严重不足，“招工”成了很多企业的头等大事，出现了“民工荒”。面对这似乎从天而降的问题，专家学者们纷纷发表高见，仔细一分析，发现这“民工荒”只是农民工问题露出的冰山一角。

首先就是农民工的收入问题。广东、福建等沿海地区是民营经济发展较早的省份，前些年当内地许多城市的月人均收入还在几百块的时候，农民前往上述地区打工每月能拿到上千元的报酬，这在当时是十分令人羡慕的。然而随着这些年经济发展和物价水平的高速增长，农民工的收入却并未“与时俱进”，“原地踏步”不说，还出现了大量的欠薪现象。不少农民工辛辛苦苦干了一年却拿不到工钱，为了追回工钱，他们甚至做出了爬塔吊、跳楼、自焚等种种极端行为。不久前，在深圳做文化工作的一位朋友忧心忡忡地告诉我，10年前他去深圳，月收入1000元左右，与民工差不多；现在他一月可拿一万了，而民工还是只有千儿八百，差距太大，造成巨大的心理不平衡，所以民工经常闹事，经常发生抢劫，民工区成了“不安全区”。

其次，农民工的生存状况也令人担忧，他们的基本权益经常无法得到保障。这不仅表现在他们工作环境中，还体现在居住和生活环境里。比如，沿海很多的中小制鞋企业在厂房内无任何通风设备的条件下，为省成本竟然使用含有剧毒的粘合剂，这样恶劣的工作环境导致工人患上了各种呼吸系统疾病，甚至是癌症。此外，广东、浙江等地的众多小五金企业由于缺乏保护手段，农民工被冲床切掉手指，甚至切断手腕的事例也是比比皆是。强迫工人加班加点在不少企业更是家常便饭，而且根本没有“加班费”一说。各种搜身、偷窥、监视等侵犯农民工人身权利的事件屡见报端。很多农民工的居住条件也十分恶劣，几十人挤在一间密不透风的小屋，大通铺头碰脚等情况十分普遍。其他诸如婚配、子女入学、医疗保健等多方面的问题更是无人管。深圳的朋友还说，边远地区来的青年，许多在城里干不了几年，身体垮了，落得一身的病走了；又来一拨新的。他们是在用健康换钱，付出与所得根本不成比例。

这些问题其实一直存在，为什么会在2004年突然爆发“民工荒”呢？劳动和社会保障部对全国26个使用农民工较多城市的2600多家企业的调查显示，2004年企业雇用的农民工人数比2003年还增加了13%。可见总体的民工进城人数并未减少，还有增加的趋势。有专家指出，导致民工大量短缺的一个重要原因在于2004年的经济发展过热，不少地区都出现了大量技术含量不高的中小劳动力密集型制造企业，使得劳动力需求量骤然增加。同时，有些大厂发展壮大了，走向正轨，企业的领导者开始注意工人的福利和社会保障等问题，打工的当然要首选条件好、有保障的企业，而那些盲目投资的或是劳动强度大、工资低、保障差的中小企业自然就靠后站了。但是，与我国数以亿计的剩余劳动力相比，即使对农民工的需求量增加几百万，按道理也不会出现“民工荒”。这又暴露出另一个问题——劳动力市场信息的传递不畅。由于目前我国劳动力中介机构的不规范，不成熟，多数农民工的流动依然是靠老乡之间的相互介绍。结果造成盲目流动找不到工作；那些农民工的需求信息在短时间内又无法传递到广大的农村。这些事该谁来管呢？

中国的改革是从农村开始的，农村改革后面临的是大量的剩余劳动力。中国的改革带来了翻天覆地的变化，而农村变化却大大滞后，有些地方甚至与改革初期差不多。许多地方，“分田到户”后改革就没事了，20多年没有再推出新举措，可耕地越来越少，粮食越来越不值钱，各种税费摊派越来越多。种粮不如买粮，买粮就得打工，而打工问题又是一大堆。可见，农民工问题是一个根本性的问题。中国要实现现代化，要全面建设小康，要加快城镇化，离开了占人口绝大多数的农民行吗？单是一个农民收入低，就严重影响到消费增长，消费增长缓慢又制约了经济的发展。道理就这么简单。

农民问题已经引起中央的重视。2004年初中央出台了关于农民增收问题的一号文件。“民工荒”给我们敲响了一次警钟，倘若农民工的诸多问题长期不能得到解决，最终可能会出现全国范围的“民工荒”，那将给国家建设、经济增长、人民生活带来巨大的影响。而且，“民工荒”还只是农民问题的冰山一角。重视农民，深化农村改革，增加农民的收入，调整利益分配，保证民工的合法权益，既刻不容缓，又任重而道远。

2004年8月13日

城市建设的“嫌贫爱富”

随着经济的高速增长，近年来，中国的城市发展正以前所未有的速度大步向前。从千年古都到“发展新锐”，在许多城市的好地段，高楼大厦如雨后春笋。众多由高档公寓、写字楼、购物中心、会员制休闲健身场所组成的“富人区”，其豪华程度令人惊叹。这更成为一些城市引以为傲的资本，被当作政绩、形象向外界展示。然而，能在“富人区”潇洒快活的终究是少数人，很多人慢慢发现，城市建设和改造正呈现“嫌贫爱富”、“富进贫出”的趋势。

实际上，如今城市的“富人区”、黄金地段原本多是平房、大杂院。“原住民”大部分是最普通的百姓。自20世纪90年代，城市建设从单纯政府行为过渡到政府引导下的市场行为，各种资本开始大举进入房地产业和旧城改造。改造必要拆迁，精明的商人首先瞄上了“烂房子下的好地段”。最初几年，“原住民”的安置一般是回迁，根据家庭人口补偿新房。这对拆迁户也是最理想的“黄金时代”。可好景不长，资本逐利下的“好地段”被迅速瓜分，地价被越炒越高，甚至占开发成本的40%～45%。为“捞本”，更为“掘金”，开发商不断把楼建得更高，单套面积和楼群密度变得更大；其次则是鼓吹“概念”，提高售价；当然，最管用的还是尽可能压低成本，高成本的回迁被取消，代之以货币补偿，而且是越补越少。政策上也表现为鼓励外迁，苛求回迁。加之福利分房结束，需求与投机共同作用下的房价犹如“脱缰野马”，不少地方的城区房价均翻番，有的飙至每平方米万元以上，而经济适用房则全部建在城边或郊区。这些因素共同作用所导致的结果是，拆迁户所得那点“有效”面积补偿款，哪怕是买同档次地段最小户型商品房都“势比登天”！出路有两条：一是自己添几十万元买城里的房子，二是迁往郊区。作为社会最普通的平房居民，绝大多数只能选后者。事实上，在拆迁、回迁、补偿等一系列问题上基本是政策、开发商怎么“划道”就得怎么走。如果不满、拒签协议、上访，往往被冠以“暴民”、“钉子户”。到最后人家还有强制拆迁这个杀手锏。强势之强与弱势之弱形成了“城市的贫富格局”。

而且，“嫌贫”范围之广已不仅波及低收入人群。按说每月收入 2 千元在东部地区已算得上中等收入。但这样的薪水想在北京、上海、杭州等市区供养一套 80 平方米以上的两居室同样困难！因为房款、装修、税费、物业、贷款利息相加，“中等收入”者至少得 40 年不吃不喝才能供养这么一套房！因此，不管是改善住房条件还是“新移民”安家，很多人同样不得不选择相对便宜的郊区。

搬到郊区，生活会发生怎样的变化？居住条件是改善了，但一系列问题纷至沓来。首要难题：进城上班上学不方便。“长途跋涉”与交通拥堵使人们必须“披星戴月”，可郊区公交车却是“晚发车早收班”，晚点如“家常便饭”。想换工作？郊区就业机会稀少，在买方市场条件下就业，保饭碗还来不及，谁敢冒这险？而且好学校哪会搬到郊区？望子成龙者只能天天进城。不是说汽车进入家庭，路远路近没关系吗？可那得看实力！买车、养车，每天跑数十公里的油费，还得月月还房贷的普通人，想想都头疼！你有工作能跑远路还算好的。原平房区很多住户都是下岗工人，年龄大、学历低、没技术，再就业本来就难，在城里时还能靠摆小摊、干临时工糊口。可郊区的荒凉连这些机会都没有。很多人负债买房，又断了生计，生活比以前更艰难。医疗、购物、社区服务等等更没戏！如果说现实困难还能尽量克服、忍耐，心理、精神上的变化更令许多人难以承受。城市被分为三六九等，住中心区、富人区，那令人羡慕。在郊区除非是住别墅，否则，就可能是“贫民区”了。很多老人因“与世隔绝”人都变得迟钝了。年轻人则深感因为钱少被“边缘化”，被社会排斥，在就业、医疗、各种服务方面都不能与“城里人”相提并论，感到压抑、不平。

也有人认为：发达国家也有很多人在城里工作，在郊区居住。这是城市的发展趋势。但国情不同。许多发达国家城乡差别不大，乡村、郊区、大小城市的区别主要体现在建筑风格、发展途径等方面，在收入、生活、医疗等水平上并无很大差异，人们更多的是根据意愿选择居住地和生活方式。私车普及率已不必说，日本新干线、伦敦地铁等更是公共交通高度发达的标志。在现代交通工具的帮助下，城市与郊区不管是物理距离还是心理距离都被极大地拉近了。相比之下，我们在社会发展程度、社会保障、制度与管理、思维方式等诸多方面仍有很长的路要走。

更重要的一点还在于，我们实行的是中国特色社会主义，党的宗旨是一心为民，代表最广大人民的根本利益。市场经济是讲经济效益，也允许先富起来的人在居住、生活上“领先一步”，但这必须有个度。如今一些地方片面“提升”城市档次，开发商、投机者对地价、房价疯狂进行炒作，各类设施全部高档化，人为形成“富人区”，这在客观上导致了广大中低收入人群被忽视、排挤、边缘化。这种牺牲大多数人利益，让少数人暴富、获得最多实惠、享受最多社会资源的城市“发展”，谈得上公平、公正吗？能构建和谐社会吗？能可持续发展吗？

在当前城市化进程、小城镇建设成为中国发展的主流意识的条件下，我们必须认识到脱离多数人实际的“现代化”的负面性。华丽奢侈的“外表”不但缩小不了城市与农村的贫富差距，城市也会出现更为严重的两极分化。“富人区”与“贫民区”的演变，将考验我们的执政基础，影响全面建设小康社会的伟大目标。

2005年5月26日

600 亿和 193 亿之争

一条江河，10 年治污，治污效果不明显，看到的却是为争论到底花了多少钱的两军对垒。

淮河发源于河南省桐柏山，流经豫、皖、苏三省，于扬州三江营汇入长江，全长约 1000 公里，是我国第三大河流。它不仅承担着重要的航运作用，其水质好坏更影响着沿岸 1.6 亿人民的生产生活。而淮河污染问题也早已不是新闻，国务院于 1994 年就提出了要对淮河流域进行大规模水体污染治理，以及“2000 年水体变清”的目标。

如今 2000 年早已过去，淮河治污情况到底如何呢？根据 2004 年 5 月和 7 月新华社记者实地采访后撰写的两篇文章来看，淮河不仅没有变清，污染势头还出现了反弹，而且呈现出了急剧增加的趋势。主要水质污染指标已达到或超过历史最高水平，流域内约 60％的水为劣五类。文中还有“10 年 600 亿治污资金付诸东流”一说，于是引发事端。日前，国家环保总局环境规划研究院的一位副院长，在“人民网”上发表未署名文章，声称 600 亿元治污资金子虚乌有，政府淮河治污投入为 193 亿元，谴责记者是为出名而不负责任地胡编乱造。记者们立即进行了反击，列举出了种种数据证明600亿元绝对“靠谱”，而且还是保守估计。环保专家也回应以“炒数字没什么意义”。一番唇枪舌剑就此拉开。

到底是600亿元正确，还是193亿元真实？尽管淮河已治理了10年，但“权威部门”竟然一直没有对10年治污总投入作过测算和公布，这不得不说是审计、监督部门的重大失误，也给资金的使用情况留下了相当多的疑点。这样一项浩大工程直接或间接投入、花费，以及给沿岸企业、个人带来的确切经济损失显然也不是凭简单估算就能推导出来的。所以，这实际上还是一笔糊涂账。

也许记者们自己算出的600亿元治污资金有一定道理，600亿元听上去也的确具有强大的震撼力，足以吸引眼球，引起关注。此外，从社会学角度来看，污染状况能引起各界关注是好事，三两个记者出不出名倒在其次了。某些专家对此的反映是不是太过强烈呢？既然国家都没有对10年治污费用做出统计，这193亿元这个数字又是怎么算的？是不是嫌记者揭开严重污染的伤疤，又爆出600亿元这“天价”，让某些人颜面扫地了？其未署名的用意更是值得回味。

仔细想想，在花了多少钱上争论不休毕竟意义不大。实际上不管是600亿元也好，还是193亿元也罢，都不是一个小数。这两个数字中的任何一个都足以体现出政府是花了大钱，下了大决心要治理污染的。既然钱已经花了，我们更需关注的是其产生的实际效果！至于资金到底投入了多少，是否合理、资金落实情况、是否存在腐败这得由有关方面彻底调查后去得出结论。

新华社记者的两篇稿件至少反映了目前淮河污染的严重性，让全国人民知道了淮河污染的真相。让人们认清了过去某些人夸夸其谈，各地虚报瞒报篡改污染指标数字，欺上瞒下，鼓吹10

年治污巨大“成就”，邀功请赏的种种行径，也暴露出了某些当权者追求政绩不惜以环境为代价的自杀式发展，更让人们知悉了上游发财致富、下游遭殃的现状。看着照片中黑褐色、充斥着绿藻杂物、臭气熏天的污水，看着负债累累渔民的绝望眼神以及他们被污水浸泡后腐烂的皮肤，看着遍布河中的死鱼、死虾、死野鸭，谁能不感到巨大的震撼？

当然，要说这600亿元或193亿元都白花了，浪费了，从来没见到效果也肯定不是事实。在治理初期，相当一部分污染企业都被勒令停产，大企业也被强行命令兴建污水处理设施，河水水质也因此有了一定改善，这是相当好的开局。10年来，淮河流域GDP翻了一番多，而污染主要指标COD（化学需氧量）的入河总量并没有跟着翻番，COD入河总量从1993年的150万吨还减少到了2003年的123万吨。目前污染加剧的情况实际是由于监管放松，治污力度减小，排污企业故态复萌、排污行为死灰复燃，以及各地计划建造的城镇污水处理厂动工率严重不足，生活污水排放甚至占到污染物总量60%所造成的！

借用一位治淮专家的话，“如果简单地认为淮河10年治污付诸东流，显然不是实事求是的态度。如果没有这10年，淮河绝不会是现在的样子。”因此，现在决不能对治污失去信心。我们曾努力过，也确实见到了实效，经验教训都有，特别是任何事一旦放松，其后果都是难以想象的。惨痛的教训已经历历在目，提醒着人们治污力度，对污染的警惕性时刻都不能放松！人们更关心的是下一步怎么办，有什么举措，淮河何时才能真正变清！

2004年9月24日

“人造水景”是福还是祸?

有道是“智者乐水”。水是生命之源，有灵性之美。随着环保意识的不断提升，辖区内有天然河湖的城市受其利。这令没能“自然天成”者羡慕不已。好在有“改造自然”一说。近年来，华北、西北不少城市正掀起一股打造城市“水景”之风。

为了造“水景”，一些城市或“筑坝拦河”，或“挖地造湖”，方针均是圈引流经之水，不让或少让“肥水流到外人田”。据统计，仅黄河流域就有16个大中城市完成（或计划）了“人造水景”。投资金额少则数亿元，多则数十亿元。因为有了“灵气”，“造景”城市环境改观，受群众欢迎，对招商引资也有促进作用。“水景”旁边的地价通常大涨，大规模房地产开发后，房价更会持续“飘红”。先引水、再卖地；形象好、益处多，于是乎许多城市竞相“造景”。如此既得政绩，又赢民心的事，何乐而不为!

然而，一个不争的事实是中国水资源短缺，尤其是华北、西北等地区，缺水就更为严重。上游地区再比赛着“截水造湖”，使得下游本已十分紧张的“水荒”变本加厉。江河超过或接近承载极限。严重缺水制约了社会与经济的发展，地区间用水矛盾也日益突出。不仅如此，看起来“很美”的人造水景，也有许多隐患：其一，造湖蓄水必然使地下水位大涨，水位大幅起落对地面建筑的影响，在一段时间后才能显现。其二，由于水质差、泥沙淤积、岸底防渗，一些人工湖犹如“一潭死水”，为了清淤、治理、维护，每年耗资相当巨大。其三，不少人工湖实际上就是“城中水库”，汛期如遇强降水，上游流量猛增，人工湖再排水泄洪，必然使整体泄洪量陡增，加大了防洪工作的难度。另有一些地区由于气候原因蒸发量极大，珍贵水资源被白白“蒸发掉”!

天然“湖光山色”令人心旷神怡，江南“小桥流水”别有韵味。但如果要大规模地人造这类“闲情雅致”，可就得好好掂量掂量了。水资源不足是一方面，破坏生态平衡又是一个方面。近些年，一些江河支流甚至干流由于沿岸各类引流项目、筑坝工程，流速已大为减缓，自洁能力减弱，污染加剧，水生物生存态势不容乐观。不少水利与环保专家已在疾呼：必须警惕严防生态灾难！透过一系列“耗水造景”现象，暴露出的是局部利益与整体利益的矛盾，是对水资源的争夺，是对生态环境的颠覆。由于“先行者”尝到了“甜头”，许多地方竞相“取经”借鉴，问题变得越发严重。

水不仅是生命之源。提倡建设节约型社会，重点之一便是节水。一些地方为了区域利益，置兄弟省份、整体协调于不顾，投巨资“圈水造景”的行为不仅自私短视，更是认识上的严重倒退，必须引起社会的足够重视，进行有效控制规范。国家水利部门、环保部门不能坐视“圈水造景”之风肆虐，否则，受到大自然的“回报”惩罚将不可避免。

2006年1月3日

“环保风暴”别刮一阵风

2005年1月18日，国家环保总局宣布对13省市的30个大型项目勒令停工。这些项目全部是在环评报告书未获批准的情况下擅自开工，有的已基本建成。由中国长江三峡工程开发总公司负责建设的金沙江溪洛渡水电站、三峡地下电站、三峡工程电源电站竟赫然出现在“黑名单”最前列。如此多的大型项目被同时叫停，一些人惊呼“环保风暴”来了！

30项工程之所以喊停，皆因违反了《环境影响评价法》。环评是对工程可能给环境造成的影响进行预测、分析，提出措施和监测方法的重要手段。尽管我国环评制度已确立20余年，《环境影响评价法》也实施了1年多，但这项本应是工程开工前最先进行的审批，众多单位却置若罔闻，不当回事。对它们来说，环保审批纯粹可有可无，经常是开工甚至建成后才走过场盖“戳”了事。有的干脆连走过场都免了。敢“先上车后买票”的很多单位要么是毫无环保观念，要不就是抱定了“事实胜于环保”的心态，反正我建了，你能把我怎么样？还能拆了不成？而以前的环保说是重要，但一遇到利益冲突还得让位“发展大局”。即便抓个把“反面典型”往往也只揪些“小个”充数。这种执行、处罚不严的现象造成严重后果，群众反映十分强烈。此次国家环保总局对涉及1179.4亿元投资的30个违法开工项目采取重拳出击，无疑是破天荒头一回。它既反映出高层对环境问题的日益关注，也是“以人为本”的真正体现。

在停建的30个项目中，绝大多数都是电站。在我国电力紧缺，众多发电项目“大干快上”的情况下，电力投资过热已引起有关部门的高度重视，对可能导致的污染问题不能掉以轻心。水电项目因大坝造成的水流流速减缓，水质自洁力下降，漂浮、沉积物增加，冬夏两季蓄放水造成的“消落带”都是世界性难题。目前三峡工程已对部分干流水质造成一些不良影响，库区环保问题日益凸现。水库也对白鳍豚、中华鲟等大量水生物的繁殖产生了极其不利的影响。而煤电项目所产生的大量二氧化硫、烟尘排放对空气质量、生态环境也构成严重威胁。电厂在提供巨大能源的同时，污染问题相当严重！

科学发展观的核心议题之一就是可持续发展能力。但假如没有洁净的自然环境做基础，又谈什么可持续发展？环境在未被污染的时候我们很难察觉它的存在和重要性，可一旦遭受严重污染，那么我们有可能面临灭顶之灾。而它千百万年才得以形成的特性也决定了一旦破坏就很难恢复。当然，也有人认为发达国家的“经验”是人均GDP达8000～10000美元时，治污才提上议事日程，我们现在还为时尚早。这种观点是只顾眼前不顾将来，只顾当代不顾子孙后代的短视理论。何况，环境污染的加倍惩罚，许多地方根本就不用等到万儿八千美元就找上门来。中国人口众多，贫富差距较大，以资源环境换发展是最简单也是最惯用的手法，一些地区甚至刚脱贫就已面临生态灾难。如肆意破坏，中国的环境根本撑不到“发达”就已彻底完蛋。

发展才是硬道理，但发展尤其是工业的发展很难不触及环境问题，这似乎是个两难的怪圈。正由于此，我们才提出经济、环境、社会的协调发展。这一命题不是单纯把注意力集中于某一点，而是统筹考虑。只有多方面的和谐共进，而不是以某方面为代价换取另一方，持续性的平衡才可能得以保持。天平任何一方出现偏颇，都将导致整个社会“动荡”。不仅中国，全人类的发展进程也必须遵循这一法则。

应当看到，在被勒令停工后不到一周，虽有22个项目相继停建，可是，包括三峡工程开发总公司负责建设的3个电站在内的8个项目却依然我行我素，只是在政府高度重视，强大舆论之下才最终停工的。项目承建单位和业主的侥幸心理、对环保政令的藐视也由此可见一斑！目前，这些项目都在补报环境影响评估文件。可“开弓没有回头箭”，已经开工甚至基本竣工的项目“事后诸葛”还赶趟？这难免让人担忧会出现新的走过场。事实上，环保也远没获得一票否决权。即便污染严重，数以亿计的投资真能舍弃？因此，停工的下一步同样值得高度关注。

如果说审计风暴带给百姓的是反腐、倡廉、挽回损失的大快人心，那么环保风暴无疑是对人与自然和谐共存的坚决拥护。天碧、水清、海蓝已越来越被现代人所珍视，和谐美好的自然环境更是可持续发展的根本所在。

2005年2月5日

西部，我们最后的净土

中国西部，一片浩瀚而广袤的土地。

春节前夕，国务院总理温家宝专门撰写了题为《开拓创新 扎实工作 不断开创西部大开发的新局面》的署名文章。文章既包含西部所面临的现实困难，也阐述了希望所在，是对西部开发5年来的一次全面总结。

西部地区欠发达，国家鼓励大开发已尽人皆知。可西部现状究竟如何？透过一组数据便可探知一二。目前全国约有三分之一的人口生活在西部，有50个少数民族集中分布于西部，西部的农村贫困人口占到全国的六成，尚未解决温饱问题的2000多万人绝大多数也在西部。西部人均国内生产总值仅相当于东部的40%。在西部，农民的收入也仅有东部的一半左右。

西部的贫穷与其本应具有的地位和作用也极不相称。不管是母亲河黄河，还是被誉为中国第一大河的长江，诸多江河都发源于西部。来自西部的“生命之源”，奔流不息，滋润着多少中华儿女，对下游工农业生产也起到举足轻重的作用。而西部的石油、天然气等资源也为国家提供了极大的能源保证。此外，陆地边境占全国85%，与14个国家接壤，这也说明西部地区的稳定团结具有重要意义。但面对每年水土流失、新增土地荒漠化面积分别占全国的 80%和 90%，水、大气等环境污染加剧，这无不让人感到担忧。西部的生态直接影响全局，甚至关系到国家的可持续发展。贫穷让西部成为欠发达地区，基础差又导致投资更多地流向东部以及沿海地区，贫富差距进一步扩大。如果西部发展不能很好地得到解决，全面建设小康社会，实现共同富裕的目标很可能就是空话。

中央领导审时度势，早已意识到这一点。1999 年，西部大开发的重大战略决策正是根据这一形势而确定的。这一工作实施 5 年来，国家在政策措施、资金投向、项目建设等多方面对西部给予重点支持。中央建设资金累计向西部投入约 4600 亿元，转移支付和专项补助达 5000 多亿元。各项措施、扶持投入逐步落实，各地区各部门贯彻执行中央战略精神，加强交流合作，西部地区社会发展和经济增长也呈现出可喜的势头。2000 年至 2004 年，西部地区生产总值逐年稳步增长，分别达到 8.5%、8.8%、10.0%、11.3%和 12%，增幅甚至高于国内生产总值。此外，西部地区固定资产投资 5 年内年平均增幅达 20%以上，60 项重大工程总投资达 8500 亿元，也大大高于全国平均水平。退耕还林、改善草场、荒山造林等生态项目共计治理约 3.6 亿亩。天然林保护、江河水污染治理、生态保护等各项工作成果显著。在科教文卫、基础建设、交通、通信等项目上的发展也都取得了相当大的进步。

取得的成果固然令人欢欣鼓舞，但也应看到西部地区底子薄，基础弱，自身“造血”能力有限，成效增长时间尚短，想缩小差距仍需坚持不懈、长期努力。因而，与发达地区加强沟通、实现广泛交流合作显得尤为重要。当然，这并非单方“义务”帮助。西部地区在资源、劳动力、市场等方面具有其自身优势。未开发的处女地虽然荒凉，但同时也孕育着希望和巨大潜力。中部、东部地区在技术、资金等方面给予注入，也完全有希望实现优势互补。为发达地区开拓新市场，解决欠发达地区就业，增加地方财政收入创造新机遇带来新挑战。此外，西部的四川、西藏、青海、云南、贵州、新疆等许多省份也拥有众多得天独厚的旅游资源。名山大川、秀美巍峨的自然风光、风土人情都令久居都市的国内外游客备感神秘而向往。发挥自身优势，开发旅游，加强特色经济，做到人无我有，人有我优，前景广阔。当然，21世纪最宝贵的资源还是人才，西部最欠缺的也就在于此。目前大学生志愿服务西部计划，鼓励毕业生到西部就业开创新天地，党员干部到西部基层挂职锻炼，改善基础教育条件，加强重点高校基础设施建设，加快重点学科建设等一系列措施都在为西部更新观念。

另外，开发西部，与开发东部、南部、北部最大的不同之处，那就是，西部是“源”，是“根”，要特别注意环保，有些地方保持原生态是最佳的，尤其是青藏高原、云贵高原、黄土高原，千万别在大兴土木、追求现代化建筑上大做文章，有所为有所不为。

西部，我们最后的净土。

2005 年 2 月 7 日

矿工的生命值几何

“吃阳间饭，干阴间活”，是煤矿工人最常说的一句话。它既恰当地描绘了矿工们工作环境的艰苦，又是矿工们对这一高风险、多事故职业的一种无奈自嘲。

2004年10月20日，这一看似普通的日子，必定会在中国煤炭行业留下凝重的一笔。在短短16小时之内，全国相继发生了三起重大煤矿事故。先是河北省武安市德盛煤矿发生特大透水事故，29名矿工被困井下生死未卜。紧接着重庆市綦江县松藻三联煤业公司逢春煤矿发生瓦斯与煤层突发事故，6人死亡，7人失踪。然后，也是这些天引起最多关注的河南大平煤矿发生瓦斯爆炸，截至10月25日已有86人遇难，62人生死不明。一天中发生了三次重大事故，人们的目光再次聚焦到了煤矿安全这一“老大难”问题上。

对于煤炭行业的事故频发，人们似乎已经“习以为常”。每一次事故发生后，我们看到的往往是这样的景象：即上级领导立刻给予高度重视，地区领导马上赶赴现场、指挥救援，抢险队夜以继日进行营救，医疗机构随时待命抢救伤员，事故善后陆续展开，事故调查组投入紧张工作……的确，为了尽可能减少人员伤亡，排除险情，挽回损失，给遇难家属一个交代，总结经验，这些都是必须且应该做的。但这样的事故一次次反复发生不免令人感到困惑。当我们看到被困者家属期待的眼神，遇难者家属悲痛欲绝的场景，谁能不为之动容？人们不禁要问：发生了如此多事故，总结了那么多“经验”，为什么这样的悲剧还一而再，再而三地发生？与其不断头痛医头，脚痛医脚，为何不能防患于未然？

“安全生产”这句话在煤矿行业天天都在喊着。可结果呢，又有多少企业真能将它落实到行动中去？据国家安全生产监督管理局统计，仅2004年前9个月，死于煤矿事故的人数就达4153人。这还仅是公开上报数字，虚报瞒报的不在其中，但仅就这一数字而言，就已充分说明了煤矿生产安全问题的严重性和解决的紧迫性。是什么原因导致安全生产在很多企业成为一句空话呢？

首先是利益驱使，视生命为儿戏。近些年来，小煤窑遍地开花，在巨额利润的诱惑下，许多根本不具备采矿资质的小煤窑在不办理任何手续的情况下，就“招兵买马”，“开张大吉”。为了获取更大利益，小煤窑越界开采、与国有大矿争抢资源、疯狂地掠夺性开发现象十分严重。这不但给小煤窑自身造成巨大安全隐患，更对国有大矿安全生产构成严重威胁。同时，违规开采、野蛮掘取也造成了巨大的资源浪费。赚取了巨额不义之财的小矿主们宁可开着宝马、奔驰上北京购买数百万的豪华别墅，也不愿在安全设施上多投入一分钱。工人在缺乏安全措施的情况下为其卖命，所获得的不过是其巨额利润的一点零头。而一旦出现事故，矿主们则能掩盖决不上报，花点钱打发死者家属了事。之后又继续其违法勾当。而在这些小煤窑的背后，也往往存在着严重的地方保护主义，甚至官商勾结现象，使查禁关闭工作困难重重。换句话说，许多小煤窑实际上就是一口口活棺材！

其次是玩忽职守，麻木不仁。小矿不安全，那国有大矿就很安全吗？根据最近几次重大事故来看，国有大矿情况也不容乐观。它们同样存在安全设施投入不足、思想麻痹大意、安全措施等亟待完善等问题。这次河南大平瓦斯爆炸更暴露出其上级单位——郑州煤炭工业（集团）有限责任公司，长期存在的多种重大安全问题。据知情人反映，自 1999 年以来，郑煤集团发生的重大事故竟达 9 起之多。该集团长期安全意识淡漠，很多事故都由违章作业引起，却没有一名领导受罚。2003 年 11 月对该集团大平、告成、超化 3 处煤矿进行安检，被查出问题 100 多个，下达处理决定书 13 份。随后 2004 年 4 月超化矿就发生了透水事故，12 人被困井下 109 小时。但该集团仍未引起重视，最终导致此次大平矿重大事故。在许多人看来，煤矿行业发生事故是正常的，不发生则不正常。他们真是习以为常，见怪不怪，已经有了一套应付上级和死难家属的经验了。

还有，一些国有煤矿内部人员与私营小矿主相勾结，泄露矿藏分布图、开采计划、作业进度等等，有的甚至还参股小煤窑。而国有煤矿大量被私人承包、疏于管理的情况也相当普遍。这些无疑为非法采矿提供了极大便利，也为矿难事故埋下了隐患。

另外，事故多发也与许多煤矿超负荷生产不无关系。近年来，随着我国经济高速增长，能源需求也愈加强烈，煤电油等重要能源都出现了不同程度的供应紧张。供求间的差距导致了价格的大幅上涨。作为发电、供暖主要燃料的煤炭，其涨幅更是惊人，部分地区涨幅甚至超过 80%。为了追求高利润，超负荷生产成了煤炭行业增加产出的主要手段。生产负荷过重大大增加了事故隐患，为安全生产带来了巨大压力。

人们不禁要问，为什么风险高，收入薄的小煤窑却不缺人去卖命？私人小矿怎敢牺牲矿工安全赚取巨额利润？众所周知，在中国人口中，农民占了绝大多数。发展不均衡造成相当多人生活贫困，人多地少则产生了大量剩余劳动力。尽管煤炭行业，风险大，但它较之其他行业收入稍多，就业门槛低，有力气就行，于是就成了大量民工的谋生之路。加之农民维权意识不高，社会底层人群权利缺少关注，出了事给几个钱就打发了，加上地方保护主义，种种漠视工人权益、忽视工人安全的行为也就不难理解了。

当然，安全问题也与社会处于转型期、贫富差距大以及各种制度、保障、管理不完善有着密切联系。而安全生产、安全无小事都是说起来容易，做起来难，仅靠几次整顿根本无法取得令人满意的效果。但这些都不能成为重大矿难的借口，更不能成为某些人推卸责任的托词！如果不从根本上去消除煤矿企业安全"顽疾"，一天三次四次大矿难还会不断上演。

看着遇难矿工被抬出门口的照片，让人心中久久不能平静。门口醒目的"高高兴兴上班来，平平安安回家去"标语更与此形成了强烈反差。愿矿工兄弟一路走好……

2004 年 10 月 26 日

总理元旦下矿井干什么

2005年元旦，正当人们沉浸在节日的欢乐中，国务院总理温家宝却专程飞赴陕西铜川，代表党中央、国务院看望“11·28”铜川矿难家属，悼念遇难矿工，并深入井下看望一线工人。

抵达当晚，温家宝就与有关人员举行座谈，研究煤矿安全问题。1月2日清晨，温家宝赶到陈家山矿难职工灵堂，向遇难矿工鞠躬、哀悼、敬献花圈，还与家属代表握手，深表慰问。随后，他又前往数位遇难矿工家中。在陈家山矿副总工程师牛铁奇家中，听着家属对年仅37岁、多次被评为先进、“局十佳青年”的牛铁奇的怀念，温家宝不禁潸然泪下，连说：“这么好的青年，我来晚了”。临走时还鼓励牛铁奇的妻子要坚强挺过灾难，将孩子抚养成人。有困难可以找他，找政府，大家共渡难关。在其他遇难矿工家中，温家宝也详细地询问了情况，指示随行干部要及时发放补助金，尽全力为家属在生活、医疗等方面的困难提供帮助。

在元旦这一合家欢聚的日子，温家宝亲赴铜川，有着深层含义：首先，这是矿工家属失去亲人后的第一个节日。在这样悲痛的日子里，温总理送去的不仅是党和国家的深切关怀，更是对善后工作的督促与重视。同时，在2004年我国煤矿事故频发，重大事故较多的情况下，新年进行探望也表明国家对这一问题的高度重视。某种程度上也含有告别过去，吸取惨痛教训，对安全工作采取进一步措施的意味。而深入1300多米井下，看望节日期间坚持生产的矿工，带去慰问，共进午餐，更是对矿工们为国家发展做出贡献的高度肯定，是在新年向全国煤矿工人表示敬意和问候。

面对悲痛万分的矿工家属，温家宝的眼泪同样令人深思。这其中可能包含着复杂的因素。对于这一次有166人遇难的特大煤矿事故，以及目前全国煤矿事故高发、频发的现状，高层无疑十分焦虑。作为总理，对工作存在的问题和不足表示了不安，他说出的“我们的工作没有做好”不是一句简单的客套话。此外，一个家庭顷刻间失去“顶梁柱”，在承受巨大的情感创伤的同时，上有老下有小，一家人的生活都可能陷入困境。设身处地想一想，有谁能不被深深触动？而且遇难者多值壮年，其中不乏技术骨干，他们本可为国家、为家庭做出更大贡献，承担更多责任，但他们的遇难使一切都成为泡影，怎不令人痛心！总理亲眼见到矿难给国家、企业、个人造成的巨大损失，被深刻触动是一件好事。这对引起高层重视，加大煤矿安全整治力度，查清事故原因，严惩责任人，吸取教训都能起到积极促进作用。

事实上，近年来矿难频发的原因无外乎几点：小煤窑泛滥，安全意识低下；正规煤矿追求经济效益，忽视安全生产；国有煤矿大量转包私人；煤炭价格大幅上扬，超采、违规采、越界采频发等几种情况。国家的专项治理，有关部门的安全检查也没少搞，但效果却寥寥。真正是“上有政策下有对策”。为了钱，私人老板，地方、国有煤矿相互勾结，通过逃避检查、地方保护，置整改、停产通知于不顾，拿矿工生命做廉价赌注玩儿命挖，拼命采。一些人发了横财，拿着剥削来的黑心钱四处投机倒把，演变出了“炒煤团”、“炒房团”、“炒车团”……

所以，治理的关键在于与煤炭有密切利益联系的人群。屡整无效的原因就在于只要没出事，再严重的违规、再重大的安全隐患也很难采取有效措施，有关人员更不会受到丝毫惩处。在巨额利益驱使下，不顾矿工生命安全的违规开采活动屡禁不止也就不足为奇了。

解决这一问题，中央的态度是一方面，但权力逐级下放，地方对政令的执行又是另一回事。温总理的慰问和指示是在“亡羊补牢”，是对逝者的安慰。但对于更多仍奋战在一线的矿工来说，必须真正实行逐级负责制，不仅出事有人要丢乌纱帽、掉脑袋，对那些屡教不改，还没出事的矿更应强行关闭，严厉惩处，这样防患于未然才是“亡羊补牢”的关键。也只有进一步完善法规、法律，严格执行，让某些人知道煤炭绝非好挖的“黑金”，悲剧才会逐步减少。对人民负责，对生命负责，对子孙负责，才能真正落到实处。

2005 年 1 月 4 日

别把春运搞成“春宰”

一年一度的春运大幕即将拉开。这一蚂蚁搬家似的大迁徙人数数以亿计，规模堪称世界之最。不仅买票之难令人头痛心烦，春运“特价”票也被广为关注。

针对 2005 年春运铁路票价上浮问题，铁道部有关人士日前表示：节前票价将于 2 月 1 日至 2 月 7 日实行上浮，节后上浮时间为 2 月 11 日（正月初三）以后。上涨幅度为硬座 15%，其他的座位等级上涨幅度为 20%。而其他运输行业也没闲着，涨价方案纷纷出笼。广东春运汽车票价最高上浮达 65%！

对于每年春运的“陆海空”联合涨价，消费者颇有微辞，但年复一年，人们似乎已见怪不怪了。有关部门、经营者对此的解释则是运能不足，为分散疏导人流，以经济杠杆进行市场调节，根据市场经济供求关系确定票价……理由一大堆，听上去似乎有几分道理，但事实和效果呢？

实际上，有关部门宣称早准备早动员，但车站人山人海，买票难而票贩子到处窜，各大站屡创日发送旅客数量新记录等景象是每年春运的“常态”。人们不惜花高价去挤这运输“高峰”的目的只有一个——那就是辛苦一年，能在春节这一所有中国人最看重的节日回家与亲人团聚。“每逢佳节倍思亲”是此举的最好注解。其特性注定了价格不可能控制人流，多少钱也拦不住人们的思乡之情。然而，别看高峰年年有，困难年年说，但春运从来都能“圆满”完成。这说明什么？一方面要肯定运输部门所做出的努力，另一方面也说明春运并非是不可完成的任务。既然人们注定要出行，春运任务也从来没有完不成，这涨价的动机就值得探讨了。

先看涨价日期。以铁路为例，节前7天、节后初三之后实行票价“浮动”。这正是人们出行最集中的日子。但对于上班族而言，有可能因这些日子车票涨价而将回家日程提前或将返城推后吗？显然不可能。有关部门又说这对农民工起作用。但打工人群目前的普遍做法是早去早回。节前早回家能在家中多呆几天，而节后早返城也便于尽快找到工作。他们能错开节前最高峰，可无论如何也避不开节后返城潮。事实也印证了上述情况，涨价从未减轻丝毫客流压力，结果只有一个，此举使他们大赚一把，涨价理由还冠冕堂皇。纵使您提千条万条不满的意见，但最终还得坐车往返宰你没商量，这是一种垄断经营。也难怪有人将春节比喻为运输行业的“春劫”！

再看铁路涨价范围。节前集中在北京、上海铁路局和广铁集团的始发列车，节后则转移到郑州、南昌、成都等城市的始发列车。节前涨的全是吸引外来务工最多的地区和城市，而节后“重点”则全部集中在劳务输出大省。这不是摆明要多赚打工者的钱？如今农民进城务工着实不易。有的要在工地风吹日晒，干最脏最重的体力活，为城市建设添砖加瓦，但居住、伙食条件却往往令人看着心酸。就这样，辛苦一年还未必能拿到工钱。城市中的家政、保洁等工作更是到处可见农民工的身影。他们平均工资不过数百元，提价20%城里人也许感觉不出什么，但对勒紧裤腰带的农民，这就意味着多吃几回肉，或多给孩子买不少学习用品啊！在各地纷纷减免农业税，支持农民增收的今天，运输部门却给他们格外“关照”，于心何忍！

按说，旺季本是商家求之不得的大好时期。比如八月十五的中秋，正月十五的元宵，春节的庙会，大部分商家都格外珍惜这些大好的商机，打折促销手段层出不穷，顾客盈门让商家赚得盆满钵盈，喜笑颜开。唯独铁路、公路、航空一方面全面提价，另一方面却叫苦连天。赚钱对他们好像还是一种“痛苦”。乘客不但要支付更高票价，还很可能因买不到票挨“黄牛”宰，服务水平更没随票价水涨船高。这种“得了便宜还卖乖”的姿态早就引起很多人的不满。这充分说明一些行业的改革大大滞后，市场经济、竞争意识太差，还停留在“老大”时期。

何况，铁路大都是国家投资，是纳税人的钱修的，为什么还要乘客花高价坐“自家火车”？春运是一项大“工程”，调配、组织难度的确不小，可这都是经营者必须承担的义务与责任。公路、民航等企业不打折也就罢了，在正常票价足以大赚一把的情况下，还拿春运说事，作为要挟的砝码，能不引起非议吗？

看来，单纯指望运输部门“自律”，或指望某些价格“听证会”是不切实际的。一方面应加强行业改革的步伐，另一方面，领导层应总览全局，制定指导政策，促使运输“老大”改改脾气，把心思用在挖潜服务上，别把春运搞成“春宰”、“春劫”。

2005年1月13日

打不尽的“黄牛党”

春节临近，春运开始，倒卖车票的“黄牛党”的“黄金期”也来了。

提起票贩子，人们可以说是既厌恶又无奈。因为这些人的“投机捣乱”、“发团圆财”，使本已紧张的火车票变得更加“一纸难求”。不少人眼瞅着他们哄抬乱加价、口气倍儿“牛”没商量，可无奈正规渠道死活没票，除了乖乖“挨宰”，还有啥办法？要是再遇上假票、废票，那就更是“哑巴吃黄连”了。春节成了一些人既盼又愁的“春劫”。

具体到票贩子究竟有多少、影响力到底有多大，北京社科院最近发布的《火车站票贩子群体调查》可作为参考。调查显示，票贩子最早出现在20世纪70年代末。目前仅在北京站和北京西站，估计多达上万人。至于全国，可想而知。尽管警方对倒票、贩票是年年打击，岁岁收缴，但这帮家伙却逢春运必现。近年来，五一、十一黄金周及暑期又成为其新的财源“增长点”。

这帮人屡打不绝，还“发展壮大”，个中原因显然值得思索。

其中原因，铁路运力与供需矛盾无疑首当其冲。发展中的国情与广阔地域，决定了中国百姓旅行仍以火车为主。在社会与经济快速发展的条件下，尽管国家对铁路建设投入巨大，但客流“峰谷落差”与运力矛盾却不是朝夕可解。所谓“物以稀为贵”，车票紧俏则使社会闲散人员、外来无业游民有机可乘。初级票贩子“能力有限”，只能排队购票，单枪匹马搞点“辛苦钱”。高级的则拉帮结伙，分工合作。还有的是旅行社、宾馆利用代办便利，趁机捞一把。“神通广大”的，当属那些有着讳莫如深“路子”者，联网售票电脑都“看不到”的车票都能搞到。而最后一类往往牵扯铁路系统人员。内外勾结的隐蔽性自不必说，不仅给打击活动带来相当难度，倒票数量与权利寻租空间更是十分巨大，影响最为恶劣。

尤其值得注意的是，一些长期倒票的“黄牛党”已具相当规模与组织性，甚至成为集盗、抢、欺行霸市于一身的黑恶势力团伙，构成严重社会危害。而透过相关打击与效果，也暴露出法律政策上的不足与缺陷。首先，在车站、广场贩票的往往是底层“马仔”。根据法规，对这些“虾兵蟹将”的处罚基本是没收几张车票、拘留几天。一些惯贩因被抓了放、放了抓，成了“老油条”了。许多女票贩为逃避打击，更常以怀孕、抱小孩为手段，与警察扯皮耍赖。据说，2006 年警方将对倒卖车票面额 5000 元以上，或非法获利 2000 元以上的，追究刑事责任，最高处 3 年以下有期徒刑、拘役或管制，并处罚金。可在“人票分离”、“零散携带”、“大人物”隐秘幕后的情况下，效果有限。

显然，“黄牛党”因运力不足而生，在春运期间比较猖獗。有一亿多人次大流动的春运，其中主要是农民工要回家过年，造成短期高峰。各地铁路部门临时加开了多趟列车，北京到重庆就加了三四趟，可仍然不够。有的地方的工会提出搞民工包机回乡，只要不是作秀，运作得当，也是一条路子。汽车也很重要，高速路修了这么多，全国大中城市几乎联通。春运既然是全国性的，那就得从全局谋划，增强运力好比一场大战役，不能光指靠铁路一家。这事谁来管，谁来牵头？没听说。

当然，解决“黄牛党”问题，从长远来看取决于国家中长期铁路网等硬件的建设，要从根本上缓解运力不足。眼下则需“铁老大”进一步改革，在采取车票实名制等管理措施与服务上再练“内功”。印度也是发展中国家，人多车少比我国有过之而无不及，可“黄牛党”却因采取车票实名制而基本消失了。更需有关部门在政策法律完善、再就业、外来人口等方面付出更多，各职能部门有义务、更有责任通力协调与配合，才能让春运不再变成“春劫”、“春宰”。

2006年1月18日

300 公里战胜 500 公里

2005 年 11 月 20 日，中国铁道部、唐山机车车辆厂、德国西门子交通技术集团，在北京共同签署了 60 列时速 300 公里高速列车购买合同及技术转让协议。

这一价值 6.69 亿欧元的购买合同，意味着我国 300 公里时速的高速列车引进已正式步入实施阶段。这对于我国《中长期铁路网规划》中关于实现未来 15 年新建 1.2 万公里快速客运专线目标，同样具有里程碑意义。据悉，2008 年京津城际轨道将成为首个 300 公里时速的“受益者”。

中德两国这一协议的签署，使“300 公里与 500 公里”之争暂时告一段落，其中的来来回回颇值得品味。

事实上，我国社会与经济的高速发展与铁路“大动脉”整体运能不足的矛盾一直存在着，这客观上对完善铁路路网建设、提高列车运营效率提出了十分迫切的需求，一些重点城市间高速专线的建设设想更已酝酿多年。然而，在究竟应选用高速轮轨还是磁悬浮的技术层面上，各种论证、争论、猜测一直未曾中断。磁悬浮可达 500 公里以上的时速及其环保、超前等特点被一些人津津乐道，可缺陷与风险也明摆着——造价高昂，与传统铁轨存在

"兼容"问题，世界尚无中远途商业化运营先例。而高速轮轨尽管最高时速只有300公里左右，却具有造价相对便宜，"兼容性"好，发达国家这方面技术成熟，运营管理经验丰富等优势。此次我国选用300公里的高速轮轨，显然是未受"一步到位"、"争名夺冠"思维影响，而是以务实审慎态度来打造中国的"高速大动脉"。最先进的不一定是最适合的，曾辉煌一时的"协和"超音速客机已是前车之鉴。上海浦东磁悬浮，30公里造价就达89亿元，高票价对人们仍属"观光尝鲜"。这并不能说磁悬浮未来就"没戏"，但按科学发展观的思路，目前还是"300公里优于500公里"。

此外，选择德国西门子作为此次的合作伙伴，想必也有讲究。实际上，在此前中国200公里高速列车竞争中，购买140列列车的"大蛋糕"被法国阿尔斯通、加拿大庞巴迪、日本川崎重工"分而食之"。德国人由于价格、技术转让上"不够意思"，只好当看客了。此次在300公里高速列车上德方也许"开了窍"，6亿多欧元卖给中国60列列车，还附带多项关键技术转让，中国业内人士认为"合算"。德方则觉得中国300公里高速项目与技术输出目前只有其"独占"，意义不言而喻。而高速铁路实际上是一种综合性技术，法国、德国、日本各有所长。法、日当不会对德国"独揽"视而不见，相互竞争不可避免，中国则有希望在价格、技术转让上尽可能优中选优，"博众家所长"，实现高技术的整合。在对外开放中，中国人更加成熟了。

还有，根据协议，德方将向中方转让包括总成、牵引变流、列车网络、制动系统等多项关键技术，除3列列车由西门子生产外，其余57列将全部在唐山机车车辆厂制造，国产化率最终要达到70%，还将全部使用中国品牌。事实上，这种产品、技术"打包"购买，是我国一直坚持的引进方针，取舍的前提条件，更是与外商谈判的最大难点。可以预见，通过技术消化吸收，我国将具备时速 300 公里动车组制造能力，自主设计研发也将迈上新台阶。不过，对技术转让也不能过于乐观。最终那 30% “非国产化率”显然是“关键中的关键”，合同中“部分重要零件在德国生产”同样“朦胧”。这要求我们在借鉴吸收国外技术的同时，更时刻不能忘记自力更生、发展具有自主知识产权的技术设备及管理经验。引进不忘自主创新，才是最明智的。

铁路在我国是发展潜力巨大的“朝阳产业”。而高速铁路、快速客运专线的建设，既可为乘客提供更快捷、更舒适的乘坐体验与出行便利，同时也能够将各城市及城乡间更为紧密地联系起来。因此，“300 公里战胜 500 公里”意味着一种成熟、一种眼光。我们有理由期待更多类似的消息。

2005 年 11 月 23 日

京都"人口准入"起风波

各地"两会"纷纷召开，首善之区北京市"两会"更是格外引人关注。其中的一项提案引起了轩然大波。

引起争议的是一项名为《关于建立人口准入制度，控制人口规模，保持人口与城市资源平衡》的建议，由北京市政协委员、中国国民党革命委员会北京市委员会委员张惟英提出。张认为目前北京居住人口已超过各种资源承载极限，严重制约可持续发展，建议摸清北京所需人才类别，用准入制度进行合理引入，规范人口流动。

首都搞"准入"，那还像话？批评理由有几方面：一是认为这是人为划分"北京人"和"外地人"。北京成了北京人的，凭啥中国人不能进中国地盘儿？户籍制度也一再被抨击。二是认为市场资源是公众的，市场经济提倡公平竞争。北京各方面条件好，工资高，制度保障相对健全，自然愿意前往。"准入"是歧视，剥夺了劳动者选择权。北京人怕被抢饭碗，搞"壁垒"，是"护食"。三是认为过去地方支援中央，北京发展建设离不开各地的帮助支持。如今将成果独吞，这是"皇城大爷"自私自利的表现，等等。这一提议激发了"外地人"、"北漂族"的强烈不满，即便是“北京人”，也承认有些批评的说法有一定道理。

可实事求是地分析，某些问题是必须面对的。

户籍曾是城市居民衣食住行的关键，计划经济时代各种资源分配都离不开它。如今它早已不提供吃穿用，倒成为上学、就业的“障碍”，有人呼吁取消不难理解。一些人还列举国外发达国家从没户籍制度。但有关部门提出现阶段不能取消是何道理？这一问题的关键还是牵扯到人员流动。因为发达国家人口流动是建立在社会发展同步，贫富不很悬殊的基础上。哪里生活条件都差不多，不会出现扎堆。而我国有9亿农民，城市之间发展也极不平衡。大城市人口始终处于只进不出状态。如果不适当控制，不发达地区人口一涌进城市，小城市进大城市，后果将是毁灭性的。这不但不会形成“均富”，城市也将不堪重负被拖垮，农村更会出现大量荒地、粮食生产短缺、青壮年缺乏等系列问题，最终造成城市农村两败俱伤。尽管户籍制度存在很多问题，引起了很多人的不满，但取消总得有个过程，现阶段避免人员流动失控是必须的。看看每年的春运吧，只是几十天的人口短暂流动，就搞得全国上上下下人仰马翻，怨声载道。中国还没有为人口自由流动准备好条件，这就是社会主义初级阶段的现实。

当然，谁都希望生活得更好，这合情合理也合法。外来“新鲜血液”为城市发展做出的贡献更是不可磨灭。但任何事物都有承受极限。目前，包括约500万外来人口在内，北京常住人口已超过1600万人。这是极其惊人的数字，对各种供给的要求近乎苛刻。北京缺水、缺气、缺电，南水北调、西气东输、电网调电等工程便应运而生。北京堵车严重，所有经历过的人都有深刻体会。房价火箭式上涨除炒作因素外，也源于需求迅猛增长。对某个体来讲，觉得多自己一个不算啥。但调控全局的政府不能不考虑，不能等到问题成了灾了再来想办法。事实上，不仅北京，全国许多大城市都面临人口急剧增长问题了，否则也不会有这样的“准入”提案出笼。

何况，一项建议也不是最终结果，“准入”也不等于“禁入”，北京会把数百万没户籍者全拒之门外吗？这犹如天方夜谭。不仅外地普通务工经商者已深深地融入北京发展、生活的方方面面，北京也一直在引进各种高级人才，诸多引进人才政策的出台便是很好的证明。此外，在北京买房买车、安居乐业的外乡人大有人在，诸如子女入学也在解决，官方也已禁收小学赞助费。所谓“门槛”，按张惟英所说，是希望通过一些手段、宣传（并非强制政令），控制文化程度不高者盲目流动。因为北京岗位再多，但文化要求不高的服务性行业也已饱和。再者，一些进城务工人员找不到工作，犯罪、乞讨人数的增加也成为社会问题。进城意味着机遇，更意味着一种巨大的挑战。

某些对北京人的看法也有些偏激。相当数量的所谓“北京人”原本也是“外地人”，土生土长的越来越少。这恰恰说明北京是一个具有极强包容性的城市。何况家境、出生地本就不可能“绝对”公平。城市承受力就那么大，增大承受力也得一步一步来。

国际化大城市都会面临人口大量增加的问题。在中国，不能只靠增加大城市人口、“移民”来解决贫富问题。加快建设小城镇、中等城市的步伐，一切从实际出发，因地制宜，顺时而为，相信最终总会有出路的。

2005年1月27日

中国需要放开赌博吗

赌博贻害无穷。可偏有人说它能“催化”经济。

几天前，北京大学中国公益彩票事业研究所、澳门理工学院、澳门旅游学院、澳门旅游博彩技术培训中心联合举办了名为“博彩产业与公益事业”的国际学术研讨会。这是我国首个以“博彩”为主题的国际研讨会。近百名来自世界各地和中国香港、台湾的专家学者就博彩与公益事业、地区形象、经济发展等问题提交了论文，发表自己的看法。

会上，有学者大胆提出中国应大力引导彩票事业发展，它将成为内地经济催化剂。北京大学中国公益彩票事业研究所一名研究员也声称，由于国内没有“正规”赛马和赌场，而周边地区和国家赌博业兴旺繁荣，中国公民纷纷涌向那里一试身手，保守估计每年有6000亿元赌资流向境外，加上国内私赌、私彩泛滥，给公益事业、经济造成巨大损失。他充分肯定博彩业在中国的“钱途”和经济催化剂的说法，认为博彩应由政府垄断，从局部走向全面开放，赚的钱用于福利公益事业……简而言之，化私彩、私赌为官方“博彩”，与其让外人赚，不如自己赚。国家财政部财政科学研究所所长也随之附和，认为随着国民收入、社会开放度的不断提高，有必要深入探讨博彩业，进一步提升彩票业，借鉴国外“经验”云云。

这些“高论”立刻引起多方争议，更有大量网友对学者们表示强烈不满。博彩是什么？说白了，不过是赌博的“文雅”说法而已。人们不禁要问：赌的核心究竟是什么？这个曾将无数人推进深渊的“害人精”难道会因得到官方批准就变成“观世音”吗？

首先，6000亿元赌资外流问题值得探讨，专家怎么算的不得而知。即便有，是哪些人将这么多钱白扔在境外？会是老百姓吗？在旅行社大幅杀价拉拢客源的背景下，谁会相信普通百姓会在境外赌场一掷千金？中国人多，旅游热更让中国游客出现在世界各个角落，境外赌场有国人身影并不奇怪。但仅此就判断他们在豪赌？很多人进赌场完全出于新奇，看热闹，充其量是尝试两把“老虎机”。以国人目前的收入，在刚攒点钱出去开眼界的情况下，谁舍得拿血汗钱“打水漂”？

实际上，近来谈论最多的官员赌博才是境外赌场的“大客源”。官员出境豪赌无非两种情况：一是像马向东那样嗜赌如命的大赌徒。这类人拿着贪污腐败的巨款去滥赌，玩的是“潇洒”、“刺激”。另一种则“醉翁之意不在酒”，赌博纯粹为“洗钱”。他们“赢钱”是肯定的，“输”点钱全当赌场“配合费”。这两种赌博源头都是贪污腐败。出去赌就为避风头、掩人耳目。即便国内有“合法”博彩，他能如你所愿“肥水不留外人田”？他会自己露富往枪口上撞吗？那些“学者”不去考虑打击贪污腐败，反倒指望“肉烂在锅里”，真是一派书生气！

应当承认，国内一些地区的地下赌场的确呈泛滥之势，造成了极坏影响，引发了许多社会问题。按那些学者的思路，与其让地下赌场泛滥成灾，不如国家搞“官赌”。难道说私人赌场是

“洪水猛兽”，官方博彩就成“活菩萨”了？按这思路，“黄、赌、毒”哪样不是赚钱大买卖？毒瘾戒不掉，那好，种毒贩毒改合法，GDP肯定飞速增长；“食色性也”，有这方面“需要”，色情更可堂而皇之成为产业。但这么搞社会不全乱套了？“黄、赌、毒”之所以禁止是因为它们本身是社会毒瘤，丑恶现象，会造成诸多社会问题，成为不稳定因素。即使官方批准也掩饰不了其邪恶本质！即使博彩赚了钱，那些脏钱、黑钱还不玷污了福利、公益事业这方净土？

事实上，所有将赌博合法化的国家和地区，其目的都是为了刺激旅游业，发外国人的财。美国拉斯维加斯、摩纳哥、中国澳门本都是弹丸的不毛之地，哪个不是借此发横财？但一般当地人却很少参赌，有的官方还明令禁止“自己人”进赌场。这是为什么？因为人家清楚这是害人勾当！不会自己害自己！而我们的有些学者却提出把赌博合法化，还认为“坑得好，坑得有理”，这样做学问真是举世无双！

2004年12月14日

“嘉年华”这条“狼”来了

要说今夏北京哪里最火暴，就要算那个外来的“环球嘉年华”了。据称它与“迪斯尼”和“环球影城”一起并列为世界三大娱乐品牌。尽管今夏北京多雨，影响了一些客源，但据商家保守估计，其52天的营业额也将高达1.2亿元人民币。而受它到来的影响，在最赚钱的暑期，北京的另外两家大型游乐场石景山游乐园和北京游乐园就只好眼巴巴地看着人家数钱了。

它不就是游乐场吗？凭什么能吸引众多人前往、心甘情愿地大把花钱呢？

首先是宣传。这个“环球嘉年华”以前好像从未听说过，与有近50年历史的迪斯尼相比更是“小字辈”，但在短短的一两周时间内，它的名号在京城似乎就是无人不知了。这其中固然有媒体跟风炒作的因素，但从中也可看出主办方调动媒体的手段非同一般。此外，因为它每年只在全球某一城市停留1～2月的时间，所以有句极具煽动性的宣传口号：“我们来了又走了，别错过机会！”。因此大批十几二十岁的小青年抱着“过这村没这店”、“玩新奇”的心态蜂拥而至。而这一年龄层次的人正是现今消费的主力，属于易冲动消费群体，只要玩得高兴根本不在乎钱。

如果光凭广告，想必这个“嘉年华”也玩不转。既然曾在巴黎、伦敦、新加坡、吉隆坡、香港、上海等地玩过，必然有它的过人之处。据称“嘉年华”总共有500多个游玩项目，而且每年都要更新将近三分之一以保持新鲜感。其中，某些游乐设备全球仅有3～4台，而且全部设备都被各种彩灯装饰物所覆盖，在夜间看上去熠熠生辉，光彩夺目，有很强的视觉冲击力，很容易让人融入其中。

然而，对于见多识广的北京人来说，上面的游艺项目并非最诱人之处。在不少见识过“嘉年华”的人看来，倒是投掷、套圈、射击之类的小游戏更受欢迎。其实这些小游戏的内容与往年国内春节庙会中的那些项目并无多大区别，但为何在这就大受欢迎呢？原来，“嘉年华”购买了迪斯尼卡通人物的版权，由国内厂家代工生产卡通造型的绒毛玩具。这些玩具不仅质量上乘，而且形象逼真，别看是“中国造”，但在国内商场中根本买不到！对于看着卡通电视长大的年轻人来说，拿这些东西做奖品不火暴才怪。有些年轻人直言不讳地说：“见了这些奖品，我们就走不动了，必须“玩”到手几件。”

此外“嘉年华”的经营手段也有一套，它避免用钱直接消费，所有的游戏项目都需用一种“代币”来玩，尽管“代币”还是要用钱来购买，但却在游戏时淡化了钱的概念，不少人玩到最后竟然搞不清自己怎么就花掉了几百甚至上千元。不少年轻人还大呼：过瘾，值！你说人家绝不绝。

尽管自开业以来，“嘉年华”也出现了诸如开不出发票、游乐设施涉嫌赌博、没有休息场地等问题，但它基本实现了“贩卖快乐”的宗旨，很多人都是乘兴而来，满意而归。面对商人赚钱、游客高兴的双赢局面，国内的游乐场也应好好想想。其实人家赚钱的手段并不复杂，其中很多游乐器械和项目与国内游乐场所的也大同小异，说到底最大的差距就在人家所营造出的气氛和“正宗”卡通绒毛玩具上。像这样的主题公园类游乐场的火暴在国外已经风靡了很多年，国内商家为什么就不能学学呢？此外，像麦当劳、肯德基等洋快餐的火暴在很大程度上也与它们能不断推出新款卡通玩具有关，不少人就是冲着玩具去的。不能不佩服这种营造娱乐气氛以迎合儿童以及年轻人心理的营销手段实在高明。

赚足了的“嘉年华”，看准了国内的商机，希望在2008年之前能够一直在中国一些城市巡回举办，并且打破惯例再度回到北京，不赚够了中国人的钱是绝不罢休的。面对这条红火的“狼”，那些指望它走后再红起来的国内游乐场，显得很没“招”。我们动不动就喜欢花大钱出去学习考察的专家们，为什么对送上门来的经验反倒视而不见呢？

2004年8月11日

光明奶不光明

一个名牌的创立可能需要几代人的努力，但真要垮起来，也就三两天的事。

河南电视台爆出的郑州光明牛奶“回炉再造”事件成为各媒体焦点。成千箱返厂牛奶在厂区露天散发着恶臭。在没有采取任何消毒措施的情况下，工人将沾着腐烂物甚至带着蛆的奶袋逐一划破倒进奶桶。由于暴晒、过期，一些牛奶早已变质，甚至成豆腐渣状，桶里更漂着死苍蝇。变质奶随后被倒入“回奶罐”，经加工摇身一变成了“崭新”的光明纯牛奶、光明巧克力奶。之后被连夜送往郑州各家配送中心。报道中的画面和整个过程怵目惊心，令人作呕不已。

令人惊讶的是，光明乳业董事长竟称全国乳品企业都有“回奶罐”，言下之意回奶是“行规”。但调查人员还未抵达郑州前，他们却声明过“郑州光明山盟乳品有限公司从来没有做过将变质牛奶返厂加工再销售的行为”。看来董事长“不大懂事”，难以自圆其说。

记者记录的画面以及工人的谈话内容都是板上钉钉，事实胜于雄辩。光明高层对此是“一无所知”，还是“做贼心虚”？“出事”的郑州光明山盟乳品有限公司也是光明在郑州兼并的唯一子公司，光明占60%股份，董事长也是光明的，光明品牌使用的合法性同样毋庸置疑。作为国内老牌乳品企业，却发生如此“丑闻”，其后果可想而知。对此，新浪网有82000多人投票的调查结果显示，有80.13%的人表示今后不会再买光明牛奶，留言中的声讨质疑声更是不绝于耳。

表面看来，这次丑闻是光明一家的事。但联想到整个乳品行业近年来的一些举动，问题就不那么简单了。首先就是贪大求全，盲目扩张。回想几年前乳品行业最火暴的大发展期，上海的光明、北京的三元均凭借雄厚的实力和较高的知名度，在南、北地区大搞兼并，“圈地”扩张。意图都是想雄霸中国乳品业。其次是大吹大擂。企业也好，媒体也罢，都把牛奶捧上了天，说它是“自然界最好的钙源”，营养最丰富，还时常搬出老外说事，意思是喝奶量不足人家几十分之一，国人都应跟上“潮流”，全民喝奶补钙。由于那时奶牛养殖少，奶源供不应求，源奶价格也较高。因此，乳品企业、地方政府都大力鼓动农民养殖奶牛，脱贫致富。奶业的养、产、销也着实经历了一段“黄金时代”。可奶业这块肥肉自然不止内地企业垂涎，蒙牛、伊利这两匹草原“黑马”杀将出来。凭借大草原、纯天然、无污染等“概念”，以及“中国航天员专用”、“国家运动员训练专用”等宣传策略，乳品行业迅速进入“四国争霸”时期。加之还有相当数量的地方“小龙头”，乳品业，可谓“群雄逐鹿”。

但是，市场蛋糕却并未如企业预料那样迅速变大。事实上，中国人传统饮食中没有喝牛奶的习惯，而习惯不是靠宣传就能改变的。其次，牛奶对亚洲人的肠胃吸收同样是一个问题，不少人喝奶会引起不适。第三，也是最重要的，单纯根据欧美人均消耗预计中国奶业发展也极不科学，贫富差距下的人均消费量已将中国城市消耗量极大地“稀释”了。为竞争更为生存，各家企业绞尽脑汁，各种降价优惠、抽奖、买几赠几等营销活动那叫一火暴，超市奶品推销员的“殷勤”让你不买好像都过意不去。而一味压价、竞相促销、不当竞争的后果也开始逐渐显现，奶味淡了，酸奶稀了，连容量也都“缩水”了。厂家日子不好过，奶农肯定要遭殃，一些农民借巨资、花高价买了奶牛，好不容易在3～5年后达到产奶高峰，牛奶却卖不了好价钱。厂家原有的订货合同不算数了，中间商以各种“品质”借口压价。而且，牛奶是一种需要高度保鲜的农产品。白花花的牛奶挤出来没人要，几小时后只能是成吨倒掉。这种以前国外才有的现象，如今却在国内呈愈演愈烈态势。奶农们痛心疾首，物力、财力上的浪费更是惊人。

这回光明事件还闹出个新词——“回奶罐”。按光明董事长说法，所有乳品企业都有这东西。有业内人士也表示，此罐是用来储存多余的原料奶，但像郑州光明用它“回炉”过期奶的情况，其他奶制品企业也同样存在。尤其是做成奶粉、奶油，很难判断原料是否变质。企业都在以此减少损失，增加利润。此言一出，三元、伊利等奶业巨头全部矢口否认，称“没听说过回奶罐”。人们不禁要问，这是否又是不经意间揭开了一个行业内的公开“秘密”？

4 年前南京冠生园的“陈年老馅”已经给老名牌敲响了警钟。当时其负责人同样称这是“行规”。但犯下如此拿消费者健康当儿戏的错误，也甭想指望得到消费者的原谅。时至今日，南京冠生园仍是咸鱼难“翻”身！“回炉”事件的曝光，是否会使光明走向“黑暗”，其他乳品企业又能吸取多少教训，人们拭目以待。

2005 年 6 月 10 日

吃"皇粮"的何以越改革越多

在中国，"吃财政饭"的人是一个庞大的群体。在不少地方，财政收入大部分被"吃"掉了，有的甚至还不够"人头费"！所以，不改不行了。但国务院发展研究中心农村部组织研究室主任赵树凯透露，根据近几年实地调查，乡镇机构改革并不乐观：机构数量表面上减少了，但人员、支出反而增加。这不奇怪么？

改革目的很明确，就是为了消除人浮于事，提高效率，更重要原因则是减少财政负担。精简有两方面：一减机构，二减人。高层方针有了，但究竟怎么做还得看地方和具体部门。俗话说"上有政策下有对策"，问题恰恰出在具体政策的制定、执行上。触及基层众多人根本利益的事要基层自己精简，这本身就存在矛盾。于是，先减后加，明减暗加，加减混乱的现象也就出来了。

其实，乡镇机构改革出现的问题并非孤立。省、市、县乃至几年前中央部委机构精简问题同样存在。下面很多对策实际上都是根据以前上面"经验"学来的，只是学得五花八门，花样翻新，但总体路数差不多。

首先，在"撤、并、建"后，机构数量在报告中是显得少了。可真实情况是有的仅是改个名，局变厅，科变室；或者干脆大吞小坑合并，几小盘变大拼盘；有撤、并就有建，借改革设立各种新机构屡见不鲜。而在减员策略上年轻的自然不能动，一般是年纪大的一刀切。“被切掉的”不但各种待遇不能少，工资还得涨几级。在编是少了，可财政负担却更大，等于变相大幅涨薪，纯粹是应付“减员”而不是“减钱”。人手少了，效率未增，多出的活谁干？要么进新人，要不招聘，或者退而不休又返聘。此外，清退临时工拖欠工资要补发，补偿费多少得给点，提前离岗涉及养老保险，分流待岗的工资还得发。这一切使得财政支出不但没减，反而大幅增加。

此外，目前很多地方机构臃肿，裙带庞杂。七大姑八大姨全有，都乡里乡亲的怎么改？谁愿意犯“众怒”，做恶人？真大刀阔斧裁人后果如何？哭爹叫娘，鸡犬不宁，还上访。现在领导也“务实”，只要底下闹必定是下级水平差，工作没做好，给领导添麻烦。干脆，以不变应万变，维持现状，做做表面文章，做加减“游戏”，应付了事，这些就成了很多基层领导的选择。而在编不在编的人员的都张嘴要吃饭，钱哪来？只有靠乱收费、打白条、挪用专项款之类的途径啦。不少地方 30 个农民就要养 1 个干部，个别的 9 个养 1 个，农民负担相当沉重。

对基层干部，有种看法是，他们整天无所事事，一杯茶一根烟一张报纸看半天，只知吃喝玩乐乱收费。但不少来自基层的声音却大为不同。一些干部坦言每月工资只三五百元还拖欠。而且人手永远不够，工作总也干不完，经常一天要干 12 小时。“地位”远没传说中的高，“欺压”百姓更没那回事。两种说法哪种可信？应该说，前者情况的确有，闲人是不少，但也不能一概而论，基层干部更不可能全是“土豪劣绅”，这既不客观也不公正。后一种情况言之凿凿，在很多地区也是事实。因为机构臃肿人员庞杂，直接后果就是职能交叉，权责不明，相互扯皮。办事不知要盖多少印章，腿都能跑细。不少干部是忙，可都忙些什么？成天汇报、检查、考核、总结，迎来送往。都是上级交代，敢不重视？症结还是制度缺陷，体制上存在问题。提高效率、端正作风是所有政府部门的难题。上级机关问题都没解决，矛盾层层下放，不断扩大，怎能单指望下面“独善其身”？

改革还牵扯薪酬和提高积极性。企业减员可将裁掉人员的工资进行再分配，多劳多得，或节省成本作纯利。这相当实际，立竿见影，管理者和员工都有动力。可“吃皇粮”的单位不同，铁饭碗不能随便砸，减员不涨钱，干活还要多，财政支出减少对个人没任何利益。没实利，难度大，自讨苦吃，当然没积极性。讲奉献没错，爱岗敬业应提倡。然而时代不同了，观念更新，很多旧体制仍在养庸人，可真正的人才需要相应价值来体现，干劲需要激励。

老话说，“一朝天子一朝臣”。皇帝换了，臣子跟着换，老的当然不满意。但从机构、财政的角度看，“吃皇粮”的人数没增加，是对的。如果老的不动，只进不出，待遇不变，那就变成“一朝天子两朝臣”，甚至“一朝天子几朝臣”，机构臃肿，人浮于事，“吃皇粮”的人自然高兴，可供“皇粮”的老百姓却苦了，不堪重负，国库空虚，导致政治危机，引发内忧外患，历史上的许多王朝最后就是这样灭亡的。放眼海外发达国家，一届政府上台，上一届就解散，内阁成员数量不变，换掉的则该干什么就去干什么，不再“吃皇粮”，纳税人只养“一朝天子一朝臣”。人家已经形成制度。而我们几十年来都在喊改，改来改去，“吃皇粮”的越改越多，从中央到地方，层层如此，好像根本就没有办法。问题出在哪里？看起来复杂，实际上很简单，就是到底该有“几朝臣”“吃皇粮”？

2005年2月22日

“哭穷”的科研出巨贪

我国科技水平不高，技术常常受制于人，还常听到来自科研单位及有关部门的“哭穷”和“叫苦”，因为没有钱，某些科研项目无法完成；因为缺经费，某些工程不能上马，等等。

近日的一则新闻却令人困惑。中国国家自然科学基金会的一名会计利用掌管专项资金下拨的权力，采用虚构拨款事实、伪造财务和银行对账单、削减拨款金额等手段，贪污公款 1200 多万元，挪用公款 2 亿多元，其作案时间跨度竟长达 8 年之久！他先后用赃款购置了 3 套豪宅，两辆高级轿车。据检察机关调查，由于该基金会财务制度管理极不规范，会计财务混乱不堪，基金审批与监管环节漏洞重重，给了这个会计可乘之机。而在其担任会计期间，上级主管部门更是从未对财务账目做过彻底清查！

中国国家自然科学基金会是管理国家自然科学基金的机构，也是我国支持基础研究的主要渠道。基金会的主要任务就是促进、资助我国基础科学研究和部分应用研究，为提升我国原始创新能力及基础研究整体水平创造条件。何为基础研究？实际上就是关于物理、化学等自然科学领域最原始、最尖端、最基本的研究。正是这些基础性研究成果和理论为科技向深度、广度发展，为技术创新提供了最有力的支持和保障，其重要性不言而喻。著名的诺贝尔奖的颁发原则也恰恰是奖励原始性创新，以及对整个人类文明、社会进步具有重大贡献的基础科学研究。可惜，这里的基金会对投入的宝贵资金却如此漫不经心，真是令人痛心。

每年诺贝尔奖颁发时，我们总能听到像“中国科学家何时能登上领奖台”的呼声。在本年度刚刚公布的诺贝尔获奖名单中，为什么我们的科学家不能获奖？虽然有多方面原因，但其中最重要也是被提到最多的，就是资金不足、缺乏经费、目光短浅，导致目前中国科学界普遍存在的急功近利现象。在申请经费时，那些不能在三五年内取得成果的项目基本就没戏。而真正重大的基础科学研究显然不可能在短时间内完成。基础研究也许要花上10年、20年，甚至更久才能取得重大突破。面对国内的大环境，我国科学家不得不转投“短、平、快”项目，很多人根本无法静下心来踏踏实实搞研究，倒是在成果“数量”、评职称、跑经费上绞尽脑汁。科研人员心浮气躁，操心的事不少，虽然花了大量时间和精力，但换来的却是研究成果寥寥。这些现象的直接后果就是，我国与世界许多国家在年科技论文发表总篇数、论文“含金量”、科技竞争力等多方面存在较大差距。更令人担忧的是，资金缺乏还导致了高级人才大量外流。持续火热的出国潮已充分说明了问题的严重性，国内一流大学本科毕业生出国比率高达15%。美国大学、科研机构的奖学金、科研经费无不在向国内各方面顶尖人才抛出橄榄枝。美国只需凭借托福、GRE（美国的研究生英语入学考试）两个“中国教育成果收割器”就可以轻而易举地把我们培养的最优秀人才收走。经费不足却又浪费惊人，这是中国的一大怪。

毫无疑问，我们目前的国力是与发达国家存在不小差距，科研经费不足是一个重要因素。可惜，在这不足的经费管理中，居然还出现一个小会计就能轻而易举地挪用公款两亿元的大漏洞，这难道不值得我们进行深层次的检讨吗？这说明，仅以经费不足作为科技水平不高的借口是站不住脚的。想当年，搞两弹一星的时候我们的经费就足吗？可我们成功了。我们除了依靠一群坚忍不拔、对科学充满献身精神，对祖国无比忠诚的科学家之外，再就是对极为有限的资金进行严格管理，集中利用，一个子儿掰成两半花，勒紧裤腰带搞科研。但看看现在，我们各方面条件都有了翻天覆地的变化，科研经费比过去大大增加了，多到一个小会计都可以轻易挪用两个亿。这难道不说明在科研体制、经费划拨、人才培养储备等方面同样存在着诸多的问题吗？而像国家自然基金会这么重要的机构竟然在财务制度上漏洞百出，账目混乱，财务领导玩忽职守，滋生出贪污千万的大蛀虫，再面对基础研究严重滞后，人才大量流失，各项制度机制亟待完善的严峻形势，把问题都归咎于经费短缺，继续“哭穷”是毫无意义的。

2004 年 10 月 21 日

面对国企“巨亏”，板子该往哪儿打

国企改制，成果不小，问题也不少。

不久前中航油巨亏令人瞠目，这两天又爆出中国储备棉管理总公司（以下简称“中储棉”）陷入困境。两起事件全是投机引发了灭顶之灾。与中航油“玩”期货倒大霉不同，中储棉栽在疯狂“押宝”进口棉花上。该公司在棉价暴涨期进口 20 多万吨棉花，耗资 50 亿元，已是大错，接着又不顾国家发改委适价卖出、平抑市场的劝说，有意囤积，企图谋取更大利益。结果，随着棉价走低，炒棉企业相继深度套牢，中储棉自然没幸免。成立不到两年，注册资金 10 亿元人民币的中储棉缩水过半，损失惨重！

一直以来，储备棉花是我国的通行做法。通过国家收购与抛售，有关企业负责保管达到平衡市场，保护棉农，调解供求的效果。但随着改革的深入，国家提出了改革现有体制，成立专门的棉花储备公司，独立承担储备经营的构想。成立于 2003 年 3 月的中储棉，还被认为是棉花购销改革的一大成果。此次投身炒棉，哄抬棉价，不但成为扰乱市场的罪魁，而且老本几乎亏光，这一“成果”说明了什么？

不得不说到国企改制中普遍存在的弊病。首先，别看改了制，但领导级别依然保留。官商一体让有些人既是管理者，又是经营者。老关系尚在，级别响当当，脱离上级，实现自主经营，一些人盲目自大，自我感觉相当良好。只有国企一把手是国家干部，员工、管理人员全员聘用更造成一把手独大，有问题无处申诉，更无人挑战绝对“权威”，董事、监事有没有都一回事，说一不二的一言堂比没改制前更凶。二是分配奖惩不合理。不管干好干坏，老总年薪都动辄几十上百万元。虽名为国有资产，但自主经营，独立核算，不仅干啥没人管，资金使用也完全可“独断”。而赚了便分红，赔了算国家，更让老总们肆无忌惮，放手豪赌。即使亏了，敷衍了事做检讨，“经验不足、决策失误、花钱买教训”之类的说辞听都听腻了。处理经常不了了之，或者换地照当官。零风险与巨额诱惑造成巨亏事件屡屡上演。

更可怕的是，这零风险还源于管理混乱。一出问题，相互扯皮，责任追究难上难。对于中储棉巨亏，财政部说不知情；发改委表示只“指导”储备，具体经营业务不管，发进口配额是给机会，进口多少，什么价购进全是自负盈亏企业的事。中储棉总经理辩称：进口配额是发改委发的，业务是发改委指导的，每次进口也是经发改委同意的，亏损是由“宏观调控造成的”！各方全“有理”，把责任推得一干二净。人们不禁要问：一项国家长期负责的物资储备，怎能突然“大撒把”？新公司成“大倒爷”，板子该打向谁？

的确，一些不适应时代的体制是要改。但如何改，管理、制度、措施一系列都得全盘考虑，哪能光换个“头”，甚至只换块招牌就拉倒？国家高级干部加国企老总，改制改成“土皇帝”，他不作怪才叫怪呢！放权不等于“大松手”，让储备、平抑市场的公司自负盈亏本身就有问题。它怎能保持平和的心态，怎能不想多捞钱呢？再说，国企亏损亏谁的？羊毛出在国家身上，这算哪门子自负盈亏？再说，这种改法，是否掺杂幕后交易也难说。现在许多事情都是打着改革改制的旗号，干的却是侵吞国有资产的勾当。国有资产大量流失的同时，一批富豪随之崛起，可谓致富有道。

问题还在于，现在很多事都是到了实在瞒不住、坏到底的时候才爆出来。若中储棉只亏几千万元，或石油化工巨头只亏几亿元，做做账，拆东墙补西墙，外人谁能看出来？中航油、中储棉存在的黑洞很可能只是冰山一角。难保还有一些国企的类似问题没“露馅”。堵洞不能哪漏堵哪。问题具有代表性，举一反三，反思政策、监管存在的问题，应促进各项措施的制定，深化改革，否则学费又白交了。

2005 年 1 月 15 日

国企老总年薪该拿多少？

分配制度是国企改革最重要的环节之一。其中，又以老总薪酬最吸引眼球。

广东国资委日前透露，该省本年度起将拉大省属国企老总的收入差距。根据方案，约有15%的老总将拿到最高的100万～150万元的年薪，4%只能拿最低的15万～25万元，绝大部分将处于中游，拿40万～90万元。据说，一项名为《企业经营人员业绩考核暂行办法》的条例，将成为提升国企经营管理水平的杠杆。

表面看来，此举传达的信息是：广东省属国企领导的业绩将与薪酬挂钩。干好干坏不再一样。在考核、薪酬等方面的思路措施正在拓宽完善。可新闻中提及的一句话却使上述说法大为“减色”，令人疑惑。因为在此之前，老总们年薪只有20万～30万元。这说明什么？可以看到，即便是干得最差的老总，其收入顶多是微跌或持平。“业绩考核”的实际结果是老总薪水普遍大涨。

现在只要一提国企负责人薪酬改革，那基本就两字——涨薪。涨的理由冠冕堂皇，建立现代企业制度，更新观念，尊重人才，体现劳动力价值等不一而足。抛开这些“大道理”不谈，实际涨薪的最根本原因是一些人总爱拿私企说事。称私企老板动辄年薪几百万元，言下之意国企应向私企靠拢，否则“不公平”，留不住人。能这么简单作比较吗？

先看体制。私企民营的性质决定了整个公司都是私人的。所谓年薪在很大程度只是个说法。只要乐意，爱怎么定无所谓，反正羊毛出在羊身上。可国企是国家的，薪水自然要与效益挂钩，否则，下边的副总及大小管理人员们怎么办？工人怎么办？他们要不要向私企靠拢？再说，私企亏了，全是自己兜着；国企亏了，老总还得照发薪，或者异地照当老总的也不在少数。

况且私企、国企虽同处市场经济环境，可负责人承受的风险与困难也不能相提并论。私企在创业阶段是一无背景，二没资源，三缺号召力。一系列事情上会遇到诸多难题。私企的成功与否全要靠经营者的能力胆识和机遇。看着人家发达成功心痒痒，别忘了背后的汗水与风险。怎么不说还有不少人赔个精光，无力偿债进监狱蹲班房呢？而国企牌子响当当，信誉有保证。政府扶持、贷款优惠都是私企难以企及的。相当一部分进行改革的国企本身架构已形成，不牵扯创业，只要别贪赃，不受贿，哪怕吃老本，风险和难度也小得多。而市场开放程度的不足，也造成国企仍然对一些行业拥有得天独厚的绝对垄断。像电信、石油、电力等“只赚不赔”行业，且企业效益好也并不表明领导水平有多高。国企的种种便利、优势、低风险、高保障，是许多私企无法比拟的。

国企老总的优势还不止于此。国企老总往往是有级别的。政企合一，官商结合。名声权利全有，仕途、经商均沾。高档专车坐着，专职司机配着。这比自己亲自买车、养车、开车，要省心、省事、省钱多了。还有为数不少的“福利”比如享有福利房、公款考察等。这一切“隐性收入”难道不算数？不能光看薪水一项。

事实上，这几年，国企负责人的平均薪酬与普通职工的差距越来越大了。透过中央直属国企的数据可探之一二。2002 年中央直属国企主要负责人薪酬是职工平均工资的 12 倍，2003 年更达 13.6 倍。在如此快的增幅和巨大差距的背后，企业效益和职工收入却并未与此成正比。前不久，国资委主任李荣融和国资委党委书记李毅中曾先后指出：国企负责人薪酬制度改革不能脱离现阶段国情和国企现实，更不能盲目与其他所有制企业攀比。要合理把握负责人薪酬与职工工资倍数，防止差距过大。改革既要体现企业家的社会价值，又要提倡奉献精神，还要考虑职工的承受力。薪酬要公开，主动接受监督。

的确，市场经济大潮是需要好“舵手”。现代企业应给人才提供较好的物质基础。贡献认同、社会价值体现这些都没问题。但国企的特性决定了负责人不同于一般商人，在行使权力的同时，更要承担社会责任。党员干部的身份更不允许唯利是图，实干、讲奉献仍是必须提倡和信守的准则。

当然，不论国企、私企，老总收入都应当与贡献挂钩，与风险同步。美国大企业家艾柯卡出任美国第三大汽车公司老总时，自定年薪一美元，表示要与企业一起走出困境。当他的年薪达到一百万元时，那是因为企业从破产的边缘发展到了年利润数亿美元，他值那个价！国企老总拿多少并不重要，重要的是他该不该拿那个数，合理不合理，科学不科学，不能关起门来瞎定，更不能把国企改革当成分食“唐僧肉”的机会，让极少数人趁机大抬身价，成为冠冕堂皇胡乱涨工资的借口！事实上，现在许多国企根本就还没有走出困境，有的上市公司连年亏损，而老总照样年薪上百万元，这算哪一家的章法？

2005 年 1 月 31 日

老板要"下岗证"的奥秘

下岗失业群体再就业，是政府最为关注并一直在下大力气解决的焦点民生问题，相关部门不断出台一些鼓励性的扶持政策。但有的人却对此动起了"歪脑筋"。

据报道，江苏镇江市一些早年下过岗，如今已住豪宅、开名车、身家甚至达千万元的私企老板，正想方设法将身份"还原"进下岗工人队伍，以便弄张"再就业优惠证"，享受新出台的免缴3年各类企业税费的优惠。当地一位工商分局负责人表示，他们在2005年就遇到近百位这样的"下过岗"的老板。

国家出台税收优惠政策，是鼓励下岗职工自主创业实现再就业，意在"扶上马送一程"。而早已"骑马千里"脱离创业阶段并已具相当实力的私营企业显然不应再享受这一优惠政策。腰包鼓鼓的私营老板们装"弱势"，逃避理应履行的纳税义务，显然是想钻政策的空子。"下岗早、没享受着税收优惠"不该是理由。此一时彼一时，身家上千万还装"弱势"，这如一个五尺汉子声称他小时候没吃上母奶，现在也要补吃奶一样滑稽可笑。更何况，私企老板的家业难道就与国家、地方、有关部门、众多人的帮助和支持以及其他优惠政策"丁点关系都没有"？这种"装贫避税"新花招在全国范围内不知还有多少。

"装贫避税"也暴露出一些政策措施制定时的不严谨，条文、审核存在漏洞，良好初衷被某些人钻了空子。再例如，一些地方在公共报刊亭、彩票销售点这类投资小、风险低、利润相对稳定的行当的申请、承租上，对下岗失业者是有倾斜的，然而某些人却利用各种手段骗取这些“紧俏指标”，再将其转租或高价倒卖。至于自主创业税收优惠，同样被一些人当作“商品”转卖，或通过“路子”替不具资格者代办。此外，根据国家规定，新成立服务型企业，当年新招下岗失业人员达职工总数的30%以上，并签3年以上劳动合同，可3年免征一系列税费。然而，这一规定却俨然成了一些技术含量高、营业金额高、员工数量少的企业的“避税法宝”。杭州一家企业由此半年免缴税费476万元，但同期支付给4名下岗职工的工资、“三险一金”等仅为5.4万元，“净赚”470万元！这还引出了如下怪事——有的地方企业获得的减免税额呈数倍的猛增，可实际被安置的下岗失业人员数量却在大幅减少。一系列政策缺陷、把关不严引发的问题令人始料未及，一些结果事与愿违，下岗失业者究竟能受益多少等问题令人深思。

事实上，“十一五”规划已明确指出：要注重社会公平，让更多人共享发展成果。具体到再就业优惠政策，本意是为困难群体创造有利条件、减少负担，使其有更多也更为公平的机会改变弱势、贫困现状。但如果这种优惠让本不应享受者获得，不但无法起到“雪中送炭”的作用，反而可能被人用以“锦上添花”，势必引发新的社会不公平，贫富差距被进一步拉大。政策的漏洞，说明制定时的粗糙。一项涉及国情民生的政策，应当充分进行论证，广泛听取各方面的意见，而不是由少数人“拍脑袋”拍出来。当然，如果让听证会流于形式，走过场，最终还是由长官意志主导，这样制定出来的政策往往还是漏洞百出。有空子可钻，歪脑筋才能得逞。

2005年12月14日

“中档消费”的惊人浪费

“建设节约型社会”如今已是主流理念。毫无疑问，政府机关理应充当表率。近年来，关于机关、政府部门节水、节电、会务消耗从减等“细节”号召层出不穷，奢华公车、豪华办公楼等“大的方面”的消费也进入严格控制之列。可一种更为普遍的“中档”浪费，却如“漏网之鱼”，常常被忽略了。

具体说来，“中档”浪费是指机关盲目购买办公自动化用品。

如今在很多单位，不管啥部门，电脑几乎人手一台，且配置绝对“新潮”，网络化搞得轰轰烈烈。像传真机、复印机、激光打印机、投影仪、数码相机等等更是“一个都不能少”。普通干部、科室如此，头头们更是高档的笔记本电脑与台式机“双剑合璧”，所有设备全配高档的。由此，宽敞气派的办公大楼里整齐划一的电脑以及诸多现代化设备可谓“蔚为壮观”。可这些“宝贝儿”真发挥应有的作用了吗？

现代化的办公设备是与现代化的办公人才相匹配的。高技术装备不仅需要相应的“用武之地”，还对人员素质有较高要求。可现在有很多干部或懒得学，或对新技术有“恐惧心理”，对电脑及其他新技术一窍不通。花大价钱组成的计算网络成了打字、游戏和聊天的工具。一些人认为电脑“不过尔尔”，没啥“大用”。不少地方政府网站成“一潭死水”，数月不更新一次，更别说发挥作为与群众进行沟通的桥梁的作用了。原本应承担繁重打印文稿任务的高速打印机、复印机天天放“大假”。数码相机、摄像机名为“工作需要”，实际却往往只在“考察”、“外地学习”时发挥留靓影的作用。彩色激光打印机更被不少人用来“自力更生”印自个儿的照片。一些人还将笔记本电脑抱回家，甚至“狸猫换太子”，把家里的破玩意儿与公家的“调包”，损公肥私！

别看这“中档”浪费单件价值比公车、盖楼还有“差距”。但由于不分级别，几乎人人有份，合计的数字恐怕同样令人咋舌。据统计，2004年我国政府采购规模为2200亿元。其中，备受关注的汽车采购达500亿元之巨。考虑到政府上网工程、信息化办公等大背景，这方面开销所占剩余比例想必也绝非小数。而且，电子产品、IT行业的发展可谓“日新月异”。很多设备还没来得及“施展拳脚”，就被各单位以“陈旧”、维护成本高、已“不能满足”需求为由淘汰掉，沦为“废品”。出路则是仓库积压、低价贱卖或捐给贫困山区。之后，则再掀起新一轮采购热潮。反复投入与喜新厌旧不仅劳民伤财，造成巨大浪费，而且，现代化设备所蕴涵的高附加值、高效率也远没有被利用。

事实上，政府采购是规范了供给秩序，各单位能以较合理价格买到有保证的产品。可相关规定中轻审查的缺陷也显而易见。现在是单位只要有钱，所购商品在供货名单，基本是想怎么买就怎么买，更新换代同样随心所欲，真是“崽花爷钱心不疼”！试想，如果是私款，一些人还会如此大手大脚，毫无顾忌吗？这也折射出“吃皇粮”单位现行财政拨款与审批制度存在缺陷、漏洞。根据经验，年底通常是各单位“突击”采购的“黄金时节”。原因是，如果年度拨款没花完，上边会认为“拨多”了，来年则很可能减少；如全部花光了，来年就有理由争取更多经费。勤俭节约“没好处”，浪费哭穷“吃奶多”，不要白不要。年复一年，浪费越来越多，赤字越来越大，还以为是事业发展的需要呢。

实际上，“建设节约型社会”是一个整体概念。国家提出这一战略方针，已经意识到浪费问题的严重性。在法制化、制度化的社会，光提倡传统性的节俭是不够的。节约要深入到每个环节。比如，针对政府采购必须制定相应法规，对采购规模、使用、报废等环节进行密切的监督和约束，控制、降低办公成本。政府起表率作用到不到位关系极大，如律己不当，何以律人？

2005年8月3日

网络游戏，说不尽的爱和恨

网络游戏（以下简称“网游”），因其高成长、高获利和广受青少年欢迎，已成为近年最有“钱途”的IT产业。有人高兴就有人愁。据中国互联网信息中心最近调查，在我国约2000万网游少年中，已有260万人网游成瘾，成为逃学、夜不归宿一族。这让成千上万的家长们头疼心烦，吃不好睡不着。

在那些网吧里通宵“鏖战”的孩子们眼中，“玩网游就像吃饭一样”。看来，网游成瘾问题，已是“秃子头上的虱子——明摆着”。对此，游戏运营商、互联网接入商以及网吧经营者们，看着财源滚滚自然是满面春风。而家长、社会对一些孩子深陷其中、难以自拔则焦虑万分。因过度沉迷，发生个别猝死、跳楼甚至违法事件，更引发一些人惊呼网游如“电子鸦片”！

人们不禁要问：网游为什么能让人疯狂、痴迷？青少年又为啥对虚拟世界情有独钟？

谈网游，先得回顾电子游戏的发展。1958年，一美国物理学家通过模拟计算机与示波镜搞出的网球小游戏，可说是目前公认的“电游始祖”。当时的人们绝想不到这玩意儿今后能产生巨大商业价值与社会影响。直到1983年，日本任天堂游戏机FC

问世，电子游戏才真正在世界范围迅速普及，进入国内则是在20世纪80年代末期。“人机大战”使普通人不再仅是“高科技”的观看者，转而成为对弈参与者，操作技巧水平直接影响“过关斩将”及结局。它既给人以强烈的感官冲击，也激发争强好胜心理，一度更有“开发智力”之说。而随着计算机进入家庭，软硬件发展日新月异，电脑也悄然成为一些人的“高级游戏机”。互联网浪潮、网络电子游戏，则进一步对传统电游产生了颠覆性变革。网游实现了不同地域、时区的玩家，在同一游戏平台进行实时“真人大战”。一些大型角色扮演游戏，由于设置了职业、身份、财富、经验等属性，及真人交流的实质，甚至俨然形成“虚拟社会”，且游戏没有尽头。尽管在成人眼中这“一切皆空”，但思想不成熟的青少年却可能从中感受到现实无法取得的“身份地位与成就的满足感”。尤其是应试教育所带来的压力、青春期躁动等因素，更容易使某些孩子甘愿陶醉于虚拟世界。而游戏投入精力越多，“游戏成就感”则越强，进而也越不愿回归现实，最终导致恶性循环。

而且，随着社会、观念、行为方式的发展变化，玩也已不完全是“毫无前途”。诸如电子竞技、职业玩家、卖游戏“点卡”、“装备”等新职业、新事物已然浮出水面。某些竞技类游戏知名选手、著名“战队”不光受到众多“粉丝”的“顶礼膜拜”，相关厂商更以高薪聘请他们做形象代言人，派头堪比大明星。而代他人“练级”、卖“装备”的普通职业玩家，有的每月也能获取数千元乃至更高的收入。此外，还有人做起网上售卖各种游戏“点卡”的营生。当然，相对众多普通游戏者，真能以玩游戏赚钱的毕竟是小部分，可“榜样的力量是无穷的”，幻想“玩出一片天地”的青少年相信不在少数。

针对青少年网游成瘾，诸如游戏厅网吧管理条例、身份证登记、营业时间控制、“防沉迷系统”……各种加强管理的措施已是不胜枚举，查处整顿更不计其数。但效果如何呢？往往是“上有政策下有对策”。实际上，此类“重堵轻疏”、“治标”而非“治本”的措施本身就值得商榷。

应当看到，电子游戏在世界范围内已成为一项高速发展的巨大产业。“网游圣地”韩国，2004 年网游市场规模超过 40000 亿韩元，发展网游甚至被奉为其国策。而索尼的 PlayStation2、微软的 Xbox 等众多游戏机同样创造了惊人的市场与财富。事实上，“电游时代”已不容回避，发达国家似乎也不曾谈虎色变。对于我国青少年网游成瘾，家长、学校、社会一方面应努力改善应试教育、溺爱孩子等外部因素；另一方面，对心瘾则应通过有针对性的心理辅导，培养其自控力，逐渐予以化解。至于游戏本身，政府规范净化是一方面，开发运营商同样应该理顺履行社会责任与获取利润的关系。

玩是人之天性，网游说到底只是信息社会的一种新玩法。强行压制不是好办法。这又好比是弹簧，猛压是会收缩的，但放手必定反弹。唯有理性看待、客观分析、因势利导、疏堵结合、收放有度，才是解决之道。

2005 年 11 月 16 日

如此“摆设网站”

“高射炮打蚊子”，比喻大材小用。如果是马拉汽车，那就纯属糟蹋物件了。不久前，《人民日报》上一篇题为《政府网站不能成摆设》的短文，读后让人慨叹不已。

互联网的便利高效已得到广泛认同。我国政府于20世纪90年代末也开始推行政府上网、电子政务工程。目的在于加强信息公开，提高办事效率，方便百姓，促进政府与群众的沟通。国家为此投入了大量人力、财力，各地区、部门相继建立了各自的网站。政府网站如雨后春笋般涌现，但不少官方站点新闻不新、版面单调、网速极慢还常出现“该网页无法显示”现象。沟通作用也没有发挥，不是没有信箱、留言板等信息交流平台，就是发出的信件、提问如石沉大海。有人给这样的网站号脉：“内容陈旧，文件过时。看过后悔，信则误事。现代工具，纯当摆设。”

出现“摆设网站”，首先是因为不少领导者对电子政务并不重视。部分领导干部本身对计算机、网络知识比较缺乏，给他们配备计算机就是当摆设，他们既不会操作，也不愿学习。因而，更谈不上重视网站了。其次是，思想观念的陈旧，便民意识缺乏，对网络信息交流技术认识不足。一些人认为过去没有计算机，更没网络，工作也干了。网络这么“新潮”，还得学习，还要找专人维护管理，太麻烦，更没有半点经济效益，光烧钱。只是“上面”的指示还得执行，那就对付好了。一些地区和单位仅仅找些人把网站建起来，放一些地区介绍、城市概览之类无关紧要的内容就认为万事大吉了，之后就再无人管理更新，结果网站内容“数年一贯制”，国家投入巨资购买的硬件设备等于闲置。

搞“摆设”，是我们不少干部的强项。不管上边有什么任务，什么要求，他都能及时对付，做出个样子。这样做，既可以交差，又不费劲。这是不少人的为官之道。其实这些官员也像个“摆设”，倒霉的是那些“摆设”之下的老百姓。

所幸的是，也有部分网站在政务公开和互动交流信息方面取得了一些进步。据最近发布的《2004 年中国政府公众网站评估研究报告》，省级政府网站综合得分排名前 5 位的省市依次为北京、上海、浙江、江苏、重庆。其中，北京市政府网站丰富的政务内容、较强的时效性，上海市政府网站的政务公开、多类办事状态信息查询，商务部网站强大的互动交流特性都十分有特色，从中可看出这些网站的主管单位是在用心去做，自然这些网站也受到广大网民和群众的欢迎。

不难看出，搞得好的政府网站多在政治、经济、文化较发达，网络普及率较高的地区或大城市。这也说明搞网站不仅需要思想与时俱进，还需要拥有足够财力以及一批高素质、尽职敬业的专业人员。因为网站不同于传统媒体，它既需要传统的采编人员，还需要网络维护、网页设计、数据库管理、美工等专业人员。高素质人才和先进设备需要巨大投入，这显然是一些欠发达地区所不具备的。尽管政府可以统一购入硬件设备，但人才缺乏却并不是可以统一解决的。

实际上，电子政务是科技时代政府行政管理的一次革命。作为窗口的网站是群众了解政府动态、相关政策最为便捷的途径。它在政府与群众间架起了一道无形而坚实的沟通桥梁。尽管实践过程可能存在各种问题，但这是个潮流，是发展的趋势，不重视就会落伍，影响到方方面面，“摆设网站”不能再摆设下去了。

2004年12月5日

官风民意

公车的“消费腐败”

公车消费的腐败，一直都是老百姓深恶痛绝的。尽管中央以及各级纪委三令五申，要求严格控制利用公款购买超标车，但依然有很多地方、部门顶风违纪。

云南省纪委于 2003 年 1 月 8 日发出通知，要求当年内全省各级党政机关、财政拨款的事业单位和国有亏损企业不准购买小汽车，实施“无车年”计划。然而进入 2004 年，这一禁令刚一“失效”，压抑了一年的购车欲迅速爆发出来。仅 2004 年前 5 个月，该省超标购买的公务车辆就达 255 辆，花掉 1.26 亿元！而且超标车中有 167 辆都是大排量的豪华越野车，距省会昆明只有 10 多公里的呈贡县就购买了 6 辆排量 4000CC 的“丰田陆地巡洋舰”，每辆耗资 60 多万元。大理市委、市人大、市政府、市政协、市纪委共买进 12 辆“丰田陆地巡洋舰”，耗资 900 多万元，其中的两辆每台价值竟高达 88.4 万元！

这样一个年人均纯收入在 882 元以下、人口有 687 万、绝对贫困人口达 257 万的省，却将 1.26 亿元人民币用于购买豪华汽车，确实令人深思的。他们如何通过有关审批，经费又从何来，有众多疑问。

其实，动用大量公款购买超标汽车的现象，决不限于云南一地，全国很多地方都有这样的情况。不少地方官员丝毫不顾民生疾苦、财政赤字、教育落后等棘手问题，东拼西凑，借钱贷款也要弄几辆豪华小车，为的就是争得表面上的风光，满足个人享受的私欲。公车接送领导老婆、子女上班上学，用公车周末出游，用公车做人情参加婚丧嫁娶等等现象屡见不鲜。这样的行为不仅严重违背了"立党为公，执政为民"的宗旨，更催生了大量的腐败现象，使得民怨四起。长此以往，地方财政会因支付巨额的买车、养车费用而更加吃紧。

回想老一辈革命家不仅兢兢业业地为新中国的建设贡献自己的全部力量，而且生活作风简朴，在用车问题上对自身的要求非常严格。比如，周恩来总理，就一直严格遵守因私用车交费的规定，把到公园散步、看戏、跳舞、到医院看病以及接送亲戚、私人访友等等都算作私人用车。当有关部门想给他换一辆奔驰车时，他严肃地说："那个奔驰车谁喜欢坐谁就去坐，我不喜欢，我仍坐红旗。"他还说过："我们国家底子薄，还是一穷二白，在相当长的历史时期里都要坚持艰苦奋斗、自力更生的光荣传统。外汇很宝贵，要用在建设上，不该花在消费上。"也许有人说，什么年代了，坐车也要与时俱进。可这些人却忘了，胡锦涛同志带领新一届中央领导班子去的就是西柏坡，强调的就是"两个务必"：务必使同志们继续地保持谦虚、谨慎、不骄、不躁的作风，务必使同志们继续地保持艰苦奋斗的作风。那些拿着广大纳税人的钱胡乱购置高档车满足私欲的行径，不但违纪违规，也有悖共产党人的称号。

超标购车为何屡禁不止？在有些人看来，把公款装进腰包里，那是犯法犯罪，把这些钱拿来买豪华车享受消费了，不算什么大不了的事。公车中的“消费腐败”就这样长期得不到治理。针对公车消费的腐败，治理的有效办法在于根据规定对公款购车进行严格的标准审批，并加大监督力度。

2004年6月25日

有感于国庆期间公车封存

2004年国庆节，大连实施了一项举措，就是过节期间公车全部封存。为何如此？据说是有关部门预测国庆节期间将有约35万游客来到大连，每天通过沈大高速公路进入该市的机动车将达3万台次。为了缓解交通压力，减少道路交通安全隐患，封存公车计划应运而生。据介绍，这是该市第二次在国庆期间采取封存公车的措施。而根据2003年的经验，这一举措的效果十分显著。

从表面上看，这只是一项缓解交通拥堵的临时措施。但从深层次考虑，问题就来了。为什么公车会在节假日给交通带来压力？公车在节假日会出行“办公”吗？明眼人一看就知道是公车私用。而从2003年该措施实行的效果看，也恰恰说明了平时公车私用的严重性、普遍性。该举措并非是简单的缓解拥堵措施，而是在一定程度上禁止了公车私用。该举措的实施无疑是件好事，能收到一举两得的效果。

禁止“公车私用”这些年成了老大难问题，也是老生常谈了。这种行为既可能损公肥私，让一些人花国家、纳税人的钱舒服享受，又不像贪污受贿那么严重有法律管，因此成了很多官员以权谋私的一种途径。每逢节假日，公车被用于出游、婚丧嫁娶送子女上学放学等现象十分普遍。公车私用也成了百姓反映最强、最为不满的腐败行为之一。

据数据显示，20 世纪 90 年代末，我国公车总数就已达 350 万辆，包括司机、保养等在内的开销每年高达 3000 亿元人民币。本世纪又过了近 4 年，公车数量剧增。并且随着车辆档次的不断提高，养车费更成为地方财政的沉重负担。而在这笔巨额开销中，有相当一部分是人为的损公肥私。在很多地方，公车真正公用的比例相当低，仅占三分之一，而三分之二都被干部和司机私用了。有些人凭借公车费用全部报销的有利条件，公车不仅为己所用，更把它当作拉私活，赚人情，挣外快的工具。某些公车的维修维护费用更是高得惊人，令人生疑。有的单位新车刚买不到两年时间，竟用掉近 20 万元修理费。还有的公车一年能“换”18 只轮胎。在某些人看来，公车就是摇钱树，吃喝玩乐、请客送礼、游山玩水、宴客接待，甚至洗头费、按摩费，都可以堂而皇之地算在公车开销头上，整个一“公车大黑洞”!

公车腐败在群众中造成了极恶劣的影响，也带来了沉重的经费开销，引起了有关方面的重视。但若想在短时间内提高干部觉悟，细化公与私，进行监督都非易事。一些地方财政因不堪重负，又想避免麻烦，干脆将车辆全部卖掉了事。深圳等沿海地区就取消了“公车”制，以“补贴”的形式解决干部出行问题。这些措施虽然有效，普及推广却也存在相当难度。

大连市国庆期间封存公车的做法，无疑是好事，能起到一举两得的作用。但也有其不足。既然是禁止公车私用，为何不大大方方地宣布执行？有必要再找个缓解拥堵的名义吗？而且国庆节期间可以“封车”，那么在五一节、元旦、春节以及普通周末时为何不能进行效仿？难道说这些时候就不拥堵了吗？不拥堵就可以公车私用了吗？看来这只是个权宜之计。与其仅仅搞国庆节期间“封车”，不如干脆对公车私用这股歪风进行彻底整顿，建立健全制度。北京有的单位，公车统一管理，统一调度，统一结算，出车凭调度通知单，出车司机、车号、坐车人，时间、地点、公里数，电脑打印，清清楚楚，而且经费各部门包干，超了补交，剩余部分可移到下年度用。这样，公车私用、司机拉私活就困难了。过去车不够用，现在还有剩余的车出租，谁要有私事用车，交费就可以，比街上的出租车便宜，且车辆又高档。

总之，办法是有的，问题是想不想改，真改还是假改！

2004 年 10 月 10 日

官车“变脸术”

川剧“变脸”可谓巴蜀一绝。可四川的“官车”如今也学会了这绝技。

汽车的“身份证”就是牌照。而牌照是有讲究的，一般省市领导人的专车，车牌号总是排在最前边，公、检、法机关的车也能一目了然。所谓“官车变脸”，则是通过一种电动装置能瞬间切换不同“身份”的牌照。据观察，在四川成都一次重要会议上，与会不少官车已装上“变脸器”。司机一语道破：车牌一换，行动方便！

官车为什么要变脸呢？因为官车私用屡遭媒体曝光和群众检举，成为一大腐败现象。为了逃避监督，不希望被人看到公车出现在“不该出现”的地方，于是就要变脸，公的暂时变私的。有人称他的车“变脸”是经过审批的，是“工作需要”。相信这只是极少数，比如公安侦察，跟踪嫌疑犯，换个牌子是为了隐蔽。但问题是，群众却总是在大酒楼、夜总会、桑拿浴、洗脚房前发现装着“变脸器”的公车，而且多不是干公安这一行的，又怎么解释呢？“尾巴”还是藏不住。

人们常说，上有政策，下有对策。现在是下有监督，上有戏法，某些官员跟老百姓玩起了捉迷藏。这公仆当得真有点累！可没法呀，对于公车私用，上至中央，下至地方，各种禁令、条例多得数不胜数，群众对此更是深恶痛绝。光硬顶不行呀，顶风作案又怕被抓了典型。不少部门还比赛着买好车，公车私用显派摆谱，聪明点的则两套车牌玩“变脸”，想摆谱时挂公车牌，欲掩人耳目用私家车牌照，灵活多变。

看来治理公车腐败还真不易。涉及公车的一系列问题，说到底还是一个制度问题。公车改革喊了半天，地方当权者不积极，自然是宣传呼吁“雷声大”，实施起来“雨点小”。公车制一改革，专车将大减，公车私用将被禁止，那意味着现在的既得利益者的巨大损失，让这些既得利益者怎么会积极进行车改呢？

那么，对于公车私用难道就没治了？车改路在何方呢？仍靠官员自改自纠显然不是办法。政府和公职人员都是纳税人养着的。从哪方面讲，公众都应对政府开销具有相当发言权。在西方国家，各级政府预算必须通过议会这道关。如被否决，不仅分文钱不能动，政府还可能遭受不信任。而我国1954年至今的四部宪法也都赋予了人大预算审批权。可实践中，由于中央与地方财政权的划分仍未法制化，预算执行审计并没有从行政权中分离等原因，各级人大的监督往往不力。因而，纵然群众对公车、招待费等许多问题牢骚满腹，但就是没有发言和决断权。而在打击各类损公肥私活动中，预算细致透明，让人民代表更具有代表性，切实履行群众监督，恰恰是关键中的关键，更是政府执政透明化、公开化、体现民主的必由之路。此外，对政府、公职人员的监督形式也必须改变。纪检、监察应当引入“独立机制”。香港“廉政公署”、发达国家相关机构的经验应予慎重考虑和借鉴。而在依法治国的大环境下，更是必须明确许多问题的性质。不能还像现在这样贪污几万元算犯罪，但公款吃喝玩乐、公车浪费几十万却没什么事，或至多给个什么处分。

“公车变脸”令人气愤，可这也说明相关法规开始发挥效力。在打击过程中，群众、媒体应继续大胆揭露曝光。这样，不管孙猴子怎么变脸，大家也能识破他的真相。

2005年7月30日

透视“卖官有道”

被称为“建国以来最大受贿卖官案”的开审成为近几天的焦点。据报道，黑龙江绥化市原市委书记马德受贿卖官共涉及绥化各部门50多名一把手、10县市半数以上处级干部。黑龙江省政协原主席韩桂芝、国土资源部原部长田凤山落马，据说也与此有直接关联。尽管检察机关最终“仅”指控马德受贿17次、卖官12次，赃款共计603万元，也并未提及韩、田二人。但本案所折射出的卖官丑行本身以及干部的心态、腐败根源，却也足以令人深思。

事实上，卖官这一行径还很有历史。秦汉时期“纳粟拜爵”，就是用当时最宝贵的粮食，作为官爵的交换条件。自那之后，历朝历代或明或暗的卖官方式就从未终止，直至最后的封建王朝——清朝尤甚，竟有了“捐纳”之名。

古代卖官有两个重要原因：

一是朝廷需要。秦汉“纳粟”是缺粮，清朝更将“捐纳”作为不可或缺的财政收入。单就清朝而言，康熙五十年（1711年）后，实行“盛世滋生人丁，永不加赋”，雍正又“摊丁入地”。这些改革本意是减轻民众赋役，但也造成了以农业为主要收入的国家财政十分吃紧。缺钱就得开源。但当时贸易不发达，商业水平低，唯有公开卖官“便利”又“实惠”，以至于“捐纳”泛滥成灾，从捐虚职副职到实职正职，暂时没位置就等“缺”，低级官员半数以上都是花钱买的！那么，既然官是重金所得，又好不容易才等到了“缺”，能不变着法儿搜刮民脂民膏？先捞本翻番，再捐更大的官，周而复始，形成官场恶性循环。

二是低薪“所迫”。事实上，明清两代并非实行“高官厚禄”。据载，清朝官俸一品每年不过180两银子，七品只有区区四五十两。如此微薄俸禄在当时也顶多够上小康。而明朝的情况，从官至二品、时任南京都察院右都御史的海瑞身上也能得以充分体现。这位十分廉洁、被视为“异类”的大清官，死时仅留下白银20两，甚至不够殓葬。所以，当清官就得穷死，要活得体面就得贪。品级低的州、县在钱粮上多征少报，以“耗羡”为名多征多要。总督、巡抚等大官，握有任免实权的京官，受贿卖官则是最稳定、最主要的收入来源。这些官场“规则”上至皇帝、下至黎民皆心知肚明。即使是“明君”乾隆，也养出个“大蛀虫”和珅。

不管是朝廷捞钱，还是个人自肥，卖官的结果导致官场腐败，民心丧失，政权更迭。

我们党执政几十年，极少有卖官的现象。但在经济大潮冲击下，诸多诱惑让不少人心态失衡，道德丧失，信念迷茫，沦为金钱奴隶。市场经济的一些“法则”也被引进到官场。一些官员把手中的权力当作谋利的工具，将掌握在手中的“乌纱帽”作为特殊紧俏“商品”出售，牟取暴利。韩桂芝卖官案，导致5个副省级、一批地厅级官员落马。马德凭着从韩桂芝那儿买的官位，也如法炮制，一批县长、县委书记、市委副书记、市财政局副局长等官员又相继“下水”。一条“大鱼吃小鱼”，“小鱼变大鱼”的腐败食物链彰显！卖官成风，任人唯钱，从根本上违背了党的宗旨。

“马德案”不是个别的、偶然的。它给执政党的建设提出了新课题。一个政权，最大的腐败是吏制腐败，而买官卖官则是吏制腐败的典型表现。党风廉政建设，一方面要从精神层面为各级干部“扶正祛邪”，保持共产党员先进性，立党为公，执政为民；另一方面，则必须治党从严，坚决将韩桂芝、马德、田凤山之流及时清除，绳之以法，同时切实加强制度建设，建立一套行之有效的防范机制。这个任务将是长期的。

腐败与反腐败，相生相克。纵观古今中外数千年历史，腐败、卖官从未间断。因此，出现腐败并不奇怪，也不可怕，关键在于如何应对。将“马德案”公之于众，表明了党和政府反腐败的决心，同时也增强了人们对廉政建设的信心。

2005年3月25日

何谓“期权腐败”

浙江台州一名房改办负责人在位期间，将市区黄金地段一片土地出让给某民营企业主。后者利用该地建成小商品市场，发了大财，有了上亿元资产。该负责人退休后被企业聘用，年薪30万元、高级住房一套、轿车一辆、外加每年数万元请客送礼签单权。人们给这种腐败方式取了一个名：“期权腐败”。

“期权腐败”，是近两年才出现的新情况：领导或当权者在位时，利用手中权力，以各种手段为其他公司、单位谋取不当利益，而“回报”并不立竿见影，而是根据私下“协议”待其退休或离职后才以各种形式兑现。因与期货交易异曲同工，故此得名。这种腐败实施过程十分隐秘，较之传统腐败手段更高明。

这种新型腐败方式，是在近年来反腐力度不断加大、打击力度进一步增强的形势下变出来的新对策。它不再是一手交钱一手“交货”，而是分“两步走”。在职期间当权者账户清清楚楚，就算有怀疑也抓不到他的任何把柄。退一步讲，即便查出操作存在违规，但他一没收礼，二没受贿，很容易蒙混过关，大不了通报批评，停职反省。小风险与大诱惑，驱使一些人铤而走险。这也暴露出我们监察工作多年来一直存在的一个漏洞，即在很多情况下，仅仅根据是否受贿，收了多少判断犯罪，造成的巨大损失反而成为次要因素。而定罪量刑同样存在这一缺陷。“定性”上的缺口给了腐败分子可乘之机。现在不少干部突然辞职“下海”，很可能与“洗钱”、“期权腐败”有关。“期权”双方均为低成本、高收益。那些退的人关系网仍在，给个副总、高级顾问的头衔，他们利用老关系在生意中牵线搭桥。这种“得天独厚”的优势不仅可以带来更多利益，还可能拉更多官员下水。而对那些腐败分子来说，交易不过是举手之劳，收益却是“天文数字”。刚离职就能混个副总、顾问，年薪动辄几十万，车、房全给配。老板说这是尊重人才，市场规律，就值这价！他“下海”开公司，买空卖空搞几回，脏钱立刻就“漂白”，还振振有辞，说你过去埋没人才，他一单干就发达！

由于人事制度改革，竞争激烈，不少铁饭碗不再保险，一些人在感到危机的同时就动起了歪脑筋。各地区、各行业的高层管理人员都出现了发挥自身“优势”进行权力寻租的现象。目的就是趁着有权赶快捞，为自己留后路。所涉及的期权行贿单位不仅有国内民营、私营企业，甚至连跨国集团、外国大公司都牵扯其中。“期权腐败”正呈愈演愈烈的趋势。

可以想像，查处“期权腐败”，难度相当大。首先，要认真研究剖析案例，寻找规律，进而完善修改相关规章条例，堵塞漏洞，从制度、法律层面减少“期权腐败”的可能，加大专项打击力度；其次，在干部任用、资金使用、工程发包、土地批租、贷款等一系列重大问题上，必须实行公开、透明的集体决策，环环有监督，避免一人说了算；更重要的是，不仅要对掌权者在职期间实行收入财产申报制度，对其退休、跳槽、下海之后的去向也要备查，实行永久责任追究制。如果存在问题，无论离职时间多长，不管身在何处，都要一追到底，让“期权腐败”分子终生不得安宁。这样的杀手锏就有威慑力了！

2004 年 12 月 9 日

“太太烧香团”“烧”出了什么

拜佛烧香，本是宗教信徒信仰虔诚所为。可现在居然也“烧”出了腐败。

如今的烧香早已不再“纯粹”了，掺杂了大量“私心杂念”。有求财的，求偶的，有求健康的，还有求考高分的。可以说是功利性极强，迷信色彩相当浓烈。但最令人不安也最引人关注的还是官员进香叩拜。当官的烧香目的更明确，就为“升官发财”。在泰山、衡山等佛教名山，香客中有相当部分是有头有脸的高级干部。每逢节日、“神灵生日”，往来叩拜的领导专车络绎不绝。烧香得给“香火钱”，官员们不能“寒酸”，少则数千多则数万。新年“头炷香”更被炒到十几万元。烧“头炷”香往往也讲级别，没那“份儿”有钱也枉然。官员应酬多公务忙，官太太们不能闲着，组织起“烧香团”，巡回前往各地名山大庙烧香还愿。某地“太太烧香团”一年“烧”掉几十万元。

官员烧香已不是简单的行为不当，这一举动反映出的是一些干部内心的深层问题，值得思索，令人堪忧。

首当其冲的就是信仰丧失，精神迷茫。共产党人信奉马列主义，是唯物主义者，应心胸坦荡，不信前生来世，更不信鬼神。

这种信念从入党第一刻起就应成为思想准绳。受党教育多年的高级干部，本应对此有更深入理解。然而有些人官当得越大信仰却越差，甚至将仕途与佛祖保佑紧密相连，这从一个侧面表明一些党员干部思想信仰的动摇变迁。而佛教本意在于教育、感化众生，是对心灵的净化，以慈悲为怀。可封建迷信背弃了佛教宗旨，只重索取，烧香拜佛仅仅是为了达到个人的功利性目的。官员烧香不仅是对信念的背叛，也是对佛教本身的亵渎！

其次，提拔升迁本应是根据政绩，可现在却出现了烧香看运气，且上行下效。一些官员迷信风水，热衷"大仙"指点，这在一定程度上暴露出一些地方的官场存在诸多不"确定"因素和潜规则。正当途径未必能实现个人升官发财之愿，信仰受歪风影响严重动摇，鬼神之说，佛祖保佑，就成为一些官员"最佳"的精神支柱。钱能通神，什么脚踏实地，什么执政为民，怎比得跑官要官来得实惠，怎比得送礼送钱立竿见影？官场小圈子，裙带关系，利益关联等一系列腐败现象应运而生。

进香施舍原本表示对佛之虔诚，用以庙宇僧众维持生计。佛家眼中众生平等，此善无大小之分。但一掷万金使之全然变味，巨额香火钱来路不正，有的是慷公款之慨，行个人之善。在这些人眼里，佛也是可以"收买"的，也一样"见钱眼开"。一些贪官一边大捞特捞，一面供佛施钱，为的是"洗清"深重罪孽，获得片刻"心安"，更指望佛祖显灵保佑"平安无事"。这是何等无知、可笑！自欺欺人的侥幸心理何尝不是贪官们的莫大悲哀！

坚定的信仰，正确的人生观、价值观、权力观对党员干部极为重要。而代表政府、被赋予公权的官员，信仰坚定与否更将波及方方面面。正因如此，老一代革命家以及新一代中央领导，都曾对为谁执政、为什么执政这一根本性原则做出过重要论述。"为人民服务"、"我是中国人民的儿子"、"三个代表"、"保持共产党员先进性”等，这些耳熟能详、深入人心的话语无不是对党员干部的时刻督促、衷心诫勉。这些早已清楚地表明共产党“一切为民”的执政根本。此外，就是资产阶级民主国家，从政也意味着必须放弃私人逐利，以权谋私的下场同样是可悲可鄙的。

烧香拜佛、升官发财与立党为公、执政为民是水火不容的。“保持共产党员先进性”教育正是及时的“洗礼”教育。提高全体党员觉悟，增强信仰、警世教育，找出问题，积极整改，切实提高执政水平，这都是高层对目前党内问题的审时度势，高瞻远瞩。只有这样，党才能兴旺发达，国家才能长治久安。

2005年2月24日

“吃空饷”算不算贪污腐败

有人经商被查出偷税漏税金额不小；再一查，他还是京城一大机关的职工，“请病假”长达10年。换句话说，他下海经商10年，还在单位拿工资吃“皇粮”。单位借此一查，竟查出一串“吃空饷”的。

最近一段时间，“吃空饷”这个词频频见诸媒体。可见问题不是个别的。一些“吃皇粮单位”的干部职工利用退休还在编、离职下海仍占岗、亡故不注销、冒领等手段骗取“俸禄”。据说，由于具有普遍性、长期性，此问题已成为困扰许多地方的老大难。仅在四川南充就清查出“白吃”人员2300多人，年“白吃金额”约2000万元！不查不知道，一查吓一跳。

过去只听说过旧军队里有“吃空饷”一说。一个师，一个团，编制是多少人，实际只有一半，或者更少，可照样领全额军饷，多余的就进了当官的腰包。“吃空饷”是旧军队的普遍腐败现象，是当官的一条发财之道。而目前，靠“吃空饷”发财的官不大见了，可“吃空饷”占便宜的人却不少，而且其中是干部的还相当多。据有关材料显示，在“白吃者”中，属头头脑脑的占据了相当大的比例。这种事居然长期普遍发生在党政机关、“吃皇粮”部门，这就很值得探究了。

按说，党政机关和国家企、事业单位，在这里供职的大都已不是一般的老百姓，党员、干部的比例比较大，本应在各方面充当表率。这“吃空饷”往轻了说是觉悟低，占便宜；如真深究起来，则是一种不劳而获，连一般做人的准则都不讲了。不拿白不拿，不吃白不吃，这种心态还不是个别的，甚至是大家心照不宣。这些人还能有多少公仆意识？有多少执政为民的理念？党政机关的形象还能不受影响吗？

有人把吃空饷的现象归咎于“人事管理存在漏洞”。没错，漏洞肯定有。不过，同样是涉及人事的涨工资、评职称、升官晋级、发奖金等等，哪一项存在如此大的“疏漏”？难道是退休、停薪留职、离岗等仍“缺乏”相关条文规定？又或是亡故、离职等“定性”太复杂？这“漏洞”的“选择痕迹”是不是太明显了？说白了，部分人事干部、工作人员就是缺乏党性原则、责任感，对公家的钱毫不在乎，很多问题要么是“揣着明白装糊涂”，要么则懒得深究，甚至拿手中权利做“顺水人情”。说失职是轻的，其实是在渎职和犯罪！

值得注意的是，“吃空饷”的，发“空饷的”都觉得这不算个什么事，比起贪污腐败来那是小巫见大巫了。“吃空饷”者之所以这样心安理得，查处这类现象如此轻描淡写，其思想根源怕是在这里。因此，积极堵漏，健全法规是一方面，而更重要的是加强思想观念上的宣传教育。就是在旧军队里，“吃空饷”也属于贪污行为，叫做“喝兵血”，查出来也是要丢官免职的。更何况在今天的法制社会里，对待“吃空饷”这样的事更不能掉以轻心。不能因为恶小而不惩，更不能有法不责众的思想。

2005 年 8 月 26 日

威风的“百日酒”

在民间，小孩百日请几位亲朋小聚算不上什么大事。这一习俗也叫吃百日酒，寓意并不高深，就是希望来宾的祝福能给孩子带来好运，祝福其身体健康，快乐成长。但有的百日酒则另有文章了。

有一条消息讲到，广西大新县组织部一位干部的外孙过百日，百日酒在该县某一美食城“隆重”举行，居然一口气摆了80多桌！这么大排场都请谁？据说该县副科级以上有头有脸的人物几乎悉数到场。为吃这顿酒，县委、县审计局、县扶贫办等多家单位离下班还有40多分钟就已人去楼空了。当然这饭是不能白吃的，饭店门口设有长桌专门用来收“人情”礼金。吃完饭的人都会自觉到那儿“表心意”。少则50元，多则数百元。

百日酒闹这么大动静，周围群众自然对此颇多微辞。对于这样的事，实际上大家都是“哑巴吃饺子，心里有数”。百日酒顶多就是个老习俗，吃不吃都不妨碍孩子成长，摆酒宴无非是借个“名头”罢了，其目的再简单不过了，那就是“敛财”！像这样借题发挥的名目还很多，如儿女结婚、父母寿辰、升官晋级，等等。

当然，也不是谁都可以这样“借题发挥”的，得是手中有实权的人物才行。这位曾做过组织部办公室主任、现任组织部某科室负责人的正科级干部在一般人眼里虽说“级别”并不高，但在桂西南边陲的大新县，应算是个“实权人物”了，他的手中握有升官晋级的人事大权，哪个干部敢得罪他？

中国自古就有红白喜事“凑份子”的传统，也就是不能白吃人家一顿，去赴宴的人得有所“表示”。这传统无疑会被某些别有用心的人加以利用。单笔礼金钱数额虽然不算多，但什么事都架不住量大，像这样一请80多桌的，算下来“进账”就相当可观了。这还仅仅是个百日酒，往后估计名目还多着呢！某些人送礼、跑官不都是趁着婚丧嫁娶、逢年过节、领导装修等大好时机表“心意”吗？

俗话说“吃人家嘴短，拿人家手短”，冲着“进贡”的数额，那些收受礼金者在今后的工作中恐怕也得“见钱下菜碟”，投桃报李。还能指望这些人秉公办事吗？某些只会溜须拍马、送礼送钱的无能之辈也就有了被提拔重用的机会。当他们拥有了权力之后，能在其位谋其政，照章办事，为民谋福利吗？因为送礼者的官位都是花钱买的，买官的目的就是为了给自己牟取更大利益！这种人会利用权力想方设法剥削民脂民膏，贪污、受贿，不仅想把先前送出去的“赚回来”，还想再大捞一把！久而久之，一些有能力、干实事的人也可能随波逐流了。

事实上，如今发生在一些项目审批、工程发包、项目合同中的不正常现象可能与某些“满月酒”、“寿诞宴”上的“请客送礼”有关。许多干部就是在这种怪圈中一步一步滑下去的。如果有关部门防患于未然，及时加以提醒、警告，甚至制止，不但有利于制止歪风邪气的蔓延，还能挽救一些逐渐堕落的干部。不少干部开始时只是随波逐流，然后才是跟着效仿的。现在许多案件都是串案、窝案，牵涉的人是一批一批的，一窝一窝的，这与我们的监管不力，防患不及时，对“百日宴”这样的“小事”放任自流有关。抓廉政建设，重在防范，如同高速公路，设防护网、隔离带，会减少许多事故。有些干部栽进大牢时感叹说，要是早点有人管就好了。这虽然有为自己开脱之嫌，难道就没有一点道理吗？

2004 年 9 月 18 日

以革命的名义穷折腾

四川达州所辖的万源市，是一个年财政收入只有4000万元、财政赤字高达1.6亿元的穷地方，2000年被国家确定为扶贫开发重点市。但是，为了“纪念”万源保卫战胜利70周年，该市光纪念活动就花了2000万元，半年财政收入就这么没了！其中花钱“最有气魄”的就是那台文艺晚会了，花巨资特请数位大牌歌星一展歌喉。过去称之为“公款追星”，这回却是以“革命”的名义追星了。

据报道，当地的普通公务员月收入仅为400元左右，而晚会票价却从150元到400元不等。个人买不起门票，那就摊派。其中，有5000张门票都是由红头文件形式分摊给该市大大小小的211家单位的，上至市委、人大，下至小学、幼儿园及各种企事业单位，一个不少。这些摊派还被万源领导冠之以“政治任务”，要求各单位必须坚决地不折不扣地完成。而且有权有钱的政府部门少摊，穷得丁当响，工资拖欠数年，教室破烂不堪的中小学却成了“买票大户”。当地老百姓形容说这是“对本就穷得掉底的学校的又一次抢劫”！因为上一年度该市就搞过一次“大巴山旅游节暨万源建市10周年”文艺晚会，就“抢劫”过一次了。

目前这种以某某活动为名义的晚会、演出在许多地方十分盛行。而且往往是越穷的地方搞得越欢，还非要请些大腕、明星助阵提高“档次”不可。动机无非是想扩大知名度，在周边乃至省里搞出点轰动效应。希望以此带来商机，引进一些项目和资金。但这么搞有用吗？现在的企业，投资人都现实着呢，人家投资看的是你的硬件设施，基础环境，优惠政策。人家见你这么会花钱还敢来投资吗，除非人家脑子也进水了。但万源市折腾了半天答案是否定的，还是穷得丁当响。想想那些地下的革命先烈们，如果他们看见这些官员以他们的名义这么穷折腾却没人管，他们还能安息吗？

万源市上一年搞的那台“旅游节”晚会的民怨尚未散去，本年度又来这么一台花费巨资的晚会。万源市领导不顾劳民伤财，反复搞这种烧钱的“花架子”，其行为与胡锦涛总书记提出的“权为民所用，情为民所系，利为民所谋”的执政权力观差距何止千里！他们除了奢侈浪费，宣扬明星效应，加重群众负担，穷上加穷外，还能带来什么？他们的执政能力和执政水平是值得怀疑的，能指望他们带领群众脱贫致富吗？问题是他们折腾一通后往往拍屁股走人，花的又不是自个的钱，所以无所顾忌，可老百姓却要为此“埋单”。

一个地方的官员可以随便把财政的一半拿去胡折腾，任意摊派，搞得民怨沸腾而不受制约，这暴露出我们监督机制的一大缺陷。类似万源市以“革命”的名义穷折腾的活动还在不断上演。如何从制度上防止这样的“劫难”再次发生，才是人们最为关注的。

2004 年 9 月 2 日

对 8800 亿元吃喝消费的追问

近日，从武汉举行的第十五届中国厨师节上传来消息，我国年餐饮消费额已突破 8000 亿元！而商务部官员日前的预测也证实了该说法。据悉，2004 年我国餐饮业零售额为 7486 亿元，较 2003 年净增 1330 亿元，增幅为 21.56%，已连续 14 年保持两位数增长，远远超过国民生产总值的增长；2005 年前 8 个月同比增加 810 亿元，预计全年餐饮零售额将达 8800 亿元，2006 年则可能突破万亿元大关！

我国餐饮业消费连续 14 年"高歌猛进"，2001 年以来更以每年千亿元规模递增，这无疑反映出我国人民生活、收入水平的不断提高，一系列消费观念的转变也是显而易见的，对于促进消费、拉动内需、增加就业同样不言而喻。然而，凡事都具有两面性，面对一年吃喝掉 8800 亿元的巨额消费，我们很难一脸喜色。

首先，若是将 8800 亿元均摊到 13 亿人头上，人均约 676 元的结果较之上半年城镇居民人均可支配收入 5374 元，所占比例是不高。但我国各地发展差异大，城乡二元结构，9 亿农民和几千万贫困线下的老百姓，这笔账就不能这么算了！目前，我国人均年餐饮消费排首位的城市是广州，占全国平均数 7 倍以上！上海高出平均3倍，天津、北京、广东等地也高于两倍以上。可以说是有人在大快朵颐，一掷千金，有的则只能喝粥就咸菜！

其次，在8800亿元中，公款消费占了多少比例？从“吃喝风”屡禁不止现象来看，不少地方迎来送往经久不衰，吃喝腐败问题相当严重。尽管全国每年被吃掉的公款很难有个权威的统计数据，但参照公车消费、众多查处案例及媒体估算，数额相当惊人！一些地方的“酒精考验”干部，打着“工作需要”、“喝酒也是生产力”的旗号，不光截留、挪用、蚕食地方财政，对扶贫款、救济款、教师工资等等也不放过，“白条签单”还把饭馆酒楼“喝倒吃垮”！许多干部脑满肠肥，整天围着杯碟转，醉眼蒙眬，工作瞎对付，对群众冷暖漠不关心，极大地败坏了党风政风。“酒杯一端政策放宽”，不少官员因贪杯而倒下。

另外，甭管吃公还是吃私，一些人“下馆子”的奢侈摆谱也在不断升级，众多美味佳肴没动几筷子就沦为“泔水”。而为了逐利，宾馆饭店还在努力迎合，一桌动辄十几万元早不是新鲜事了，“全金宴”、“满汉全席”也频见报端！山珍海味吃腻了，又盯上了“野味”。在一些地方，只要肯花钱，甭管几级保护动物，全能“任君品尝”。这不仅极大地“消耗”了野生动物资源，动物携带的未知病毒同样对人构成了严重威胁。其中最“著名”的，当属引发“非典”的果子狸，其造成的巨大社会恐慌、病患致残死亡、经济损失令人至今不寒而栗。

再说，经常吃香的喝辣的，营养摄入过剩，诸如高血脂、糖尿病、肥胖症等一系列“富贵病”也大批涌现。一些人一面暴饮暴食，一边又大把吃药、大力减肥，纯属花钱受罪瞎折腾。对此，也只有那多如牛毛的各类保健品商背地里偷着乐。这一点上，人家发达富裕国家的老外就比较聪明，简单地生活，健康地生活。所谓“法国大餐”也就是几块牛排几样蔬菜水果而已。

面对餐饮年消费已达8800亿元且逞强劲递增势头，我们在对社会高速发展，人民生活改善感到欣喜的同时，必须保持清醒的头脑。构建和谐社会必须实现共同富裕，“十一五”规划的要点也在于解决贫富之差距，而建设节约型社会更要求我们牢记“成由勤俭败由奢”，抛弃任何形式的奢侈和浪费。至于反腐倡廉，更是一项需持之以恒、措施手段不断推陈出新、落实惩治必进一步加强完善的党和国家根本大计。

“民以食为天”无可非议，但巨大的浪费和过度消耗存在的隐患，值得我们进行深刻反思。

2005年10月25日

“红色旅游”与“黑色讽刺”

“红色旅游”，作为近年独具特色的旅游概念，正得到越来越多人的认可。其本意是将革命先烈曾经生活战斗过的地方或重大革命历史事件的发生地，与越来越兴旺的旅游产业相结合，让游客在重温历史、接受革命传统教育的同时，又能领略自然风光与人文风情，同时更重要的是也能帮助那些欠发达的红色老区开辟脱贫致富途径，这本是一举三得的好事。然而，再好的事情，一掺杂质就变了味。

五一黄金周，众多景点都赚了个“盆满钵满”。然而，同样是“游客”盈门的一些红色老区，却因“接待旅游”而叫苦不迭。因为“关系”、“打招呼”，一些地方不但要为众多来自上级部门、兄弟省市的参观团免除门票、陪同游览，还得尽“地主之谊”，好吃好喝好招待。据报道，仅在福建上杭县古田会址，总共才 15 元的门票，每天千人的参观者购票率不到三分之一。在参观者最多的一个中午，古田镇政府竟“招待”了 36 桌饭！

如此“红色游”不但没给老区带来收益，反而增加了额外的负担。“红色旅游”变成了“白吃白喝”，变成趁机占老区人便宜的旅游，这能不令人愤慨吗？

不用说，像“接待参观”过去也不少见。说“待遇”也好，“特权”也罢，它往往是具有一定级别或牵扯某种利益者才能享受。虽早已受到群众颇多指责，但整治效果却时好时坏。而老区由于经济尚不发达，过去也还未列入一些人的“目标”。可在红色旅游刚有点起色之际，一些人却厚着脸皮打着“接受革命教育”的旗号，一窝蜂地要求“接待”，他们利用手中的权力和关系，只顾自身快活，对老区的贫困视而不见。另一方面，诸多提倡开展红色旅游的文件、宣传忽略了“特殊游客”的影响力，也为日后“接待”埋下了隐患。面对众多得罪不起的关系部门、兄弟省市、上级领导，“位低权弱”的基层又怎敢驳人家“面子”？如此下去，本来就贫困的老区，又雪上加霜，有些红色景点早晚得关门了事。

另外，没有特殊关系的游客是否就意味着要自掏腰包呢？也不一定。既然出国“考察”、外地“取经”都可以花公款，“接受红色教育”、“感受革命传统”的理由就更冠冕堂皇了，还能不报销旅差费吗？如今，有些地方的单位正大批出动，大摇大摆地以“接受教育”之名行“腐败之旅”之实，不但游掉了纳税人的血汗钱，还人去楼空，给群众办事造成诸多不便，影响极其恶劣。“红色旅游”为“公款旅游”增添了新的项目，这是始料不及的。

革命先烈流血牺牲，换来了新天地，他们若在九泉之下有知本该感到欣慰的。但长期以来，红土地因地处边远，因其他种种原因而处于贫困状态，先烈们若在地下有知也难瞑目。刚见到“红色旅游”能给老区带来新的希望，他们的身后价值还能继续造福人民，本该是一件好事。可是，不肖子孙来了，败家子来了，“红色旅游”变成“黑色讽刺”，他们若在地下有知当作何感想？眼看着“迎来送往”、公款接待、公款游玩，在浩浩荡荡的“白吃”队伍的映衬下，老区贫困的反差也更为“刺眼”，他们还能安息吗？如果不及时出台措施严厉禁止，不及时抑制这股歪风邪气，不但群众情绪难平，而且红色旅游还会变味，变成新的灾难！

当然，在加强整治的同时，还要加强保护和科学开发。应看到，新兴的红色旅游，这是一个非常值得珍视的品牌，应当将其做出特色，做大做强，实现精神与物质文明双丰收。这需要各方面的支持配合，共同打造。红土地不能仅靠“吃老本”，将其简单化，纯粹商业化，要严防编造、歪曲历史，制造“革命遗迹”等一切有损或泛滥“红色”的行径；还要更新观念与思路，积极借鉴吸收发达地区的已有经验，少走弯路。在尊重市场规律、遵循旅游行业发展特点的前提下，将保护历史资源、继承革命传统与科学合理开发进行有机结合，充分体现观赏、趣味和教育价值。通过不断提高服务品质、各地区联手打造精品路线、扩大宣传来提升地区知名度。探索出一条符合自身实际的发展道路，努力实现积极、有序、可持续发展的目标。而发达地区同样应在宣传、培训等方面“不吝赐教”。这不仅仅是一种互助，更因为革命老区在战争年代的付出与今日的贫穷极不成正比，关心老区帮助老区是我们不可推卸的责任，也是实现共同富裕的重要途径。通过各方努力，使“红色旅游”真正成为一项带动老区脱贫致富的民心工程，一种受群众欢迎的、寓教于乐的旅游品牌。

2005 年 5 月 24 日

庐山是谁家之天下

庐山，因相传西周时匡俗七兄弟上山结草庐修炼而得名。以其“奇、秀、险、雄”闻名于世，有着“匡庐奇秀甲天下”之美誉。其起伏的山峦、雄伟壮观的瀑布、涓涓流淌的溪涧曾让历代无数文人墨客为之倾倒。1996 年，庐山被联合国教科文组织世界遗产委员会授予世界自然与文化双遗产，列入《世界遗产名录》。

这么一块风水宝地自然令某些人垂涎，一则来自庐山莲花洞风景区的报道却让人震惊。一幢幢豪华私人别墅未经任何部门批准，在自然保护区拔地而起。风格各异的洋房或依山而建，或建于路旁，在莲花洞中心景区形成极具规模的别墅群，有的还大摇大摆建在保护区古迹门口。大量林木被砍伐，自然风光被大肆破坏，本来宁静和谐的天然环境也被花园洋房搞得不伦不类。当地百姓和众多游客对此表示强烈愤慨。可由于没人管，这一势头还在加剧。

敢在这个国家级自然保护区、世界遗产上“动土”的当然绝非等闲之辈，当地敢拿风景区土地卖钱的肯定有靠山，买地建房的显然是些达官显贵，频繁进出车辆的牌照也清楚地表明了“公家”身份。这些开着公车到处转，在群山环绕的大别墅里享福的权贵们真是“滋润”到家了。世外桃源般地“隐居”、高人一等的享受足以体现特权益处多多。都知道住这的人来历不凡，但确切身份却无人知晓。这些别墅全部是由“神秘人物”的亲属、代理人一手操办，户主也非本人，说明他们心虚，想掩人耳目。当然，这帮人也早已“想开了”，有权不用过期作废，只要逍遥快活，管你什么庐山不庐山！正是看到当权人物敢下手，榜样在前，不少富豪才闻风而至，有恃无恐地“大兴土木”，明目张胆地滥砍乱伐，大建别墅豪宅！

一处举世闻名的“世遗”风景区被巧取豪夺，惨遭破坏，着实令人震惊。按说靠山吃山，靠水吃水，靠旅游生财的风景区应懂得环境保护的重要。可 1996 年被授“双遗”不但没有得到更严格的保护，反倒促成更大规模的卖地。仅 1997 年至 2003 年莲花洞林场和浔庐村卖地就达 126 亩。短期是挣了大钱，小集体迅速致富，可这不是杀鸡取卵吗？

这也引发了人们对国内“申遗”热的思考，逐利可说是此举的唯一推动力。申报成功，随之而来的是滚滚人流，票价飞涨，大规模商业开发，这些似乎已成规划“世遗”的思维模式。地方猛赚一时，景区环境却都遭到极大的破坏。像张家界的过度开发甚至出现城市化倾向，因此被亮黄牌。可在小拆大宣传保住名号后，又建起了世界第一“天梯”和世界第二长索道。平遥古城墙坍塌也是过度商业化、缺乏有效保护措施的典型代表。而众多宾馆、商店、商贩更早已使泰山人满为患。如今是，风景名胜，开发一处破坏一处，急功近利的疯狂开发，将大自然千万年鬼斧神工造就的奇景毁之一旦。在许多地方，只要大干快上，拼命挣钱出政绩，就能为仕途铺道，“升官发财全归我，烂摊子自有后来人”。

在19世纪末20世纪初，外国商人、牧师、外交官趁机纷纷在庐山割据占地，大规模营造别墅，建筑风格多达20余种，数量达千幢，“庐山别墅”更是首屈一指。到国民党时期，许多官员在庐山也有别墅，最著名的要数蒋介石夫妇的“美庐”。尽管这些建筑至今依然矗立着，却是旧中国受尽列强欺压、饱受屈辱、贫富两重天的历史见证。如今的官员富豪也在庐山乱占地，大兴土木，意欲何为？对这种明目张胆的侵占行为不问不管，也很让人产生疑问：今日庐山，还是国家的吗？还是人民的吗？在全党大规模开展保持党员先进性教育活动之际，竟然发生如此咄咄怪事！揭开“庐山真面目”，看看到底是哪些人在那里占山为王，是哪些人发了庐山财？

2005年1月23日

从“撞了白撞”到“一概埋单”

交通事故猛于虎，正因如此，《道路交通安全法》这一关系到千家万户切身利益、人身安全的“大法”就更引起了广泛关注。各地区也都开始以此为基准，制定相应的地方性法规。但新的《道路交通安全法》第76条（以下简称“第76条”）规定的“机动车与非机动车驾驶人、行人之间发生交通事故的，由机动车一方承担责任”却在社会上引起了广泛争议。尽管后面有一条补充，即“有证据证明非机动车驾驶人、行人违反道路交通安全法律、法规，机动车驾驶人已经采取必要处置措施的，减轻机动车一方的责任”，但如何减轻？该减多少？这无疑在具体操作上有相当大的困难和不确定因素。一些人便会利用此处的“模棱两可”断章取义，在任何情况下都把主要责任判给机动车一方，这难免要引起混乱。

实际上，“第76条”制定的初衷是好的，想体现当今社会以人为本的理念，借此加强对弱势方——行人以及非机动车驾驶人的保护。但是，任何法律法规最基本的原则首先是体现公平公正，分清是非，明确责任。比方说，一个未成年人杀死了一个成人，不能因为未成年就无罪过。同样的道理，对非机动车与机动车当中任何一方出现偏袒，都会伤害到另一方的利益，显然“第76条”规定对机动车方就有失公平。一些人甚至指出如果单纯按强弱对比判定责任，无疑是“助纣为虐”，造成更多行人、非机动车违章，导致更多事故；而且照此推理，轿车撞卡车，汽车撞火车等等情况，“强势”一方都需为“弱势”方过错负责，那不乱套了。

其实，“第76条”在草案讨论时就有过争论，有相当多的人认为其不合理。之所以引起广泛争议，主要是因为这条规定对事故处理中责任认定上的是非不分，比较武断，不够公平，即不管机动车一方是否有过错都要承担责任，而且在责任认定以及承担比例上都存在重大缺陷。由此可能引发一系列的社会问题、赔偿纠纷，一些靠“碰磁”诈钱骗保险的假事故，不法分子敲诈勒索的现象就会更加层出不穷。

过去在某些地区实行的行人违章“撞了白撞”的条文也曾引起社会争议。“白撞”政策与“第76条”倒是走了两个完全不同的极端。“白撞”政策虽然在所实施城市见到了一定效果，非机动车违章造成事故的比例有了一定幅度的减少，但其完全忽视行人、非机动车处于“弱势”地位的做法比较霸道，有野蛮气，与文明社会的道德观相左。但这次“第76条”对“弱势”方的保护似乎又过头了。这两个极端的出现暴露出了目前立法机构在工作中考虑不周全，法制观念不成熟的现状。联想到其他一些法律法规条文的出台，也有头痛医头，脚痛治脚的现象，顾此失彼，值得深思。

另外，现在许多人口头上都喜欢挂着“与国际接轨”。与国际接轨在趋势上说是对的，但不是说什么都可以马上接的。每个国家都有不同的历史、信仰、文化、素养、习惯等等，法律的作用就是制约人的行为，不能离开本国的实际，要不，一部法律就可以全世界通用了。现在，“以人为本”也被许多人挂在口头上，当着时髦衬衫，但到底有多少人理解了它的本质含义？难说得很。相当多的人恐怕是囫囵吞枣罢了。法律如果不能体现公平、公正，能说是“以人为本”么？

2004 年 9 月 21 日

“烈士”与“暴民”

衡阳市一名残疾人因生活所迫，干起了三轮摩托载客生意。但衡阳为迎接省级文明城市验收，决定整顿三轮摩托车载客，并明令禁止残疾人开三轮车运营。为此，这名残疾人先后被没收了自己的和借的四辆三轮摩托。甚至他在路边打牌，并未拉客，车也被没收。而这四次没收中，有三次都是由该市珠晖区一名副区长带队扣的。走投无路的他，在找副区长要车未果，还得到“要车，自己到废品站找去”等恶毒话语后，一怒之下用点燃的汽油将自己与副区长一起烧死。事后，衡阳市民政局申请追授副区长为烈士。可这申请却遭到当地许多群众的质疑和反对。

人们质疑的态度很明确。这名残疾人是因生活所迫而用三轮摩托载客的。虽然放火“同归于尽”太极端，但也事出有因，为人所迫。对副区长的评价则是：根本不顾老百姓的死活，对一个残疾人太没同情心、太狠心、太缺德，是他的过失引发事端，与烈士形象一点不沾边。更有人认为干部执行公务不考虑百姓死活，就是酷吏。

看过这一消息，让人难以平静。这一事件显然已不能用简单的对与错来衡量。残疾人在生活所迫的情况下，干起“违法”运营实属无奈。没收毁车等于断了他唯一的生计，在领不到低保、欠房租、欠饭钱，每天只能以一个包子充饥的情况下，让他何以为生？而有关部门不仅对他的种种困难视而不见，还几次三番没收车辆，恶语相加，这无异于是把他往绝路上推，促使其采取过激行为。因此，首先应该追究的是谁才是这一悲剧的制造者。

再看那位副区长，看上去似乎没错。取缔非法营运三轮名正言顺，在其位谋其政，扣车是照章办事，为此还“因公殉职”，不当烈士也得表彰。可老百姓不买账。为什么？你像一个人民公仆吗？你是在为老百姓谋福利吗？“群众利益无小事”，一个残疾人没饭吃你看着不管不说，还一而再地把他往绝路上逼，逼得与你同归于尽，那是恨透了你！这给我们一个教训，人民给的权力，如果不用来为人民办事，那就可能变成压迫老百姓的“水火棍”了。像这样的官吏，别说是烈士，他连普通公务员都不够格！

如果硬要替副区长说点公道话的话，那他是为“形象工程”而死。争创文明城市没有错，可为了迎接文明城市验收而整顿三轮载客，却暴露出衡阳领导观念上的一些问题。你们的城市真文明吗？一味搞突击取缔，表面看来是“文明”了，但深层问题依然存在，评完了也难保整顿不反弹。这是典型的面子工程。为了树形象，为了一时的面子，于是就采取突击行动，过激行为，不分青红皂白，强行武断，激化矛盾，引发事端，使群众怨声载道，这恰恰是一种最不文明的执法手段。衡阳这种重面子工程的情况看起来还相当严重。据说该市最近还搞了耒阳农耕文化节、衡东土菜文化节、衡山国际寿文化节等多项活动，很多领导干部都把心思放在了这些表面文章上。这些领导就忘了，这些看上去“很美”的东西，也是百姓深恶痛绝的“政绩”工程。任何城市的发展策略都应脚踏实地，根据自身实际情况来制定。片面追求表面“漂亮”其结果只能是拔苗助长，有百害而无一利。而对于社会转型阶段的困难人群更应给予更多关怀。倘若把搞花架子工程的那些钱用来帮助困难人群，扶植资助他们创业，为他们的发展就业创造环境，那样取得的成效才真正是精神、物质文明双丰收，真正能得到群众的拥戴。

目前，一些地方领导干部热衷搞门面工程，不关注百姓生活实际已经引起普遍关注。这反映了我们在选人用人上存在不少问题：即在提拔任用干部时，对其政绩的考核只停留于表面，不注重深层实质。上级领导的意见是提拔任用的关键，而对干部水平、执政能力体会最深的百姓却没有多少发言权。这些问题的直接后果就是一些干部乐于做表面文章，依靠虚假政绩加重升官砝码，对百姓的困难不管不问。如今文化节、文艺晚会、形象广场多如牛毛，原因也就在于此。

当然，一些公职人员执法思想也存在问题。相当一部分人认为自己就是“法”，在执法过程中态度蛮横、滥用职权，丝毫不注意方式方法。这样的现象在城管、工商、税务等部门中尤为严重，也在群众中造成了极坏影响。另外，执法应有铁手腕，但这决不能成为不注意方式方法的借口。铁面包公，还三劝陈世美认下妻子了事，而不是一味地铡、铡、铡，也讲仁至义尽。

衡阳这次惨剧折射出的是当地政府执政能力的问题。搞形式主义，缺乏科学发展观和以人为本的思想能不出问题？人的最基本权利就是生存权，如果连生存都受到威胁，还能指望他“遵守”本就存在问题的法规？“暴民”的帽子更不是随随便便就能扣的，何况是对一个残疾人！

2004 年 10 月 28 日

“民工粮”里的鼠辈

陈化粮这个名词近来频见报端。

什么是陈化粮呢？就是存放时间长了、发生质变的粮食。粮食存放过久就会产生大量的黄曲霉菌，而由黄曲霉菌产生的黄曲霉素是一种极强的致癌物，因此国家明令禁止在市场上公开销售陈化粮，陈化粮只能被具有资质的酿造、饲料企业所利用。然而近来媒体频频报出陈化粮在各地市场上大量公开出售的消息，而且购买者多是工地老板，由此陈化粮又有了“民工粮”、“民工米”的别名。

据报道，陈化粮的来源有两个渠道，一是直接从粮库拍得，另外就是购于饲料或酿造企业。很明显，管理部门在陈化粮的处理中出现了严重疏漏，而某些不负责任的饲料、酿造企业为了经济利益也参与到了倒卖陈化粮的过程中。

陈化粮的源头出现了漏洞，粮贩子自然不会错过这大好的“商机”，甚至某些地方竟然形成了陈化粮的“生产基地”，仅辽宁省辽中市杨土岗镇佑户坨村就有这样的陈化粮加工企业 50 余家，陈化粮的每年产量达到了 30 万吨！这些加工厂大肆购进陈腐甚至霉变的粮食加工、装袋后销往北京、天津、河北、河南、山东等地。而在各地的粮油批发市场，只要说买“民工粮”，老板就能“心领神会”，甚至某些店家竟公然挂出“出售次米”之类的招牌。而且，由于陈化粮仅一元左右一斤的售价，成了许多工地老板给民工吃的“最佳选择”，还有些工厂、学校的食堂也成了这些陈化粮的大买主。

事实上，这些很容易分辨的低廉的“大米”，一般市民是不会购买的。而为什么工地工头就乐意买呢？这又引出了另一个话题，那就是处于社会最底层人的各种权利被漠视了。黑心工头连民工“血汗钱”都可以赖，还怕给民工吃点“糟米”？他们思想中就认为民工“命贱”，有的吃就不错，哪管吃了得不得病。而对于能拿到工钱就算“谢天谢地”的民工兄弟来说，即使明知这些“便宜货”看着发黄、闻着有霉臭，不吃又能怎么办？也许他们因为文化低、不知潜在危害，忍气吞声了。然而，假使真的抗议了，又有用吗？看着为城市建设添砖加瓦，靠身体这唯一本钱养家糊口的民工兄弟的健康遭受到陈化粮的侵害，任何有良知的人都不可能无动于衷。他们的权利需要有人来维护！除了工地外，有些学校、工厂的食堂也大批购买这些陈化粮。目前不少单位将食堂承包给个人的同时，也放松了监管。一些利欲熏心的承包人正好利用这机会以次充好，大肆赚取昧心钱。食堂集体食物中毒的事件时有发生。

据估计，仅北京每年就有数以万吨的陈化粮被民工兄弟们吃掉。不少陈化粮一看就黄得厉害，闻起来有强烈霉臭味。难道相关职能部门不去市场检查？还是说看到了有陈化粮出售他们也置若罔闻？国家赋予他们的执法、监督权都被他们用到什么地方去了？按说发现问题、追查线索是他们的事，而现在这些倒成了记者的任务。

面对陈化粮在国内全面泛滥的趋势，治理应当从源头抓起。

有关部门应对全国粮库进行彻底普查，搞清到底还有多少陈化粮？对现有的陈化粮是否可以采取尽可能销毁的办法？因为有些陈化粮经过“加工”处理后，不经严格检验，仅凭肉眼难以分辨，而且有些不法厂商还会利用陈化粮为原料制造其他食品，这些经过摇身一变的陈化粮，会给鉴定、管理带来更大的难度。国内外因疯牛病、禽流感将疫区内畜、禽全部扑杀的例子已经很多，这说明有时候为了公众健康而牺牲经济利益是必要的。对于已经流入市场的陈化粮，有关部门应立即对其进行全国范围内的拉网式调查，对所有查出的陈化粮都应查封，严禁继续销售。对于生产、倒买倒卖陈化粮的惩处力度更需加强，对于情节严重者必须绳之以法；造成人员患病的更需给予赔偿。

民以食为天，公众健康大于天，彻底解决陈化粮已刻不容缓。

2004年7月19日

“官刮”——伸向农民的黑手

农民，在中国属于弱势群体，不少地方的农村依然处于贫穷、落后的状态，所以“三农”问题成为一个热门的话题。然而，有人发现农民身上也有“油水”可捞，居然伸出了黑手。

今年秋天，河南某县10多个乡镇的农民“享受”了一回据说是与国家良种补贴相“配套”的“肥料补贴”，凭“补贴卡”到指定地点买化肥，每袋“补贴”6元钱，一袋79元。可是，市场上同样的化肥一袋才78元！制造这些“肥料补贴”的定点农业超市的三个股东竟然是农业局副局长！在黑龙江省青冈县，贫困户指标竟成了“摇钱树”，得花300块钱或八九百斤玉米“买”；一个村2002年花了近7万元买的“贫困指标”，至今连一分钱的扶贫款也没见着；而2001年上级就下拨该村的91万扶贫款全被挪用。还有的“扶贫牛”项目，账面显示每一贫困户发2000元买牛，实则只给1350元，还要贫困户再“配套”交1500元，最后到手的牛却“比狗大不了多少”。凡此种种，实在不愿一一列举。

扶贫变成了坑贫，用中国老百姓的话叫“良心被狗吃了”！过去听说过假种子、假化肥、假农药之类坑农害农的，那大都是不法商贩唯利是图所为，那些家伙“层次低”，没觉悟，虽罪不可恕，但还可以理解，因为他们只要赚钱，什么样伤天害理的事都敢做。现在坑农的却居然是“农业局副局长”、掌管“扶贫”大权的乡镇“父母官”之类的人物，你能理解吗？那些“拍脑袋决策”，一窝蜂“种这养那”的官僚已经让农民交了不知多少“学费”；挪用截留专项款、打白条、乱收费、乱征耕地更使农民苦不堪言。现在又冒出“官刮”来，赤膊上阵，刮、榨农民的油水。农民是没什么钱，但架不住人多，每户“刮点油”，积少成多也能发大财！这些的局长、卖扶贫指标的乡官，不仅损农肥己，而且更严重的是损害了国家惠农政策，败坏党和政府的形象，使老百姓把账都记在了党和政府身上，动摇了我们的执政根基，其破坏性远胜不法商贩十倍！

人们常说，党的方针是对的，国家的政策是好的，可一到下边就走了样，变了调。天高皇帝远，“村看村，户看户，社员看干部”，农民大都是通过基层干部来看问题，吃了亏、倒了霉，就误以为是党和政府的责任，就骂娘；少数胆大的告状上访，又大都被当着“刁民”来对待，严重损害党与人民群众的血肉联系。所以，那些不顾农民利益甚至死活的“官刮”不能不引起人们的高度警觉。

从古至今，中国农民的勤劳与善良举世皆知。不管在革命战争年代，还是为确保13亿人的粮食安全的现在，他们所作出的贡献都无法抹煞。然而，改革开放20多年，城市相继富起来了，广大农村地区却仍旧发展缓慢，这无疑是令人揪心的。事实上，对“三农”问题全社会早已形成共识，即其解决的好坏快慢将直接影响我国全面步入小康社会以及迈向中等发达国家的进程与步伐。正因如此，国家近年正逐步免除包括农业税等在内的农民负担，中央财政在下大力转移支付，对“三农”工作的投入与扶持力度呈不断加大之势，“调整城乡利益分配格局”更被作为“十一五”规划重中之重。然而，中央的惠农政策却被一些“官刮”给搅了。因此，对那些倒行逆施的“官刮”进行坚决清理和惩治，属于巩固执政基础和执政地位的要务，我们务必不要掉以轻心。

2005 年 11 月 19 日

国企里的腐败是如何滋生的

近日，国资委纪委书记黄丹华剖析国企腐败原因时，认为主要存在三方面的缺陷：一是企业权利架构不合理、法定责任和职责不明或不到位，缺乏对权力的有效制衡；二是理想信念淡薄、法纪观念缺失、心态失衡产生腐败动机；三是制度缺陷及监督机制不完善构成腐败机会。与此相呼应的是，“铁面审计长”李金华日前同样表示，包括体制改革有待深化、不严格执法、内部管理问题、责任难追究已成经济领域急需解决的四大问题。四大问题，几乎国企都有份。“李铁面”还透露：今年金融案件平均案值已达5亿元以上！贪污腐败也看涨！

近年国企屡屡曝出的巨贪、巨亏等的确已令人眼花缭乱。贪污腐败令人愤慨不已的同时，国企经营、改制、监管暴露出的一系列问题也令人深思。

不可否认，在计划经济的特定历史时期下，国企曾经的运转机制对稳定市场、平抑物价、统筹协调确实发挥过巨大作用。但由此引发的大锅饭、缺乏竞争、效率低下也是显而易见。在社会向市场经济转型的过程中，国企改革不可避免。刚开始，人们关注最多的是减员增效、下岗失业等职工现实生存问题；之后，某些国企头头贪污腐化，利用产权改革、承包转制侵吞国有资产开始“粉墨登场”；近年更变本加厉，频频出现“资本运作”掏空企业的卑劣行径。究其原因，一些所谓市场化改革只是一些部门简单“断奶”放权，将企业生存、发展、改制等完全甩给了原企业领导班子。于是，一面是工人“主人翁”称呼不再，“老大哥”成“老包袱”；另一方面企业领导的绝对权威与独断力却得到了空前加强，一些仍享受级别待遇者更是“政企双肩挑”，成为企业内屈指可数的国家干部。上级管辖的淡化缺失，原有群众监督的剥夺，后续制约措施的匮乏，都在客观上使某些人有了可乘之机。

此外，经济大潮冲击下，人们的思想价值观也在潜移默化地发生巨变。奉献精神在一些人看来已是“过时”、“傻冒”的代名词，拜金主义使部分人一切均以“个人价值”为中心。一些掌管经营庞大国有资产者纷纷表示：领导者的薪酬标准要“与国际接轨”，与民营企业家的收益攀比。因而，国企高管薪酬、奖金、分红的“自主随意性”也成为了近年最为敏感、备受争议的话题。去年曝出的投机巨亏中航油总裁，年薪高达2350万！此外，商务部一份调查报告显示，近几年我国外逃官员约有4000人，携走资金约达500亿美元（新华网2005年8月5日）。其中，国企负责人占了相当大的比例。许多巨贪惯用手法是，在境外以个人或亲属名义注册所谓“离岸公司”，再用手中权力将国有资产秘密分批转移至境外。此类国资损失不但很难彻查追缴，“官商”双重身份也给本就不健全的国际引渡增添了更高难度。

国企腐败与国资损失怵目惊心，但不能归咎于改革本身。我们看到，经过摔打磨炼，一批通过合理改制，拥有高素质人才运作机制良好、能够在市场经济中驰骋壮大的国企领头羊实际已然显现。腐败现象只是改革进程中伴随的垃圾，重要的是需要及时治理和清除。国资委纪委书记、审计长对金融腐败的剖析，表明有关部门已在逐步锁定“亡羊之洞”。而这些以极其惨重代价才获得的教训能否被有关方面吸取，则更是人们关注的焦点。

应当说，国资委近几年面向社会和海外公开招聘国企高管，一些考核限薪令也陆续出台，我国还与其他国家签订相关条款这些举措，或是在逐步拓宽国企招贤途径；或是在试图规范薪酬，将其与业绩直接挂钩；或是在构建国际合作架构，为协同打击贪污犯罪创造条件。实际效果如何，却还有待观察。后续的措施、手段的不断出台更是至关重要。对于国资委，专家也有说法，你的责任是什么？是“改好”企业，而不是“管好”企业；要与时俱进，转变角色。国企是国民经济中最为重要的成分，是支撑公有制的基础。搞好国企改革，建立健全国企的管理、监督机制，是“抓大放小”中的“大”，这是检验执政能力和水平的重要方面，关系重大。

2005 年 9 月 28 日

行贿判刑知多少?

“你听说过有多少人因为行贿被判刑?”近日，一位反贪局副局长的发问引发了深思。

反腐反到如今这份儿上，力度不可谓不大，一年查处多少万人，省部级的就有十几二十，东北一个省，一次就有五个省级大员落马。但仍然有众多贪官前仆后继，给人的感觉是越查越多。不少大案让人见识了贪官满屋的名表、珠宝、古玩、奢侈电器……在贪官锒铛入狱、甚至掉脑袋的同时，人们不禁要问，这么多送钱送物的人哪去了?被惩处了吗?不用说，贪官是罪有应得，但除其本身贪欲横流外，众多送上门的“肥肉”也是祸水之一。这股祸水似乎没有得到有效遏制，很多行贿者逍遥法外。

“行贿受贿”，这是一个罪行的两面。可现在对行贿认定就存在错误观念。受社会风气影响，如今办事送礼早已见怪不怪。这既掺杂求人办事的迫切，也含有一些感谢色彩。一般人送点小礼绝不会联系到行贿，更不会产生罪恶感。但任何事都有一个度，一旦过“度”性质即发生变化。真正行贿受贿正是利用“概念上”的模糊，浑水摸鱼。行贿被冠冕堂皇披上公关、礼尚往来等“合理”外衣，以及像过节费、压岁钱、乔迁之喜、结婚庆贺等

“感情”色彩。事实上，在当今制度、规范、权力监督等多方面尚不健全的时候，办事送礼送钱正介于黑色与灰色收入两地带间徘徊。许多人认同这种行为，将之纳入“合理成本”。相当一部分人又认为行贿一方处于“弱势”。在“抓大放小”，在加快破案进程思想指导下，许多案件中行贿者只要交代就可“坦白从宽”。重受贿轻行贿，只强调拒腐防变，忽略了“外面的世界很精彩”，造成行贿更加有恃无恐。便利、高回报、低风险使行贿者屡屡得手。

而且，现在的行贿方式也在不断调整变化。赤裸裸送钱已经过时，书画古董不再吃香。诸如免费装修、子女留学、赠与汽车洋房“使用权”等“擦边球”冒出来了。领导亲属开公司、揽资金、搞项目得心应手，赌桌上领导永远只赚不赔。新近又整出个“期权腐败”，更是将各种行贿兑现推迟至官员离岗或退休之后。期权腐败甚至讲起“诚信仁义”、“盗亦有道”！这一系列新对策充分表明行贿者的狡诈，为逃避打击挖空心思寻找“变通”。这也使调查和犯罪认定更加困难。

当然，行贿者身份不同也使行贿“水平”有高低之分。自掏腰包那不算本事，有权有能耐才不这么干。据统计，现在80%行贿用的都是公款。公款行贿花样同样繁多。下级为上级购买超标豪宅，更换高档“坐骑”，“改善”办公条件，婚丧嫁娶、升职乔迁大操大办等“拍马”，其本质都是慷公款之慨，行个人之贿。而出于单位利益而由集体决策的行贿危害更甚。既然有权钱交易，就少不了权权互换。你提拔我，我关照你，相互帮助，互惠互利。而“肥缺”意义不言自明，关键位置安插“自己人”远比收钱来得安全。

行贿与受贿，表面看是受贿盘剥行贿，但很多情况下，二者实际周瑜打黄盖，一个愿打一个愿挨。《酉阳杂俎·毛篇》对狼与狈有如下描述："狼狈是两物。狈前足绝短，每行常驾两狼，失狼则不能动。"狈需狼的脚力，而狼又需狈的智谋，共袭牲畜，所以才狼狈为奸。行贿受贿形同狼狈关系。但今天的狼和狈并不能绝对分开，许多时候是狼狈一体。他一方面行贿，转过身去就收贿；今天送钱买官，明天就加倍收钱赚回来。官员相互权力寻租使公权成为私人行贿受贿的筹码，官场圈子导致绝对官官相护。原江苏省委组织部长徐国健的"圈子"，使官场漩涡内人人无法自拔。

狼与狈在犯罪上绝无主次之分，而应当以犯罪事实和造成的恶果去判定。一个人行贿五千，得利一万，你说他的罪行比受贿五千的大？这显然是不客观也不科学的。法律天平不应出现倾斜！

2005年3月1日

住别墅的警察靠得住吗

在一般老百姓眼中，别墅都是“大款”、“富豪”才能消费得起的。但现在警察也住上别墅了，阔起来了。

据报道，只有45名警察的梁平县交警大队，盖起了10幢“连排式别墅”和4幢“空中花园”(跃层住房)，共计48套“豪宅”，别墅每套280平米，跃层每套260平米。交警大队教导员说他们是在吃螃蟹，几十套“豪宅”都是“全额集资”建的，大队没贴一分钱，不算违规。

梁平的警察的确在吃“螃蟹”，敢为天下先。这个交警大队在县里已有宿舍小区。这次别墅群是借机与该交警大队的新办公楼一起建的，共征用了40亩地，其中办公楼仅占地不足10亩，而“大别墅”却用掉了30亩！据了解，旁边一处次于交警队的地块每亩价值都不低于20万元，这说明建“别墅”的地价至少600万以上，加上建材、工钱，一套别墅得多少钱，一算就清楚了。每个警察年收入多少也算得出来。连傻子都知这收入和豪宅之间不对称。

一方面是梁平交警住大别墅，另一方面是梁平交警大罚款。许多司机证实，只要开车过梁平，肯定要“遭殃”。梁平交警对超载要罚款，对经过市车管所批准的改型车也要罚，罚款金额之高更全国闻名。别的地方罚一二百，梁平一罚就上千。司机们对此敢怒不敢言。梁平交警一年罚了多少款，这些款都上哪儿去了？认真查一查，一切都会水落石出。靠山吃山，靠水吃水，我是警察我怕谁。这样的警察还能秉公执法，公道正派，维护社会治安吗？悬！

一个交警队大张旗鼓盖别墅群，征地、审批，一路绿灯，通行无阻，说明什么呢？说明你吃螃蟹，我也吃得。在梁平和其他地方，利用职权，超标建房，一人几套房的大有人在。有些地方各部门之间碍于面子相互迁就，与人方便，自己方便，不仅不加以查处，反而互相攀比，一块腐败。

梁平之后，又有报道说，重庆合川交警队所建的别墅比梁平交警还阔绰。警察们竟然建起了地上三层，地下一层，有私家花园、停车库、家庭酒吧、大客厅、工人房的超豪华“大别墅”。他们的高招是，施工队和砖厂得做“贡献”，白拿砖厂的数十万块砖头，给施工队的建房款少得可怜，凡是用车运货的单位都得“进贡”。这些交警如此仗势胡作非为，丝毫不顾及所造成的社会影响，更不考虑社会形象，很值得深思。

透过别墅，我们看见什么呢？君不见街上一些有事没事都耀武扬威拉着警笛呼啸而过的警车，一些警务人员在执法中滥用职权，刑讯逼供，在大庭广众中动不动就掏枪威胁平民，甚至轻率杀人。有的不抓罪犯，反而把上访的被害人关押起来，以显威风。究其根本，这些警察都忘记了法律所赋予他们的职责，只知道利用手中的权力谋私利，头脑里只剩下了警察就是“老大”，警察就是“法”。这样的警察执法，老百姓还有安全感吗？

依法治国，没有一支依法执法的公检法队伍就是一句空话。人民警官任长霞的先进事迹为什么引起那么大的反响？十万人自发为她送葬，全国人民为她哀悼？其中一个重要原因，就是这样优秀的执法者太少了，太难得了。都说“有事找警察”，但像梁平、合川那些住别墅的警察，老百姓躲都躲不及，还敢找吗？尽管在总体上说，那样的警察也是少数，可他们的影响极坏，直接损坏政府形象，丧失民心，所以绝不能掉以轻心。

依法治国，先得治好执法队伍。

2004年7月5日

打破坚冰的“廉洁退休金”

对公务员是“高薪养廉”还是“高质养廉”，理论界一直有争议。

近日，江苏省公安厅隆重举行大会，向7名宣布退休的人员颁发了《廉洁从警退休金发放证书》和4000～9000元不等的廉洁从警退休金。这是自去年8月该省公安厅颁布这项制度后，首次兑现，也引起了很大反响。

廉洁从警退休金制度的着眼点，就在于以制度反腐、以经济手段治腐。这颇有点“高薪养廉”的意味，但又不是简单的提高工资。该退休金由个人缴纳的保证金与单位配套奖励两部分组成。假如民警在其从警生涯中尽职尽责，洁身自好，清正廉洁，离职时就可全额领取；否则，除了要受到党纪政纪甚至法律的惩处，个人保证金也只能领取部分或被全部扣除。据估计，一名22岁从警的警员如一生清廉克己，尽心竭力，到退休时累计可领取高达30多万的廉政退休金。

这一制度，是名副其实的“吃螃蟹”。它的意义在于积极地尝试与探索，而不是坐而论道。

权力容易带来腐败，比如权钱交易。而任何政府的权力又都需要有人来行使，有权又要远离腐败确实很难。由于公务员这样的职业历来都是吃“皇粮”，他们的收入由政府拨款，而工资水平又直接影响着人员的工作质量，所以这一人群的收入各国政府都会十分重视，他们的收入也普遍处于中等水平。但由于我国的历史原因，公务员的工资普遍不高，在一定程度上造成了他们工作积极性差，服务态度差，执法差强人意，甚至以权谋私等。近年来，经过几次“调薪”，公务员的工资水平较过去有了一定程度的提高，然而这并未从根本上减少职务犯罪现象的发生，某些地区的经济大案、要案的发生数量还有了上升趋势。于是有些人就提出进一步加大“涨薪”幅度的建议，向“高薪养廉”靠拢。

但实际情况是，由于我国正处于经济转轨阶段，出现了大量下岗失业人员，数次公务员涨薪已使相当多的人产生了心理不平衡。“高薪养廉”呼声必然遭到非议。一味加薪不但会引发社会各阶层的异议，加大社会贫富差距，对人员积极性的提高也有限，当遇到巨大经济利益诱惑时，恐怕某些人还会职务犯罪，并不能收到预期的“养廉”效果。

江苏省公安厅的廉洁退休金就是在这样的背景下出笼的。它的“学问”在于，既实现了涨钱这个看得见的“源动力”，但短期它又“摸不着”，它是以一种变相“期货”方式出现的。警务人员虽然短期拿不到钱，但好好工作最终会得到应有回报。有了这个“预期”，在面对各种诱惑时就得掂量掂量。此外，由于是“期货”，政府也始终掌握着发放与否的主动权。社会各界又把它当着一种勤政廉洁的奖励，而不是高薪，容易接受。

据统计，实施这一“养廉”措施以来，江苏省公安机关民警发生违法违纪案件数量比去年同期下降了 27.27%，贪污受贿、违反财经纪律等案件数下降了 56%，涉案人数也下降了 50%。省公安厅机关没有发现违纪案件，南京市公安局试行半年多，民警违法违纪案件同比下降了72%，可见“养廉”效果很明显。当然，这项措施在实践中还需调整完善，例如每过若干年考核、发放一次，短期长期相结合，等等。

“廉洁退休金”具有借鉴意义。如果类似的举措在相当的范围内实施，相信会对减少职务犯罪、提高工作热情产生积极的作用，更会对那些即将退休的公职人员起到很大的安慰，例如“59岁现象”、“临走捞一把”等职务犯罪也会减少。

2004年8月27日

“妞妞”的戏外戏更热闹

一部电影，一个女孩，769万元巨额股份，这三样看似毫不沾边的东西却聚在一起，引起了人们对其中可能存在的幕后交易、官场腐败、以权谋私等等问题的猜疑。

10月底，深圳市文化、教育、宣传等五部门联合下发文件，号召该市大中小学生自费购票观看一部名为《时差7小时》的电影。理由是“该片讲述了上个世纪80年代出生的16岁中国少女妞妞留学英伦的故事，体现了在中国改革开放环境中成长的一代青少年生动可爱的精神气质和风貌，是一部反映现代青少年成长的好片”。此事在当地立即引起强烈反响，多家媒体给予了高度关注。一些家长直言不讳地批评影片所反映的与老百姓生活毫无关系，没有什么教育意义，并质疑有关部门以行政命令“推荐”影片的合法性。随后就曝出该片25岁女主角妞妞（真名李倩妮）不仅是小说原作者，还是影片制作单位深圳市梦想隧道影视文化发展有限公司的法人代表，而她还是深圳某高官的女儿！刹那间，舆论一片哗然。后经记者在深圳市工商物价局信息中心的进一步调查，证实了妞妞确是该片制作公司的法人代表，并拥有公司82%共计269万元的股份。不仅如此，她还是另外两家公司的大股东。作为三家公司股东的她，名下股份市值总计高达769万元！

人们不禁要问，一个16岁就留学英国，至今仍在美国攻读硕士，从未有过正式工作的女孩，怎么会有如此巨额的资产？据“梦想隧道”制片主任介绍，该公司82％的股份是一个朋友在2002年“零转让”给李倩妮的。此外，她还持有另外两家公司(深圳市仁和海外投资服务有限公司、深圳市披克电子有限公司)分别为70％和15％的巨额股份。这个女孩到底什么来头？真实身份又是什么？

“高官女儿”的说法早被传得沸沸扬扬。据深圳市委宣传部、市团委少工委、教育局等多方人员证实，女孩的父亲就是现任深圳市委副书记李意珍。后续报道更显示她的母亲还是仁和公司法人代表，而她参股的披克公司更有着包括罗湖区政府大厦、盐田区政府大厦、深圳市工商物价大厦、深圳市南山国税大厦、深圳机场海关国际快件监管中心等多个官方客户。至此，女孩的身份、巨额股份、官方的“难言之隐”、五部门联合“吹捧”等等疑问的轮廓开始逐渐清晰，一些不好“理解”的问题似乎也有了眉目。

而这部所谓“好片”的反响也远没有宣传那么好，没有多大教育意义。那还推荐它干吗？这不免让人怀疑5部门联合下文为这部平庸影片和女主角“捧臭脚”的真正原因。据报道，该片上映前三天就获得了64.5万的高额票房，看似红火的票房意味着什么？一位影院职工道出了实情：“主要就靠学生包场，零售就不行了，寥寥无几”。面对深圳85万中小学生这一“庞大市场”，我们不知该片最后能创下何等辉煌的“战绩”，其后的利润分成更是无人可知。尽管某些部门工作人员一再声称，该高官并未出面支持搞这些，那只能说明五部门和有关人士的自觉和主动、办事到位，不需要领导亲自出马，耳提面命。深圳是改革开放最早，也是我国最为发达的地区之一。这样的地区本应拥有更为先进的执政思想、更为先进的管理水平、更优秀的领导人才。这回有关部门大张旗鼓的“拍马”行为、行政命令式的家长作风，以及相关领导的水平作为，的确比内地许多地方要高出一筹，富于创新，令人仰慕！

通过这件事，也让人联想到近年来腐败的方式也开始呈现出多样化、推陈出新的趋势。由于检察、纪检部门监督的加强，以前那种赤裸裸的送钱、送物开始减少，而“无形的”隐蔽的方式则增多。如为领导房子装修埋单，送领导子女留学，以考察学习名义送领导出国游玩，代领导交纳高额MBA学费等等属“小打小闹”；又有不少将巨额钱款股份秘密划归领导亲属名下，在国外开办公司、账户，将巨额赃款转移到境外，为领导全家办理移民等“大买卖”；甚至还有公司与领导达成私下协议，在其退休后安排“高级顾问”等“大手笔”。更引人注目的是，如今贪官们的后路已相当完备。很多贪官早早就为家人办理了移民，将赃款转移境外。一旦有风吹草动，可以马上溜之大吉。这些新的行贿、受贿方式无疑给调查、办案带来了巨大困难，使相当一批行贿、受贿者可以更“安全”地从事违法勾当。这样的案件即使最终得以告破，损失也常常无法挽回，犯罪分子依然可以逍遥法外。

虽然影片女主角的身份背景已经明朗，但她拥有的高达769万巨额股份、影片整个运作以及参股公司大量“官方客户”等问题仍有待调查。种种迹象表明，事情远没有结束，只是冰山一角。“妞妞”与身为市委副书记的父亲到底有多少干系？不顾影响，放任手下大吹大擂、以文件形式为子女影片“开拓市场”，还牵扯出家属错综复杂的经济利益、股份问题，无法不让老百姓猜测议论。而5家部门联合“拍马”的行为更是俗不可耐，令人作呕。有关部门当认真调查，彻底查出事实真相，给老百姓一个满意交代。否则民心难安，群众对官员腐败的怀疑也将进一步扩大，甚至会对整个深圳市政府的形象产生极其不利的影响。

这件事的结局如何，人们拭目以待。但一个影片就扯出这么一大堆，说明群众监督、舆论监督有威力，“民主执政”是个新法宝，应当好好发扬光大。有腐败有丑恶不可怕，只要有铲除的机制，魔高一尺，道高一丈，那就没什么可怕了。

2004年11月6日

小镇克隆天安门

“只有想不到的，没有做不到的”。天安门跑到千里之外，你想到了吗?

重庆忠县黄金镇建了几座办公楼，从落成之日起，议论就没停止过。原因很简单，镇党委、镇政府的办公楼竟被修成了“天安门”城楼样式！这片由7幢楼组成的办公区雄踞山腰之上，完全按照仿古风格修建，气势恢弘。门前台阶就分6层111阶。第一层21个台阶代表21世纪；其他5层每层18个台阶也分别有说法。台阶最上方就是那座酷似“天安门”的主办公楼，它两边也各有19级台阶，同样有寓意。当然，不止台阶有“学问”，办公楼群布局更具“意义”。“天安门”正对着忠（县）梁（平）公路，另外6幢办公楼分列台阶两旁，呈“王”字排列，“天安门”正好在“王”字头上添一点，成了个“主”字。“构思”之巧妙、“寓意”之深刻令人叹为观止。实地观看，仅6幢“王”字楼里房间就超过120间。而“天安门”红墙绿瓦、挑檐斗拱，屋顶之上，巨龙盘踞，龙头之下，各种走兽分列排开，俨然一座小“皇宫”。

面对100多级的台阶，如此震慑的气势，别说办事了，就是看看都要“仰视”。这哪里还是人民政府、党的一级组织的作派？人们不禁要问，这从骨子里就透出一股邪气，一心称“王”、当“主”的官能为百姓办啥事？

盖这么豪华的办公楼得多少钱？据了解，办公楼加上家具等耗资超过500万。花了这么多，黄金镇应该“金子”不少。但事实并非如此。据该镇人大主席团主席透露，镇上一年财政收入也就400万，可教师工资每年就得300多万，剩余无几。盖大楼用的是一家水泥厂改制结余的100多万和镇财政的几十万，还欠着一些单位和个人共计160多万元。此外，为建镇政府大院，黄金镇政府征用了黄金村约10亩土地，也没有按规定给农民相应补偿款。没人知道这些债啥时能还清。

在镇政府旁边的忠梁公路上，他们还新盖了十几幢小楼。这些楼造型美观，十分气派。但只有一层开了几家饭馆、商店，楼上人影都没有。实际这是个形象工程，打肿脸充胖子。但这个外表花哨，看起来“很美”的政府新办公区根本掩饰不了当地的实际。在一公里外的老镇，街道破破烂烂，道路坑坑洼洼，房屋都破旧不堪，住在泥坯房里的群众大有人在。镇政府不想着如何利用好有限资金，发展地方经济，让群众生活得好一点，四处举债，挖空心思，却是盖起了这么一个“天安门”！

可转念一想，一个小小的镇为什么就敢这么胡来？原来，小巫之上有大巫。现在，许多地方，大到省、市，小至县、乡，各级政府、工商、税务、公检法各部门的大楼经常是比着赛着地建，哪座不是高耸入云、气势磅礴？别说几千万了，有的恐怕几亿都打不住。有人管吗？上梁不正下梁歪，你建上亿的，我为啥不能盖几百万的？这也让人联想到两个问题。一是现在办公建筑是否有规格标准？另外建前有审批手续吗？前一个问题从幢幢拔地而起的摩天大楼来看似乎是否定的。可就算是古代的官邸、衙门都有严格的建筑规范，什么样的装饰、占地大小都有明文规定。“超标”那可是越制，要杀头的！现在呢？不管你是穷是富，怎么建都没人管。至于审批手续经常也是睁一眼闭一眼，自己人“好说话”。但这些高楼大厦花的都是老百姓的血汗钱啊！

形象工程是群众反映最为强烈的官场腐败问题之一。“工程”看着“光鲜”，某些只看表面的上级还认为当地发展有方、官员有能力。弄虚作假的官们借此平步青云，才不管留下的“黑洞”有多大。而且，花多少钱，欠多少债他也不怕，一不用他掏腰包，二也没装他腰包，他怕什么？然而，贪污和浪费都是犯罪，可我们的查处往往是贪污一万坐牢，浪费一亿没事，这才给一些别有用心的人有空子可钻。而且，仔细查一查，那些花大钱搞形象工程、政绩工程的地方，在政治腐败的同时，也往往伴随着经济腐败。这股“歪风”如果继续蔓延下去，指不定哪天还会冒出什么事来呢！

2004年12月31日

博士后还是“学历秀”

不久前，甘肃省委、省政府宣布拿出63个职位面向国内外引进博士后，其中有15个职位是市（州）长助理，被录用的博士后将全部给予正处级实职和待遇。其选才规模之大、学历要求之高几乎没有先例。

众所周知，博士后应是对本专业学科进行了深入研究的学者人才，理论知识往往是他们的强项，通常这类人才多会进入相关科研机构，进行相关领域研究或利用研究成果为决策者提供一定的理论帮助或指导。甘肃这次引才的消息初看是对高学历人才的渴求，对知识人才的尊重，然而细读一下具体的应征岗位，不免让人怀疑此举是否又陷入了学历至上的怪圈。

首先是省工商局局长助理和省图书馆馆长助理两个职位，要求专业竟然是计算机科学与技术。计算机技术要说和工商局、图书馆一点联系没有怕不恰当。现在企业登记、图书查阅、管理工作等方面大量地运用了计算机技术，但这些往往涉及的都是网络、软件开发等方面的计算机应用，大学本科专科就足够，用得着博士后这么高级的研究型理论人才吗？省委宣传部的两个部长助理职位，专业需求为指导、协调新闻出版工作和指导文艺工作以及文化市场管理。这样的两个职位需要的是对文化、新闻方面比较了解以及富有一定管理经验者，富有实践经验的报社、新闻机构等方面的人才其实更为合适。博士后就算对其研究领域比较熟悉，但真能承担起协调、管理的责任吗？

“唯文凭”论早在实践中碰壁。现在很多单位都开始转为以实际能力和工作经验作为选人用人的前提。为何甘肃要搞这么一次以博士后为首要条件的人才选拔呢？原因恐怕是，还有不少地方依然停留在搞形式主义、花架子上，还在热衷于将本单位学历水平加以量化，比如学士占到总人员比例的多少、硕士占到多少、博士又占多少，等等，并公之于众，以显示他们多么重视人才，多么赶潮儿。至于这些人是不是真有本事，是不是人尽其才了，那就且听下回分解。

随着大学教育的普及，越来越多的毕业生都具有了本科学历，原来值得炫耀的本科就成了大路货。不少单位为了追求“高水平”，就开始提高门槛，硕士又成了应聘的基本条件，造成了目前的“考研热”，逼得大量学生为提高“竞争力”再去挤考研独木桥。本科生与硕士生的水平差距真的那么大？未必！面对一个有3年工作经验的学士和一个把3年时间花在课本上的硕士，务实的人都会做出正确的选择。但对于把高学历当作炫耀的资本的当权者来说，那就不一样了。比如弄个硕士秘书、名校博士做助理，先不管用不用得上他的“高级”知识，反正听起来“响亮”。甘肃招一批“博士后”以为占了高枝儿，其实，有的地方已经在高薪招院士了呢。

2004年8月9日

“政绩广告”给谁看

近日，江苏省 82 个省级机关厅局单位和部分中央部门管理单位开始接受万名群众作风评议。据说排名靠后将责令整改，负责人要接受诫勉谈话，如连续两次排名末尾，主要领导将受到组织处理。不少单位为了“不落人后”，于是在媒体上大作“政绩广告”，鼓吹单位成绩如何之多，领导、职工怎样勤勉努力。由于作广告的单位太多，在一家省级媒体排起了队，有的甚至不惜血本买头版版面。12 月以来，该媒体天天都是“政绩广告”，成为一大“亮点”。

政府部门一窝蜂作广告也算开创了先河。按说群众评议是件好事。作为对政府执政、机关作风感受最深的他们，对存在的问题和缺陷也最有发言权。立党为公，执政为民，他们的监督、评判也最具说服力。道理虽如此，但难保一些单位不产生抵触、畏惧情绪。平时他们是管理者、盖戳的，虽说是“勤务员”，但群众办事多得看他们的态度和脸色。这回角色大变，心里肯定不是“滋味”。要是平时做得好，肯定不慌神，反之则心神不安，怕“秋后算账”。这么多单位蜂拥作广告明显是心虚，王婆卖瓜。但都这时候了，临时抱佛脚，有啥用？平时都干吗去了？

尽管门口写着为人民服务，但政府部门服务不佳、公仆意识差、办事效率低却是老生常谈。这一问题的直接原因就是公务员职业“零风险”。公务员辞职辞退制度实施的8年中，全国辞退公务员不到2万。与近500万的总数相比，年辞退率仅0.05%。如此低的辞退率与群众对政府机构的不满和抱怨形成了强烈反差。

面对社会和舆论压力，政府部门也推出了述职、考核、评优秀。这些东西年年搞，可效果呢？都成了走过场，形式主义。只要做得不太过，上下关系不搞僵，混个称职小意思。评优更是不必说，也成排排座，年龄资历轮流来。没危机，没压力，造就大批庸庸碌碌、无所作为的庸官。这些人虽没贪赃，不枉法，可就是工作稀松，熬年头。

一些庸官也曾踌躇满志，想干点事。可入行没两年，当初那点壮志雄心就消耗殆尽了。因为干事难免出纰漏，不干永远最安全。那不干活的不惹“麻烦”又“听话”，领导自然喜欢他，群众关系也融洽，眼见人家往上爬。你这干事的没干好就有风凉话，出点问题就完啦。挑刺、捣乱，看热闹还不够你一呛的？别人不做，你要干，肯定是不甘寂寞、有野心。显你？就你有能耐？那群众关系就完了，以后还能混个啥？机构臃肿，部门庞杂，兄弟部门都不出头，你凭啥“狗拿耗子”？那不是破坏团结吗？眼见大家都不干，干脆自己也歇了。当然不能光闲着，样子总要装装的！上网聊聊天，在线炒炒股，看看报，喝喝茶，每天也很忙碌呀！

显然，单靠自律、考核已根本不能改变目前政府部门消极、懒散、混日子的现状。求变必要求新，必须寻求新思路、新考核标准、新评价模式。对政府各部门的工作，被服务对象最有发言权，老百姓最有评判资格。哪个部门服务好，哪个领导作风正，他就把票投给谁。

不贪赃，不枉法，高枕无忧混日子也开始面临挑战，一些地区已经出台办法专门整治庸官。本月初，浙江实行了新举措。针对影响机关工作效能的30种行为要被追究责任。同时，办公时间上网聊天、炒股、玩电脑游戏、中餐饮酒也被明令禁止。这是浙江省机关推行效能建设的新举措，也是国内首次出台制度对政府机关及工作人员影响工作秩序和效能的行为进行责任追究。

当然这些新措施、新思路效果如何还需时间验证。政府机关多年积累下来的那些臭毛病，坏作风一时半会想改也难。机构庞杂、臃肿重叠、权责不清更不是发两个戒律文件就能解决的。这不，一看要改群众评议，有些部门坐不住了。但旧思想依然根深蒂固，他们还是宁可作表面文章，搞花架子，也不愿办实事，改正作风。当然了，花架子多好看，多容易，办实事多费劲，多麻烦，这倒是实际情况。这才有了政府机关排队登广告的“奇闻”。可群众哪像某些领导只看表面不重实际？他们早对形式主义、政绩工程深恶痛绝。这么登完全是徒劳，反而加重了百姓的反感和怀疑。要是追问广告费从何而来，怎么说呀？皇粮部门，政府拨款，哪来什么广告费！是小金库、乱收费、还是挪用的啥专项款？不能深想，否则指不定还扯出啥花花事。

不过，冰冻三尺非一日之寒，万事开头难。新条例、新思路虽不够全面，有治标不治本的感觉，但有总比没有强，毕竟开头了，一石击起千层浪。可若想标本兼治，彻底改变政府机构现存的种种问题，还得加大改革力度，精简机构，合理定编，权责分明，赏罚明晰，全方位考核，制度化，在变革中不断探索，在探索中实现改革。

2004年12月16日

市长为何集体露怯

一个高层论坛，却引来低水平的话题。

不久前，来自25个国家近60个城市的市长或代表，参加了江苏南通举办的“首届世界大城市高层论坛”。中国市长发言水准不高，讲话千篇一律，套话成堆，只谈形势大好、忌讳存在问题以及地方口音难听懂等等被记者报道后，引发了众多议论评说，认为这不仅暴露出当前部分领导与西方发达国家市长之间的差距，更折射出目前存在的一些带普遍性的问题。

评论说，中国市长的发言首先暴露出他们的文化水平、思想水平亟待提高。因为如果他们观点成熟、思路清晰，对问题、发展有透彻的见解，即便没有讲稿，进行即兴发言，相信也会有相当的见地，对问题的分析也将具有一定的深度和广度。套话连篇只能表明其对问题认识有限，肚子里墨水不够，只好拿报纸、文件上的话充数。当然领导发言水准不高也可能与发言稿由他人代写有关，并不一定代表市长们的实际水平。可如果市长有水平，应当指导秘书们加以修改，这么重要的显示身份的国际会议，岂能敷衍了事？拿着没见解没水平的稿子去念，那也太视同儿戏了吧！不光自己丢脸，还会丢国家的脸！

讲话千篇一律也从一个侧面反映出了市长们平时讲套话、车轱辘话的风气。很多领导平时发言讲话都喜欢穿靴戴帽，大谈理论、思想、方针政策，大而全，空洞无物，缺少实际内容，没有多少“干货”。我们的理论思想的指导性、先进性无可争议，但这些基本方针、指导思想是要指导实际，付诸行动，进行实践。如果只停留在口头上，表表决心，显显态度，形式主义，花架子，那有多少实际意义？没有真抓实干，肚里没有东西，确实很难倒出多少真金白银，只好讲套话、大话、空话，甚至假话了。

照笔者看来，市长们的发挥其实也正常，不值得大惊小怪。如果不是这样，那倒有点反常。因为他们平时参加的会议大都是这样的，没有人觉得有什么不妥，即使有点杂音，也成不了气候，时间长了，也就习惯了，见怪不怪。只是这次参加会议的市长们有点大意，没有想到“内外有别”，把参加国内会议的那一套搬到国际会议上，在与老外一个平台上一亮相、一对比，差别就出来了，高低就显出来了，不用别人说，自己就觉得不太对劲儿。这有什么办法呢，平时就这么练的，就这个套路，临时还能变出什么新花样？怪谁呢。

那么，比出什么来了？西方发达国家的市长显得更加务实，更敢说真话，不玩虚的。这些洋市长可不是吃干饭的，他们大都是凭本事被选出来的，时刻有压力，促使其必须注重实际，关注民意，切实将地区发展搞好。否则选民就会把他赶下台。而我们现在的市长们，虽然也经选举，但关键还是上边说了算，他们主要不是向选民负责，而是向上级领导负责，客观上为欺上瞒下提供了“源动力”。说话办事，要看上边的眼色行事，要讨头头儿的喜欢。会干的不如会吹的，讲真话的不如会拍的，这种选拔干部的机制不彻底改变，平庸“菜鸟”市长还会不断出现。

如果一个两个市长平庸也就罢了，集体“露怯”那就值得探讨。难道中国人智商真的不如洋人，我们的干部个个都是“菜鸟”？当然不是。适者生存，什么样的环境就能造就什么样的人。那么，是什么样的环境因素造就了开口千篇一律、空话大话成堆、报喜不报忧的官员呢，难道不需要认真清理一下？

本来，“首届世界大城市高层论坛”，作为东道主，是露大脸的机会，展示自己的形象，哪想到却露了怯，真是不爽！但塞翁失马，焉知非福。问题暴露出来，引起议论，总比藏着掖着好。不是有亡羊补牢一说吗？党中央再次提出加强执政党的执政能力和提高执政水平，结合这次论坛实际，真是再好不过了。当然了，需要提高水平的，显然不只是市长们。

2004 年 10 月 3 日

又想起了“庄主”

红极一时的大邱庄的“庄主”禹作敏又让人想起来了，因为王廷江。

11月27日晚，山东航空公司一架执行广州——临沂——青岛飞行的航班，中途降落临沂机场。一名男子下飞机时拒不出示机票，还破口大骂，猛击女乘务长胸部。为制止其威胁航空安全的行为，执勤空警用手铐将他和自己铐在一起。此人随从随即拨打电话，不久就有10多人闯进机场，砸碎隔离区玻璃，冲进停机坪，将空警拖下飞机，扒去衣裤，在停机坪一顿暴打。空警被打得鼻嘴喷血，奄奄一息。之后这伙人打开手铐，簇拥该男子乘车扬长而去。当时场面一片混乱，人们纷纷指责打人行径，并对旅客安全深表担忧。航班延误90分钟后才又起飞。

此人如此猖狂，还有这么多打手，究竟何许人也？事后了解，此人的确“来头”不小。他是十届全国人大代表、临沂市罗庄区罗庄镇党委副书记、沈泉庄党委书记、华盛江泉集团董事长王廷江。资料显示，他还曾获得全国劳动模范、山东省劳动模范、山东省优秀农民企业家、山东省优秀共产党员，是当地著名致富带头人。1989年他将名下600万资产献给集体，并带领贫穷的沈泉庄成为远近闻名的富裕村。

这让人产生诸多疑问。一位赫赫有名的农民企业家、致富带头人、全国人大代表为何如此肆意妄为？打的还是女性。王廷江是偶尔丧失理智打人，还是一贯暴躁？暴力“救主”的手下是一时之勇，还是一贯“勇猛”？这帮人难道没点法制观念？那人大代表也应该懂啊？而这伙人砸玻璃，冲机场，一顿暴揍，又迅速撤离，“功夫”之高，行动之敏捷也令人咋舌，更让人联想到电影中有组织的黑社会。俗话说“习惯成自然”，这一系列暴力行为很难说不是平时作为的集中体现。

虽然我们并不了解王廷江本人，但根据经验和种种事实也能猜出一二。他很可能认为自己这么高“身份”还用查票？他这么“有名”乘务员能不认识？在他看来查票很可能是对他“不尊重”，让其丢了面子。既然回到“老窝”，自然得要要威风。他的威风来自何处？他拥有的众多头衔、称号是一方面，但更深层次原因很可能源自他在当地多年来形成的“霸气”。

首先，他作为致富带头人，又贡献了资产，在村里很可能有着“绝对权威”。身为集团董事长，又是村党委书记，他既是经营者，又是管理者，这也容易形成官商一体，权力得不到有效监督。而大权在握难免出现一言堂式家长管理。加上近年来国家、地方授予的各项荣誉，全国人大代表身份，如果说他被冲昏头脑，自我意识不断膨胀是很可能的。由于他是致富功臣，又有“特殊身份”，各部门也都得给他面子。这一切“有利条件”极可能使他成为当地说一不二的“土皇帝”。

这也让人联想到曾经红极一时的大邱庄“风云人物”禹作敏。似乎两者地位和经历十分相似。禹作敏同样是大邱庄功臣。但他就是因私欲极度膨胀，给大邱庄带来富裕的同时，也剥夺了群众的监督权利。官商一体的角色让他肆无忌惮，目无法纪，为所欲为。可产权不明，缺乏监督，最终导致下属企业3亿资金无故“蒸发”。对“自家钱”流失心疼不已的禹作敏私设公堂致人死命，又制造假象负隅顽抗，甚至暴力抗法，最终锒铛入狱。而大邱庄也随着禹作敏败走麦城而风光不再。这一切难道不是前车之鉴？

事实上，自我膨胀是有多方面原因的。在巨大成功和荣誉面前，如果没有足够的监督教育，任何人都可能飘飘然。而民营企业家、村干部文化水平不高，家长作风，家族式管理，很可能导致干部班底、企业领导“私人化”。产权不清、公私不明，也容易导致集体企业成“私企”。所谓成也萧何，败也萧何。某个“能人”的确能让一个地区发展起来，但过度集权、权力得不到有效监督和抑制、官商合一，也将为违法乱纪、走向衰败埋下伏笔。某一家族更可能成为称霸一方的“地头蛇”，甚至演变成“黑社会”。

这几年王廷江一直是处于鲜花、镜头、各种荣誉包围之中，他是否迷失了方向，找不到自我？人大代表的“特权”更可能使其骄横暴躁，法制观念的淡漠也让他和手下都置身于悬崖的边缘。事后他曾辩解机票价格不合理让他“有火”，但不承认打空姐，殴打乘警也被轻描淡写为“打得也不重”。可事实摆在那里，包括外国友人在内的众多乘客都是见证。这一切诡辩都显得那么苍白无力。

头脑发热的王廷江是到了该好好反思的时候了，别忘了法制社会，功劳再大也不能顶罪，千万别步大邱庄禹作敏的后尘。同时，社会和有关部门也应思考该如何对待这样的致富“功臣”。鲜花掌声不能少，但监督管理跟上了吗？要知道，立起一个典型不容易，倒下去却只是顷刻间的事。

2004年12月4日

书香味外

新的“读书无用论”

“知识改变命运”，让孩子好好学习、上大学早已成为望子成龙父母的共识。但近年来的严峻现实，却让人不得不对此重新思考。

刚刚结束的“两会”上，全国人大代表、民盟青海省委专职副主席程苏指出：子女高价上大学，毕业找不到工作，已成为贫困地区农民群众反映最强烈的社会问题。青海海东地区人事局的数据对此给予有力证实：2000 年至 2002 年，海东大中专毕业生有 4376 人，除少数进入企业或临时受聘事业单位外，尚有 2372 人未就业；2003 年毕业 2148 人，就业 326 人；2004 年毕业 1568 人，就业 239 人。程苏认为西部地区扩招比例明显偏高。青海近 3 年高考升学率均高达 80％以上，但一次性就业率只有 45％。严峻就业形势、高投入低产出，加剧了农村贫困。过去是一个大学生脱贫一家人，现在是大学生越多的地方，贫困家庭也越多。新“上学无用论”迫使一些家长让上大学的孩子中途退学，这一趋势更波及中小学。

上述问题绝非孤立。透过中、东部较发达地区毕业生的就业难，完全可以想象就业机会和岗位更少的贫困地区的难度了。

的确，过去大学生是天之骄子、用人单位眼中香饽饽。但不断扩招，每年新增几百万使香饽饽早已“臭街”。大环境不同，观念也得转变。上学的目的必须摆正，虚荣心、“赶时髦”是不行的，指望靠上学“光宗耀祖”也已过时。教育本身不是目的，使人具备融入社会的本领能力，为社会做出贡献才是目标。

公众观念存在问题，有关部门宏观调控、引导做得如何呢？人才与社会发展相互制约，又不是简单的逻辑关系。行政命令、一味猛增指标是能圆不少人大学梦。表面看这迎合了人们受教育的要求，提高了国民素质，教育大发展还是新的经济增长点。但是梦早晚得醒，因为“高级”人才“大跃进”必须市场提供更多“高级”职位。但短短几年一些地区的发展根本跟不上毕业生猛增的步伐。大学生多如“白菜”随便挑恰恰是市场经济催生的教育产业忽视市场规律的后果。

教书育人成赚钱产业，同样引发了大量争论。对错姑且不谈，既然是产业，就应面对两个问题。一是“产品质量”会直接影响“销路”。按这个思路，如果学校没能教给学生足够的知识和谋生技能，致使学生得不到社会认可，那就是误人子弟，教师应下岗，学校得关门。但在扩招大形势下，我们看到的是大学四年课程几十门，门门蜻蜓点水，所学与实际相脱节，学生就业难，毕业就失业，作为“生产者”的学校却始终“生意”兴隆，财源滚滚，从未对上述问题负责。再者，产业还牵扯“投入”和“产出”。扩招后涨学费倒是立竿见影。4年下来，学费生活费一般七八万。富裕家庭能当是“投资”或“消费”，可贫困家庭呢？只能东拼西借、贷款助学。一些人不反思扩招、高收费、教育本身是否有不当之处，反将就业难归咎学生“期望值”太高。招聘会人山人海、求爷爷告奶奶递简历，大四几乎都用来找工作，这能说学生不实际？最起码这上学的投入与产出账要算算吧。如今城里人月平均工资1000多元至2000元，刨去衣食住行，偿还数万元的学费都得好些年，更别说月收入仅几百的落后地区了。

上大学是知识的积累，能提高素质，这是事实。但对上学抱有过分功利思想，孤注一掷，指望毕业就出人头地，在高等教育越来越大众化的今天显然是脱离实际的。但无论如何，主管部门和高校必须清醒意识到肩负的社会责任，恪守“为人师表”道德底线。如果只顾扩招多赚钱，其他全部大撒把，将是典型的奸商行径！不联系各地实际，不重视提高教学水平，一味大干快上“制造”大学生，造成人才、资源的浪费更是极不符合科学发展观的短视行为。

2005年3月16日

丁肇中的“兴趣说”

丁肇中，美籍华裔实验物理学家，诺贝尔奖获得者。在整个华人世界及国际物理学界，他都享有极高声誉，却对学生提出的三个问题都回答“不知道”，引发了人们的极大兴趣。

2004 年 10 月 7 日，丁肇中教授应邀在南京航空航天大学为学子们作了一场题为《国际空间站上的 AMS 实验》的报告。AMS 为“阿尔法磁谱仪”的英文缩写，这项由丁肇中教授主持，由包括中国在内的 16 个国家和地区、56 家研究机构合作承担的国际性大型科研项目，是人类第一次在太空中使用粒子物理精密探测仪器和技术的实验，目的在于寻找太空中可能存在的反物质和暗物质。在对该项目作了简要介绍后，丁教授回答了同学们提出的问题。在面对“是否能在太空找到暗物质和反物质”、“您从事的科学实验有什么经济价值”、“物理学未来 20 年的发展方向”三个问题时，丁教授都回答“不知道”。

特别是对第二个问题，丁教授认为，科学的很大作用是满足人的好奇心。并列举第一、第二位诺贝尔物理奖得主发现的电子和 X 光，三四十年代的量子力学，四十年代的原子能物理，在当时都“没有”什么经济价值。而这些技术如今却被广泛运用在超导、激光、通讯、能源等各个方面。我们今天所用的很多东西都曾被认为是“花钱最多最没经济效益的”，当初之所以要去研究它，是因为对它好奇，感兴趣。这位科学大师展示出的严谨学风，坦诚、和蔼、颇带幽默的个人魅力，赢来了热烈的掌声。

丁教授的“三不知”意味深长。因为不知道，才好奇，有好奇心才有兴趣。丁肇中教授在演讲中反复强调搞科学研究，一定要有兴趣，这一点至关重要。因为有兴趣才会去实验，不管成功失败，也只有实验才产生结果。兴趣也会使过程不再枯燥，相反，它会让过程充满乐趣和期待。正是无数次失败与成功的实验过程给人以极大满足，进而一步步走向成功。重视过程的原因也就在于此。而单纯为名利搞科学是很危险的。如果开始就想着功成名就，而不是出于对科学的兴趣和热爱，显然无法让人专心研究，更会以苦为苦，难以坚持到底以成大器。另一位著名华裔物理学家、诺贝尔奖得主杨振宁，对此问题也曾“英雄所见略同”，说他因喜欢才搞科学，而且从来没有觉得苦过，为此还放弃了初恋情人。

孩子们天生“不知道”，才对世界充满了好奇，充满了疑问，才有兴趣去追问，这正是最可宝贵的。兴趣是成功之母。反观国内长期以来的“填鸭式”教学，孩子们天天被淹没在文山题海中，本来的天性，对事物特有的观察角度和兴趣都被消磨殆尽。无创造力、同化现象十分普遍。老师也总是对“听话”的孩子赞赏有加，把爱提问题、喜欢争辩的孩子看作是麻烦，是调皮捣蛋的“坏学生”。而按丁教授的说法，过去几十年诺贝尔物理奖得主没有几个是考试得第一的，很多还是倒数。考试是考以前的经验和知识，而搞科学则是质疑前人的东西，创造新知。这也反映出东西方教育理念上的巨大差异，也使我们对国内的应试教育产生了进一步的反思。

南航学子是幸运的，有机会近距离接触科学大师，大师的亲身经历、切身体会对他们的引导，哪怕仅是只言片语的点拨，对其今后产生的影响都将难以估量。许多成功的人士在青少年时代仅仅因为看了一本居里夫人一类的传记就决定了他一生的选择，更何况是亲身面对过真实的偶像呢！

2004 年 12 月 12 日

“奥数强国”遭泼冷水

国际数学奥林匹克竞赛，多响亮的名字。我国中学生参加该赛屡获佳绩，金牌总数常居各国之首。它的光环与荣誉不知让多少学校和获奖者为之骄傲，无数家长、学生为此倾倒。

几天前，在全球700多位华人数学家、学者参加的“第三届世界华人数学家大会”上，许多专家对国内的“奥数热”、“获奖大户”称号却并不以为然，还泼了冷水。理由很简单，因为“奥数”仅仅是比赛，“奥数强国”并不代表“数学强国”。比赛成绩再好，也只能说明会考试、应试能力强。但数学是学术研究，其根本目的是探索、寻找并解决新问题。研究者必须怀有兴趣和献身精神，据此寻找研究方向。但目前国内很多学校的“奥数热”、“奥数培训班”追求的只是“成绩”。奥数“题型”早被研究透彻，学生只是长期在“题海”中奋战，对数学的兴趣、创造力都被扼杀。纵观国内中学阶段的数学尖子，进入大学后几乎没有人继续钻研数学。因为早没了兴趣，考大学也已“胜利”完成。所以搞研究、做学问，与训练解答已知的问题完全是两个概念。从思路上就是南辕北辙。

对于中国为何屡屡获奖，美国哈佛大学教授、曾获数学界菲尔茨奖的数学大师丘成桐认为，国外对奥数比赛采取“不在乎”态度。外国学生参赛是凭兴趣出于自愿，没人组织，更没系统训练。而国内则不同，首先学校和上级对此就十分重视。选手都经历了过关斩将、层层筛选，赛前还通过严格强化训练。没有任何国家像中国这么重视，组织这样好。“专业”和“业余”自然存在相当差距。

谈到教过的几个得奥数金牌的中国留学生，丘教授认为他们学问太狭窄，考试有能力，思考没能力，甚至毕不了业。国内顶尖学生尚且如此，会产生怎样后果？事实上，目前国内数学研究事业正面临人才断层，没有领军人物，世界级研究成果如凤毛麟角的尴尬现状。回顾过去20年，除华罗庚、陈省身、陈景润、冯康这些响亮的名字外，的确想不出国内还有谁能在国际数学界“叫得响”，拿得出手的成果更“想不起来”。随着这些大师纷纷故去，使人深感后继无人的无奈和担忧。

实际上，不管在纯理论还是在应用方面，数学在诸多领域的重要作用不言而喻。而我国的数学教育更可从学生跨入校门第一天算起。可以说，数学教育贯穿着整个学生时代。教育大纲的存在也要求学生必须在某一阶段达到一定程度。如此长的教学时间、如此严格的要求在全世界堪称少有，重视程度可见一斑。某些在国内学习一般的孩子前往国外，成绩往往超过同龄外国孩子。一些家长对此颇为看重，即使有条件也让孩子在国内接受完基础教育再出国。他们认为国内能打下好基础，能学到“真东西”，国外中小学就知道“玩”。

事实果真如此？实际上，国外看似散漫不提要求的学习环境，正是在给孩子充分发展空间，他们的教育重点在于引导和激发孩子自身潜能。两种教育方式和观念的不同，其结果也大相径庭。中国孩子只知读书考大学，理想目标常一问三不知。填志愿的盲目跟风、毫无主见充分暴露了这一点。相反，外国孩子一般有想法有主见，清楚自己要做什么。中国孩子去国外开始成绩是不错，但逐渐会被人家表现出的个性创造力超越。若想保持“水平”只能靠国内培养出的“吃苦耐劳”，但在创造性、想象力、自主思考等多方面均存在较大差距。这在步入社会后表现更为明显。国内很多在校成绩良好的学生真进入工作岗位就不灵了，显得十分平庸。外国学生的创造力此时却发挥出巨大优势。

由数学教育折射出的是整个教育体制存在问题。多年的应试教育让孩子整天埋头于文山题海，疲于奔命。一些人还认为“头悬梁锥刺股”才是真努力，真用功。但以现代眼光来看，这种方式纯粹是死读书，读死书，培养出的充其量是“考试机器”。素质教育虽提了很多年，负担却越减越重。学校、家长明知问题所在，但谁也不愿第一个吃“螃蟹”，唯恐自己减负让别人占“便宜”。当然，教育依然是卖方市场、皇帝女儿不愁嫁，同样要为此负相当大责任。因为名额有限，自然有取舍难题。你说根据素质决定，但怎样衡量，如何评判并非易事，当然不如考试简单公正，一目了然。大家都挤高考“独木桥”，陷入“学生玩命学——成绩普遍提高——题目更刁钻——学生更拼命”的应试怪圈。

众所周知，教育乃立国之本。但我国教育现存的种种弊端、体制缺陷已严重影响、制约了多方面发展。这一问题根深蒂固，如不全面彻底解决，单靠发发文、提提口号根本无济于事。有人声称随着出生率下降，人口高峰逐渐过去，情况会好转。但这完全是消极等待、极不负责的态度。这样一个困难重重又必须面对的现实问题，解决的快慢、好坏将直接影响整整一代人，甚至几代人，更会对国家造成极其深远的影响。但愿我们的孩子能早日脱离“苦海”，后人评价今日的教育时，我们也能少一些愧疚。

2004 年 12 月 26 日

假期补习班谁赢了

不少教师在假期办补习班赚“外快”早已不是什么秘密。由于需求市场的广大，补课“正规军”还经常处于供不应求状态。且越是有名的老师补课名额越紧俏，甚至还得托关系找熟人。补课方式上，早先是“单干”，近年来也出现了“规模协同运作”；招收习惯上，有的只收本班或本校生，也有的“兔子不吃窝边草”；场地方面，小规模的，基本就在教师家；人多些则在外租间房；规模化运作的，甚至能包下大学一层的教学楼。补课费与收入则根据教师名气、招生规模而定。通常是按每学生每小时几十至一百多元收取。一个假期下来，一个老师“进账”少则万儿八千，多则数万元。

一方面是学生试图通过补课提高成绩，望子成龙的家长心甘情愿掏钱，另一方面是付出时间、精力辅导的老师收取工资外的报酬。以“市场经济眼光”看，双方各取所需，自愿组合，似乎“双赢”。可深入一想，到底谁赢了？平日繁重的课业已使孩子们不堪重负，好不容易放假了，该轻松了，国家铁定的假期，却被侵占了。孩子们大都是被迫的。在“分数等于一切”大环境下，成绩越好者自然越希望永远“先人一步”，中等生则渴望“更上一层楼”，成绩差更要“笨鸟先飞”。主、客观上都导致了学生补课不断加码，这不仅给所有孩子都带来了空前压力，家庭教育支出也不断增加，应试教育更越发地走向极端。孩子、家庭、国家赢了吗?

唯一看得见的是教师的包包鼓了。一些人口口声声“补课属你情我愿，付出劳动课外收费天经地义”。的确，教师也要面对物质大潮冲击。然而，为人师表的职业特性决定了其不但应教授知识与文化，更肩负着教书育人之重任，老师的言行对学生人生观、价值观的形成与影响更是不言而喻。可不少学校不但置“减压”呼吁于不顾，教育乱收费，将升学率、考分与工资奖金直接挂钩；一些老师更干脆做起辅导材料的“买卖”，心安理得的把补课看作“生财之道”。由老师开设的补课班、“推荐”的教材，学生能不“踊跃捧场”?“副业”收入远高于“主业”，又会对教师心态产生怎样的影响?个别老师只热衷补课，课堂教学瞎糊弄，学校教学质量怎可能保证?老师们钱是赚了，可他们在学生们心目中的形象那就大打折扣了，最后赢了多少天知晓。

客观来讲，补课市场方兴未艾，不是由哪一单方面因素促成。国民对高等教育的渴求，有限教育资源的不合理分配，教育市场化后投资者对“蛋糕”的垂涎，部分教师本身对利益的过分追逐，“难产”的素质教育等等，都在不可避免地影响着各种教育行为。可在这一过程中，孩子们是越学越累，创造性、学习兴趣被扼杀殆尽。

这好比一趟飞驰的列车，除非你“另类”，你就不上车，否则只能乖乖地朝那“独木桥”狂奔。即便对“车头”及引领方向的不满早有公论，可只要它一天不改变思路，一切问题仍然照旧。狂热的假期补习班就这样把现代教育的弊端推向了极致。

2005年8月21日

且看“高分复读”

今年高考第一批录取工作已于几天前结束。因微小差距，又一批高分考生未能跃入清华、北大等顶尖“龙门”。由于“名校情结”，不少孩子已毅然放弃后续录取，踏上复读之路。据不完全统计，去年北京、上海、湖北、天津、广州、江苏6省市考600分以上仍复读的就达3000多人。其中，更有1800多人是已被全国重点大学录取却未去报到。“高分复读”作为一种新现象已悄然出现。

高分复读生和家长当然有自己的理由。高等教育普及化，大学也开始分为三六九等。大本、大专自不必说，本科也分一、二批，就是进入211工程的“全国重点大学”都有上百所。虽然都叫大学，差别却似“凤巢”与“鸡窝”。像清华、北大、复旦等“象牙塔尖”不光名头响，师资力量、学校设施与环境、国际交流机会……一系列软硬件条件同样远非寻常大学可比。政府源源不断的巨大投入和政策倾斜以及打造“世界级名校”的追求更使差别越拉越大。至于就业与出路，当“杂牌大学”毕业生还“没头苍蝇”似地四处投简历时，名校生则坐等就有大公司上门招聘，甚至提前被“预定”。清华、北大还有“留美预备校”之别称，连老外都已“识货”！因而，在很多人看来，跨入名校关系到自己一生的命运，复读再冲“塔尖”自然就成为许多具备一定实力的孩子和家长的共识。

此外，现行高考的填报志愿方式，也是不少人踏上“独木桥”的重要原因。不管是考前还是考后填志愿，只要分数线未公布，考生实际都是在“撞大运”。学校对“忠诚度”的要求更使除第一志愿外的申请变得几乎毫无意义。如果第一志愿落空，即便考高分也还得进“鸡窝”。纵然人们对志愿政策有多么不满，有多少次要求改革，终究无济于事。您心有不甘？只有重头来过，再跳一次“龙门”。

然而，“高分复读”绝不仅仅是再复习一年那么简单。复读学校现在都是赢利性的。通常复读比读一年大学还要贵许多。而钱还不是最主要问题。眼看同学进入大学，自己却“蹲班”，个中滋味、来年再考压力、家长寄托厚望等心理负担可想而知。有的人通过复读如愿以偿了，还有些人却越考越差，越考越没信心，这种经历对学生和家长绝对是刻骨铭心、难以言表的煎熬。而本应升学的好学生却被人为“积压”，来年名额之争也势必更为激烈。如此年复一年，循环往复，无疑在人力、物力、财力等诸多方面也将造成惊人浪费！中国高等教育刚步入大众化阶段，教育资源还不足就出现严重“挑肥拣瘦”和巨大浪费，这是值得深思的。

如今有种说法：中国名校生中最精英的三分之一出国，中游三分之一进外企，最末三分之一才“委身”国内企业。这种拿多数纳税人的教育经费培养少数人出国的做法，是否公平合理？所谓“教育没有绝对公平”就是这么个体现法？都说“条条大路通罗马”，但对绝大多数人来说，上好大学、找份好工作仍是最现实的成功途径。“高分复读”之根本原因也就在于此。这种个人对现实的无奈、或者说低层次抗争，不但相当残酷，还反映了上层建筑改革的滞后。高考折射出的一系列体制缺陷，到底是不能改，改不动，还是懒得改？对此，最应该感到尴尬和无地自容的到底是谁？可某些教育人士却振振有辞，认为已“尽力”了，分数至上就是在体现“最大公平”。至于复读生们是“皇天不负有心人”，还是“竹篮打水一场空”，那就由他们去吧。

刚刚放暑假，清华、北大每天都有上万名来自全国各地的中小学生前往旅游参观。电视上播放了孩子行进的队伍，也播放了专家的意见：让孩子们了解名校、旅游观光是有意义的，如果就此引导孩子们朝两所名校进军，那将是相当的不幸。

2005 年 7 月 23 日

可怕的“高招黑洞”

近几年来，每逢高考，总有些不法之徒乘人们急于上大学、上名校的心理，向学生和学生家长许诺可以帮助找门路、托关系，保证如愿以偿地上名牌大学。当然这个忙不能白帮，得给钱，结果上当受骗的还真不少。仅仅电视上曝光的就不止一两起。这个好理解，骗子嘛，什么事不干？提高警惕、凭考分走正常渠道就是了。

前不久，电视上又曝出，一名广西考生被北京航空航天大学录取了，但电话通知要求交 10 万元才给录取通知书。我的第一反应：又是骗子。果然，校方说，这个人不属于他们招生办。可接下来的情况是，录取通知书的确在这人手里，而且是学校交给他带到广西去的，他们“创收”的钱还要部分上缴……尽管事情真相扑朔迷离，但有一点是清楚的，这不是通常的骗子行为，有相当的学校背景。近日，西安财经大学又曝出猛料，考生虽然考分超过该校第一志愿 520 分的录取分数线，但报该校第二志愿时还得交 3 万元才能被录取。而交钱的过程完全正规化，到指定的银行，还要签字。该校的一名女教师说，她手上有 60 个这样的交钱指标，钱学交易，公平得很，而且明码标价，童叟无欺。

不是骗子，比骗子还可怕。可怕就可怕在，被曝光的只是高招黑幕的冰山一角，到底有多少学校，有多收钱的门道儿局外人是很难清楚的。学校富起来了，老师的腰包鼓了，而交钱的学生家长却背上了债务，心里充满了痛苦和困惑，有的甚至向记者下跪，请求媒体伸张正义。大学这样圣洁的殿堂让人不寒而栗！

现在一些人热衷于办“教育产业”，学校创收，想出各种各样的办法来敛钱。他们吃准了一条，不管交多少钱，家长为了自己的子女成才都会掏的，哪怕砸锅卖铁，债台高筑。于是拉大旗的各种各样的创收高招出来了，什么“定向生指标赚钱法”，找一家单位签署假协议，将定向生纳入招生计划，之后让学生向学校交纳数万元的“赞助费”；什么“机动指标赚钱法”，降低四五十、甚至七八十分录取考生，你分不够掏钱补就是了；什么“特殊生源赚钱法”，国家对少数民族考生实行鼓励和保护政策，那么你花钱也可以进入“少数民族”行列，还有体育生、特长生等等特殊指标也都可以偷梁换柱，等等。

难道有关部门对上述的黑幕都不知道？连傻瓜都不信。他们早就心知肚明，而且一些招生机构还主动给学校相当数量的定向生指标，甚至还明文规定重点高校的机动指标可在普通本科院校分数线上投档。这一切实际上都是在鼓励学校多违规，多收费。有关人士解释这是为了“缓解办学经费不足”而不得已为之。教学经费真的那么紧张？众所周知，随着科教兴国等政策的提出，近年来国家加大了对高等教育的投入，大规模的扩招更伴随着学费年年高涨，很多学校的腰包已经是相当鼓了，大学、特别是名牌大学教师收入更是排在了高收入群体的前列。这个时候还说经费不足显然是为敛财找借口。何况经费不足就能用乱收费、多收费来解决？当今教育消费中的种种“黑洞”，已经成为百姓反映最为强烈的问题之一，被当作教育腐败来反对。

尽管中央三令五申要坚决制止教育乱收费，一些地方也对暴露出问题的学校和有关人员给予处罚，但似乎收效不大。原因是“法不责众”，而且只是“乱收费”而已。试问，手里扣着录取通知书，向学生索要10万元，这还仅仅是“乱收费”吗？这完全是敲诈勒索，是犯罪行为！面对“高招黑洞”所引发的教育信任危机，以及广大公众强烈呼吁的公开、公正录取环境，有关部门该是警醒的时候了。

教育经费不足，是个永远的话题，连西方发达国家也不足。那里的校长的主要任务就是去弄钱，向社会、向富人、向各种慈善机构募捐。越是办得好的学校，名声越好的学校，越容易得到各种捐助，形成良性循环。而我们的一些学校却把手伸向学生去“乱收费”，这是多么不同的办学理念和办学境界啊！

2004年8月31日

大学生学修车引起的思考

近日，有报道说，广东佛山南海区出现一新现象：不少大学本科专科毕业生去学修车。原因是南海这个在改革开放中先富起来的地区高档轿车拥有量很大，可是能修高档车的专门技术人才却奇缺，修高级轿车技师的月薪已被抬高到5000元以上！为了解决修车技师缺乏的问题，当地出现了专门培养修理高档汽车人才的职业学校，不少大学生因不满足于所从事的工作，也纷纷赶往南海报考学习修车。

看了这条新闻让人联想起现在社会中的两个现象：一是大学生毕业后找工作难，找到自己满意的工作更难；二是像高级车工、管工、高档汽车修理工等专门技术人才却十分短缺，这类“蓝领”的收入也普遍呈看涨趋势，有的单位甚至为高级管工开出8000元的月薪。这就值得引起我们思考了。

首先，它折射出现在高校教育存在严重缺陷。比如，本科生在校所学课程多达几十门，每学期要学好几门，学完考完就算过关了，但没有一门是精通的！很多课程所学的东西如不及时用，又很快会忘记了。而现在很多用人单位却需要那些招来很快就能胜任本职工作的专门人才，这就造成大量大学毕业生找工作难和很多学生放弃所学专业从事其他行业的问题。倒是一些中等职业学校在教学方式上比较灵活，根据市场上人才需要安排、设置课程，注重理论与实践相结合，因此很受欢迎，有些专业的学生甚至没有毕业就已经被用人单位提前预定。为什么一些高等院校的课程设置就不能面向市场，更灵活一些呢？

其次，成才观念陈旧。如今的家长依然是望子成龙，希望自己的孩子能上大学、考研、出国，认为只有上正规大学一条路才是正途，而对让孩子学习各种技术技能当普通车工、修理工等等则认为没出息，没脸面，逼得孩子去挤高考的“独木桥”，却不考虑社会的实际需要和孩子们的自身实际、特长，这不但给孩子们的就业、成才带来了难题，也造成教育投资的极大浪费。事实上，现在的很多技术工种所需人才已经与多年前的“工人”概念大不一样了，很多领域都需要从业者有很高的技术水平、相关知识以及实践经验，某些行业中这样的“蓝领”比“白领”更受用人单位的重视。学以致用，能为社会做贡献，有一技之长就是成才；靠自己的本事挣钱过上好日子就有面子。兜里揣着大学文凭，满世界找不到合适的工作面子上就好看吗？

目前的就业观念和大学的教育思路都需有所改变。教育改革喊了好多年，雷声大雨点小。中国还是一个发展中国家，还在全面建设小康社会的路上，实现现代化，达到中等发达国家的水平还要几十年。这就是现实。大学生去学修车，去开店卖肉，到农村去当村官，都是很正常的，不正常的倒是那些脱离中国实际的空想主义者和空谈家，不但误国，还误人子弟。

2004 年 6 月 15 日

本科生“回炉”读技校看职业教育

岁末年终，在众多高校毕业生奔波穿梭于各类招聘会，承受焦虑忐忑、打击失落的时候，有部分学子却悄然选择了“回炉”上技校。据说，今年仅广州便有3000人“刚出象牙塔又进技校门”，大学生“回炉”已从个体行为演变为群体现象，还呈快速“升温”趋势。

这实际反映出三个事实：其一，目前一些高校课程设置脱离实际，教学死板程式化，学科创新远远落后于硬件扩张，学生动手实践能力普遍较弱，知识结构杂而浅，随着毕业人数年年猛增，“天之骄子”光环不再，用人单位越来越务实；其二，一些中等职业教育学校、特色专业，开始显现出产学结合，学有专攻，技有所长的特点，目前市场也恰恰渴求各类高级技工与“一招鲜”；其三，面对激烈竞争的职场、求职碰壁，一些学生开始以理性态度重新审视学历“含金量”与自身实际能力，不计社会偏见，有针对性学习紧缺技术工种。

在就业形势越发严峻的今天，“大学生回炉”这种主动调整、适应职场之举值得赞赏。而这一系列现象，以及人们对普通高等教育与中等职业教育的态度，也引起社会越来越多的关注与反思。

应当看到，“学而优则仕”、“万般皆下品，唯有读书高”思维下，国人普遍存在重“功名”轻“手艺”倾向。在社会转型初期，“工人老大哥”普遍境遇不佳，当工人被一些人看不起，认为“没出息”。逐“千军万马”上普高，去挤高考独木桥，职高技校沦为“二流教育”，只有“差生”读。各地对职业教育也明显存在轻视、投入少、师资设施薄弱等问题。2004 年，全国普高招生 820 多万，中职仅招 550 万，冷热对比显而易见。

那么，当工人、学技艺以及职业教育难道真的落伍了，跟不上时代？

其实，对于工人职业，很多人实际在观念上落伍了。在电子设备大规模应用于制造业、工业数控大行其道的今天，需要的早不是“卖苦力”，而是“知识型蓝领”。据了解，发达国家制造业中，技师、高级工、中初级工比例为 35∶50∶15，高素质工人比例占据了绝大多数。可“世界工厂”的中国目前却正好相反，中初级工比例很多地方竟超 9 成。这一方面导致我国劳动生产率、成品质量、产品附加值很低，另一方面，技师、高级工紧缺对企业发展也是严重掣肘。此外，发达国家对职业教育的态度更值得我们反思。在许多欧洲国家，不仅政府十分重视、鼓励发展职业教育，社会同样不存在“唯学历是举”。一些留学生也反映，尽管人家的大学学费相比个人收入只占很小比例，但很多家庭还是乐于让孩子读技校，早早步入社会，积累实践经验，而非读死书。至于企业招人，也更注重实际与成本，只要胜任，“有文凭没经验”不敌“有经验没文凭”。两相对比，我们在求学用人观、职业教育发展等方面才真是落伍了，跟不上“世界潮流”。

事实上，中国目前的就业难不是人才“过剩”，而是不符合市场需求、择业不理性者太多。就业也并不完全是买方市场，目前全国数控设备操作、医疗护理等人员严重短缺，重点职校和骨干专业毕业生供不应求，企业对高级管工、高级汽车修理工开出近万元一月的高薪等，均是最好证明。简言之，我们可以引进先进技术和设备，也能借鉴现代管理模式，个别尖端人才同样能“挖”，但唯有众多的、也是最直接与产品和服务打交道的现代技术工人只有靠“国产”。一面是就业难，另一面却是许多职位缺口巨大，供需严重不平衡状况迫切需要“实用教育”来改善和解决。所以，大学生选择“回炉”技校是一种明智之举。

国家已经意识到并重视这一问题，劳动保障部日前下发的《关于进一步做好职业培训工作的意见》中，“新技师培养带动”、“技能再就业”、“农村劳动力技能就业”、“能力促创业”、“国家职业资格证书技能导航”五大计划，已明确和肯定了“十一五”期间职业教育的发展方向，以及将在“高校生就业”、“三农”、“再就业”等工作中发挥的巨大作用。社会和地方必须更新观念，重视并切实解决高等与中等职业教育的投入、师资、产学衔接等问题，尽快制定和完善职业准入、职业资格证书制度，并破除旧体制，鼓励优秀人才进入公办或民办职校任教，解决包括职称、医疗、养老等后顾之忧。在专业设置、引导上更应避免“一窝蜂”。目前一些地方职校与知名企业联手，实行开放式办学，学校负责场地与理论教学，企业提供设备与有经验技师，双向流动，实地操练，已取得良好社会与经济效益，实现了“三赢”！

老子云：授之以鱼，不如授之以渔。对于就业难，“头痛医头”不是办法，提高求职者“内质”才是关键。也唯有众人乐业，社会和谐才具有坚实稳定的基础，民族才具有发展前进的活力与源动力。大力发展职业教育意义非凡、前景光明，任重而道远。

2005年12月5日

名校之患

一个曾是大连普兰店市高考理科状元，去年刚从北大医学部毕业的本科生，因求职屡次碰壁，找不到工作，只得回农村老家干起农活、串糖葫芦卖。就像一度炒得沸沸扬扬的“北大才子卖肉”一样，这回“北大学生卖糖葫芦”也一下子引起了社会的注意。

据说，这个学生家境不佳，性格十分内向，当初为考北大，选了“冷门”专业，择业倾向又是“稳定至上”。“留京”遇挫，逐“降低标准”回大连，可“稳定大单位”都已完成招聘。去年底再去“集中应聘”，但或许因不善交流，又或是“往届生”，还是未被任何单位录用。

在就业形势越发严峻的今天，因机遇、竞争力、择业观、心理等诸多“阴差阳错”，大学生待业实际已很普通很寻常了，一点也不大惊小怪。但全中国只有一个北大，宝塔上的尖子，媒体一抓一炒，就引起当地领导关注，“登门家访”，数十家企事业单位更纷纷表现出“求贤若渴”的样子。这就是“名牌效应”。我们为这个不幸中又有幸的学子感到庆幸的时候，又有点困惑：塔尖只有一个，如果是个没名气的学校，别说你卖肉、串糖葫芦，你就是卖扫帚、穿鞋帮子也不一定会引起多少人的兴趣。

少数众所周知的名校，一直被认为是中国“象牙塔尖中的塔尖”，也是许多科学家、政治家、学者的“摇篮”。各地对于这些学校，不仅提出“争创世界一流”口号，而且在财政上也给予大力倾斜，各种软硬件条件真可谓“傲视群校”。对“塔尖”过度关照，造成了我国教育资源分配严重不均。这一方面体现在基础教育投入被挤压，城乡教育水平被进一步拉大；另一方面，高等教育虽进入普及化，但“大专与大本”、“重点与非重点”在一系列软硬件上同样差距甚远。单纯“以校取人”，社会认同度上的差异，则人为形成了就业歧视与社会分配不公。连许多老师都教导学生宁选名校“差专业”，也不考一般学校“好专业”，于是“高分复读”、“高考移民”、甚至“中学择校风”愈演愈烈，带来一系列新的问题。

名校生一定名副其实？高学历等于高级人才？不见得！中国教育体制仍存在许多缺陷，名校同样难免应试为纲，学科建设也不可能“全面领先”。对此，国外早有认识。一些“海归”也反映，在国外即便是博士，如果能力不被认可，一样待业、失业，刷盘子也没人大惊小怪。现在不少大学生“回炉”读技校、上修汽车培训班，说明教育脱离实际的现状，教育改革的迫切。

我们在关注个案的时候，应更多的关心整体。事实上，在教育资源有限、公立校是长期主流的情况下，“名校倾斜”已不能再以牺牲多数人受教育的权利与社会公平性为代价。“名校情结”理应回归理性。特殊照顾、差别待遇只能解决少数人的问题，一味拿名校说事，糖炒栗子，“眼球效应”也长不了。我们不想一而再、再而三地看“北大学子”如何如何，而想看到的是中国教育跟上改革的步伐，走向世界，真正培养出有用的人才，就是卖肉、串糖葫芦也能不同凡响！

2006年1月16日

面对“留学垃圾”几多愁

出国留学，这在许多人眼里，不仅很有面子，而且很有出息。把书都读到外国去了，那得多大本事？早几年，出国留学只是极少数人的事。如今，不但有出国潮，也出现了留学热。然而，留学的多了，麻烦也多了。

张先生近来就很头疼，“病根”就在留学的儿子身上。前两年看着上高中的儿子学习成绩不佳，考大学够呛，张先生盘算着不如让儿子出去搞张“洋文凭”。因此，咬牙凑钱送儿子去了德国。然而经过两年，儿子不仅与张先生预期的“国际性”人才沾不上边，甚至连德语都没学好，整天沉溺于网络游戏，要不就是跟一帮同样来自中国的“小留学生”吃喝玩乐，成了花花公子。为了不让儿子在外继续“堕落”，7月初张先生亲自赴德把儿子“押”回来。花了70万培养出个“留学垃圾”是张先生万万没有想到的。

滴水见太阳。随着留学热的升温，留学过程、留学观念以及留学后的出路等等问题都开始被人们所关注，其中的一些问题也引发了人们的重新思考。

目前，留学的渠道无外乎公派和自费两种。公派，由于其特殊性，不在“大众”化之列。以这种方式留学的学生一般不会出现大问题。问题主要出在自费留学这一块。

大量自费留学催生出了众多的留学中介机构，而中介机构的水平和专业素质却参差不齐，加上许多国外杂牌大学与中介机构相勾结，利用人们崇洋媚外的思想，以及对国外大学缺乏了解来蒙骗、坑害学生和家长。不少中介承诺，不必考试，只要交钱就行，而且生活、学习条件优越，今后的“移民”前景更美妙，让不少家长和学生心动不已。而当学生到了国外，明白真相，面对残酷的现实才知上当。

更糟的是，自费留学中还出现了一个怪现象，那就是出去的多是些学习不佳的孩子。许多家长看着孩子学习不灵，高考恐怕没戏，就想到出国上大学这条路，以为换个环境也许对孩子有利。其实，国外的正规大学同样对学生的成绩有很高的要求，想“混”进去谈何容易，盲目留学倒是给很多国外杂牌大学带来发财良机。何况留学又增加了过外语关。不少家长误以为孩子小，接受能力强，很快就能过语言关。哪里想到，本来成绩就不好，又要过语言关，那就更吃力了，很容易产生厌学情绪。加之十几岁的孩子自控能力差，面对花花世界很容易沉迷于玩乐之中。还有的被学校开除，无人管了，整天游手好闲，在国外成了小混混，小流氓。

好事还想成双。家长们幻想着孩子学成之后能在国外站住脚，实现移民“美梦”。然而事实哪有那么容易！据不完全统计，仅在英国的中国留学生人数就达 10 万以上！人家欢迎你去留学是为了赚你的钱，做大教育产业，可不想让你去抢饭碗。因此，除极少数外，绝大多数都是要回国就业的。而随着“海归”人数的猛增，国内的单位也不再迷信“洋文凭”了，开始注重人才的实际能力。不久前就有 6 个“海归”硕士竞争一个月薪 2500 元程序员职位的新闻。很显然，“海归”现在同样也遇到了就业难的问题。而且，花了数十万留学，薪水却与预期相距甚远，很多“海归”面临高不成、低不就的尴尬境地。这种投入与产出的巨大差异也使不少人陷入极度沮丧之中。

出国读书长本事开阔眼界，原本是一件好事，但要看是通过哪种方式实现。如果是经自身努力，考 GRE、托福拿到奖学金实现留学，那当然好。但若是通过留学中介的途径，家长、学生则需十分慎重。应在客观分析孩子的各方面能力、外国学校的情况以及自身经济条件后再做决定，切勿盲目跟风。要知道，是金子在哪里都能发光，反之送到天堂也没用。假如因为孩子留学搞得家庭负债累累，到头来还培养出个“留学垃圾”，那恐怕是赔了金钱、又毁了孩子，闹了个鸡飞蛋打，后悔药都没地方找。

2004 年 8 月 2 日

“一流大学毕业生”哪去啦

作为我国第一家少年大学生教育基地——中国科技大学少年班自1978年创办以来，已培养毕业了近千名“神童”。然而，如今这些人却有近半数身在海外，供职于各类外国知名学府、科研机构和大企业，一些人更代表它国取得了令世界瞩目的成绩。不久前，78级首批学员回校聚会，全班88人分布于四大洲，至少有7种国籍，除近年少数“海归”以外，有近六成留在北美！

读罢这一消息，第一感觉便是中国优质教育成果被“挖墙脚”，许多付出成了为它国“做嫁衣”。再联想多年来托福、GRE、雅思等考试的持续“火爆”，以及“一流毕业生去国外，二流进外企，三流委身国内”之说，中科大少年班的情况实际上只是我国大学优秀毕业生、高层人才流失的一个缩影。一些统计结果更表明，某些著名大学“留美预备校”称号并非空穴来风。发达国家，尤其是美国，正悄然成为“中国教育成果收割者”的事实，已引起社会各界广泛关注。

从客观上来讲，人才纷纷前往海外是由许多主客观因素造成的。首先，发达国家各方面优越条件的吸引力不容回避，而转型期的中国社会，种种制度、措施的不健全则对人们的思想价值观产生了巨大冲击，随之而来的是拜金主义思潮的抬头，一些人报效祖国的意识渐趋淡漠；其次，国内教育科研体制相对落后，软硬件环境不够完善，导师能力与责任心有所欠缺等，也使许多人才无法完全施展才华或深入探究前沿领域。对一些人来说，出国在一定程度上也是一种现实而无奈之举。社会、就业竞争日趋激烈，考研成为继高考后的又一“独木桥”。因而，一些本科生认为与其花一两年考研，还不如考托福、GRE。而且，相比国内学费不断上涨，美国大学却一直在提供极富诱惑力的奖学金，这不仅大大减轻甚至免除了家庭的教育负担，学生也能获得经济独立与成化感。种种优势、诱惑确令许多人难以抗拒。

留学生学成后普遍优先考虑海外立足，“海归”中顶尖人才数量并不乐观等现实，也暴露出国内诸多问题，如体制缺陷、学术风气急功近利、具有国际影响的成果寥寥、引才措施吸引力不足等等。而崇洋媚外以及虚荣心等思维，也同样使一些人“回归”的步伐沉重艰难。

上述事实令人心情复杂，也让人不禁想起钱学森、邓稼先等新中国第一批“海归”科学家。他们当初又何尝不是面临重大人生抉择？而他们毅然决然放弃国外优厚待遇，谢绝恩师好友极力挽留，冲破重重险阻回到当时百废待兴的祖国，重投母亲的怀抱，且隐姓埋名，不计任何报偿，数十年扎根戈壁，为我国“两弹一星”的成功，为航天等尖端领域事业贡献了毕生的精力和心血。今天回想起来，真叫人肃然起敬！

当然，如今人们的价值观已经发生了深刻变化，人才流动、强调自我等都是社会开放、进步的必然。但是，人才大量流失显然不该成为“发展代价”，我们更不能对此放任自流。一方面，让学生深入了解国情、国家发展趋势，重树强国奉献精神已刻不容缓；另一方面，有关部门也必须正视、反思并改进当前存在的诸多问题，如应试教育、教育过度市场化、选才方式陈旧等，同时，消除科研审批、考核、奖惩等工作中存在的一系列弊病。政府更应加大对创新领域基础设施的投入与建设，鼓励高校与科研院所沟通，促进海内外交流合作，拓宽国内人才视野，并使海外学子更好地了解祖国发展动向，为吸引人才、留住人才创造应有的软硬件环境。这种投入付出，在一定意义上讲，比那些所谓的“创建世界一流名校”要务实、公平、有价值得多。

我们还应看到，“神舟五号”、“神舟六号”载人航天飞行相继取得成功，极大地激发了人们对科学的热情，大长了国人志气。经过20多年的改革开放，中国经济持续高速增长，综合国力长足进步也令世界为之惊叹。中国正处于关键的发展机遇期。面对如此机遇与挑战，我们迫切需要新一代的钱学森们回来报效祖国啊！

2005年10月20日

“井”的学问

近日报上刊登了重庆一位年轻妈妈的苦恼。她有个上小学的儿子，长得乖巧，学习成绩又好，是当妈妈的骄傲。然而学校要在暑假组织去欧洲的夏令营，费用每人16500元人民币，儿子闹着要去，但以她的收入来说，这笔“巨款”实在负担不起。可要不答应，又觉得这是学校组织的活动，交不起钱不参加，会伤心肝宝贝的心，真是左右为难。

其实，生活中由于小孩年幼无知，可能经常提出一些无理且超出大人能力的要求。比如今天要吃麦当劳，明天要吃肯德基，上街见到什么好就要买，更不用说要钱打游戏机了。一个孩子的花费，往往占家庭收入的很大比例，甚至成为家长的沉重压力。那么，面对孩子提出的过分要求，家长该怎么办呢？

我们先看一个故事——

加拿大的一个6岁男孩瑞恩，在学校里得知非洲的孩子不但没有足够的食物和药品，甚至喝不上洁净的水，很多孩子喝了受污染的水而死去，而70块加元就能为他们挖一口井的事情后，回家向妈妈要70块钱，希望能帮助非洲儿童挖一口井。母亲没有答应他，告诉他钱太多，家里负担不起。但孩子并没有放弃，一再恳求，母亲最后只答应如果他想为非洲的孩子挖口井，就得自己赚钱。怎么赚钱呢？母亲画了一张有35个格子的表格，瑞恩每做一回家务母亲就往一个饼干盒里放2元钱，之后他就可以把表格中的一个格子涂黑，所有的格子都涂黑后，那70块钱就归他了，而且他平时做的家务并不包括在内。瑞恩很高兴地答应了，他放弃了很多玩乐的时间干家务，玩具也不买了，还帮邻居捡暴风雪后掉落的树枝，他的爷爷还“雇”他和他的另外两个兄弟去捡松果……最后花了4个月攒够了70加元。当他把辛苦积攒的钱交给有关组织时，却得知70元只够买一个水泵，挖一口井实际需要2000加元。孩子天真地说道：“那我再多干些活儿赚钱吧！”瑞恩母亲的一个朋友被这个孩子的故事所感动，四处写信希望能帮助孩子实现梦想。后来瑞恩的故事被登上了报纸，上了电视台，许多人纷纷捐款，不仅帮助瑞恩完成了第一口井的挖掘，随后又成立了“瑞恩的井”基金会，至今已为非洲8个国家挖掘了30口井！2002年9月30日，瑞恩接受了加拿大总督颁发的国家荣誉勋章；10月，他又被评选为“北美洲十大少年英雄”。

瑞恩最初要70元，并不是为自己买什么东西，也不是用于外出旅游，而是为非洲的孩子挖口井，很高尚的事，可他妈妈为什么就不答应呢？难道她真的拿不出70加元吗？当然不是，这位外国母亲是这样说的：“70块钱对6岁的孩子来说是笔很大的数目。如果他想要，就应付出努力，而不是简单地把钱从爸爸妈妈手里拿走，再交到老师那里。”即使他的愿望单纯而善良，也不能简单答应，而是要他通过自己的劳动去实现。

由于这次为“井”的努力，瑞恩开始懂得了无论钱的多少都是要靠自己的努力去赚取，也由此明白了父母的艰辛，树立起勤俭节约的好习惯。这位年轻妈妈不简单，因一口“井”就培养出一个少年英雄。

假如这样的事情发生在我们身边呢？有些家长可能要么不给，要么一给了事。孩子想得简单，我们的家长更简单，所以就出不了几个瑞恩。我们经常看到的是，一些家长对孩子的要求常常采取迁就的方式，或只要其成绩好就满足他们的一切愿望，而不注重对孩子勤俭节约、劳动光荣的教育，使孩子从小养成了大手大脚、铺张浪费和盲目攀比的毛病，这对孩子的健康成长极为不利。长此以往，当他们长大迈入社会后，就会出现一系列的不适应，哪怕自己已经挣钱了，不够花还要伸手向父母要。这样的孩子你能指望他有多大出息？

2004 年 6 月 27 日

外国孩子会报警

教师，是一个高尚且受人尊敬的职业。教师不仅传授给学生知识，还要“为人师表”。然而，少数教师的行为却有悖职业道德。

最近看到一篇报道，说某地一老师对她所教的一年级小学生实行如下的惩罚：学生在测验中，每错一道题，就用教鞭在手上打两下，还别出心裁，让学生们互相进行惩罚。一个小女孩因为做错了 17 道数学题，被另一个孩子用教鞭在右手上打了 34 下，造成女孩右手拇指正斜位，右手轻度肿胀。据小女孩讲，该老师还因她和别的同学写错了作业，抓着她们的头往课桌里塞。不久前还见几篇报道：郑州某小学老师见学生在课堂上睡着了，居然用笔尖在其脑门上扎出二三十个小眼。北京门头沟一中学的一名班主任因对学生做的值日感到不满，让值日的 8 个学生每人做 500 次蹲起动作，导致其中两人尿血，经诊断为肾损伤。今年 3 月，湖南衡阳的一个 10 岁男童被其班主任体罚后死亡。

这些报道让人痛心，也让人反思。体罚学生在“教规”中是被禁止的，造成严重后果的必须受到纪律处分甚至法律制裁。这一点，每个从业教师不会不清楚。那么，是什么原因使上述教师如此肆无忌惮地体罚学生呢？又是谁授予老师体罚学生的这种权力？稍加分析就会发现，目前一些学校只片面追求学生成绩，衡量教师优劣也是重分数，认为只要能把学生的分数搞上去，用什么"教育方式"都不重要，因此对于教师体罚学生是睁一只眼闭一只眼，出了问题，造成严重后果也是能掩盖就掩盖，大事化小，小事化了。而且，某些学校的管理者和教师还抱有一些如"一日为师，终身为父"的旧观念，认为他们对学生的任何管教和处罚都是应当的，体罚学生甚至被视为"为学生着想"和"有责任心的表现"。

全社会都必须意识到，孩子和成人一样，拥有着不可侵犯的权利！体罚，就是最明显的侵权。未成年人保护法，这是国家颁布的大法，任何人都必须遵守，教师更不能例外。体罚，不仅无助于对学生的教育，还会对学生身体和心理造成伤害，严重影响他们的健康成长。因此，对那些无视法律、缺乏师德的行为，必须进行认真查处，决不能姑息。此外，学校不仅要注重教师的教学成绩，更要注重对教师师德的培养，对屡教不改或因体罚而给学生造成较严重伤害的老师应予以坚决辞退。在学校，应当普遍进行依法教育，文明教学的宣传。

面对体罚，学生往往屈服于教师的"威力"，没有反抗的意识。这固然是因为孩子和教师有管与被管的关系，但更主要的还是我们很少对孩子们进行未成年权利的教育。因此，他们往往以为老师有权体罚，自己只有听话的份儿。这暴露出我们现行教育的另一个问题：一直以来我们只教育孩子要听老师的话，而不管老师说得对不对，做得对不对，更没意识到自己有权不受伤害。如果孩子们多一些权利意识，勇于平等对话，情况就会好得多。而国外发达国家的儿童，不仅上课可以随意提问，与老师讨论问题，甚至还可以指出教师的错误。如果受到体罚、虐待，他们知道报警。这是一种文明的表现，体现的是平等，是以教师与学生相互沟通的方式下进行教育。在这方面，值得我们借鉴。

我们的社会和家庭教育也应改变一些教育孩子的观念，不能一味要孩子做听话的“乖宝宝”。

2004 年 6 月 25 日

娃娃们沉重的"勤工俭学"

暑假期间，广东东莞不少玩具厂出现大批来自湖南、广西、广东等地的山里娃。他们大的不超过十五岁，小的也就十一二岁，从清晨6点就要开始干包装、油色、刮胶水的工作，至半夜12点才能睡觉。白天39度的高温，车间犹如蒸笼，晚间的宿舍只有木板、草席。"工作餐"没半点"荤腥"。被刀割了手的孩子只有继续干，筋疲力尽的甚至在工台边睡着了。工厂还规定"工作时间"不得"离岗"超过10分钟。孩子和父母还要与工头签保证书，担保此期间发生任何事后果自负！

这不是所谓的"吃苦夏令营"！这是农村娃娃暑期打工。打工挣够学费，开学才能继续读书！

按说根据我国《未成年人保护法》，任何组织和个人不得招用未满十六周岁的未成年人。玩具厂为何明目张胆用童工？工厂却理直气壮，说是贫困地区学校主动联系集体"勤工俭学"，安排包装等工作也是最"轻松"的。双方自愿，各取所需，他们工厂是在"扶贫"呢！可从孩子们的劳动强度和对他们的苛刻要求来看，完全超过了他们的正常承受能力。众所周知，"民工荒"早已不是秘密，广东等用工大省更为突出。据了解，各种招工启事遍布当地大街小巷。此时，有学校送上门的“劳力”，何乐而不为？而孩子的“勤工费”也远低于成人，400～600 元也就打发了，还能落个好名声，这买卖上哪儿找？

相比那些同龄的吃顿麦当劳就几十元、暑期随便上个辅导班就几百元的城里孩子，这些要自己背井离乡、玩命干活才能接受义务教育的农村娃，想必会使很多人心中像打翻了“五味瓶”。可即便如此，和没钱辍学相比，自己赚学费的娃娃工恐怕还得说是“幸运”呢！这不禁让人联想到，九年义务教育在各地的情况究竟怎样？

客观的讲，1986 年《义务教育法》通过以来，我国义务教育是取得了相当的成绩。截至 2003 年，全国“普九”人口覆盖率达 91.8%，全国 2859 个县（市、区）中 2478 个实现“普九”。然而，按照这些数字，全国至少仍有 8%的人口、13%左右的县市处于“普九”空白。而且，义务教育不等于免费教育。每人每年包括书本、学杂费等在内的数百元开销，对贫困山区还是难以承受的。尽管有像希望工程、春蕾女童以及一些民间助学项目，可贫困地区多，农村计生工作差，失学儿童数量很可能远不止 8%。不仅如此，农村基础教育投入严重不足、教师匮乏更使问题“雪上加霜”。“2004 感动中国人物”徐本禹的经历，近来广为报道的歌手丛飞事迹，实际都为上述问题提供了极好佐证。

接到“娃娃工”举报后，东莞市劳动监察大队却认为这是“周瑜打黄盖”，他们“无法确认是否侵犯未成年人权益”。让未成年人超时、超负荷劳动，恶劣的工作、休息、伙食条件符合权益吗？孩子们辛勤劳作的玩具上赫然印着的麦当劳标记，使人对形象一贯“健康”的商家有了更新的认识。更令人困惑的是：如允许这种情况存在，那无异于默认童工“合法”。

可倘若强制孩子回家，他们则很可能因区区数百元就从此告别学校。

面对娃娃工稚气的脸庞、瘦小的身体、迷茫的眼神，教育部门、地方有关方面不知作何感想？孩子们是无法选择的，他们干十几个小时的活，在拥挤的宿舍中仍坚持做暑假作业的情景，让任何一个善良的人都不能无动于衷！

2005 年 8 月 2 日

私拆孩子信件有了“说法”

父母对未成年孩子的监管和教育是必须的，也是天经地义的。但对孩子的教育，尤其是对青春期阶段孩子的教育却是令很多家长头疼的事情。这一阶段的孩子正处于身体、心理发育的重要时期，对社会以及对异性的认识都与儿童时期大不相同，“翅膀长硬了”，往往具有一定的叛逆性，不太“听话”，不愿受大人管束。因此很多家长迫切想了解孩子这一时期在想什么、做什么，于是偷看孩子日记、私拆孩子信件、监听孩子电话，甚至跟踪孩子等等就发生了，结果引来孩子更大的反感，加剧了矛盾。孩子们认为，这是对他们隐私权的侵犯，人格的侮辱，伤害了他们的自尊心。而家长则理直气壮，觉得你一个小毛孩儿，有什么权不权的，还反了你啦！

然而，根据今年5月18日公布的《深圳经济特区实施〈中华人民共和国未成年人保护法〉办法》之条文，上述家长的一些行为的确是违法的！该《办法》中第10条明确规定：“父母或者其他监护人应当尊重未成年人的隐私权和人格尊严，不得隐匿、拆阅或者废弃未成年人的信件，不得擅自查阅未成年人的日记。”《办法》的第43条对违反的行为作出了处罚规定：“违反本办法

第10条规定的，由其所在单位批评教育或者给予行政处分；构成犯罪的，依法追究刑事责任。”

我十分赞成深圳市的这一举措。作为特区，他们提早意识到了这些普遍存在的侵犯孩子隐私权的现象，并以立法的形式加以约束，这是与时俱进的举措，也是一种与国际接轨的做法。

保护孩子的隐私权，这是一种文明进步。在中国，封建意识根深蒂固，家长作风十分普遍，平等意识不强，特别是在家庭中更是如此。新中国建立以后，尤其是改革开放以来，虽然有很大改观，但冰冻三尺，非一日之寒。有了法律规定，相信会更有利于改变世风和家风，有利于青少年的健康成长。父母与子女，在人格上是平等的，有平等的人权，但在家长与孩子这一对矛盾中，孩子又处于“弱势”，需要法律的保护。

事实上，以简单粗暴的拆信、查看日记等方式对孩子进行监督很容易，但效果并不好。性格懦弱的孩子会因长期受家长过分管制，在心理和交际能力方面受到很大的影响，甚至破坏孩子的创造性，造成其成年后的性格缺陷。而性格倔强的孩子则往往不仅不屈服于家长的管束，反而叛逆性更强，适得其反。

不用说，保护孩子的隐私权，同时也给孩子的教育带来了难度，提出了更高的要求。有了法规后，家长在对待孩子的问题上会重新思考，探索、学会其他更为积极的、尊重孩子的文明方式与他们沟通，在提高教育水准的同时，也提高了自己。孩子们“有了说法”，他们得到了尊重，也会学会尊重，懂得尊重，走向成熟。

2004年6月1日

400个耳光的“天才教育”

不久前，舒曼杯（亚太）国际青少年钢琴大赛上，一名13岁沈阳女孩一举囊括了专业C组、贝多芬组、巴赫组、高级组四项冠军和另外两项亚军，创造了该赛事历史最好成绩。面对孩子一举成名，台下的父亲却泪眼婆娑，痛心地说：我对不起女儿，如果让我重新选择，肯定不会再让女儿学钢琴，这条路实在太残酷了！

原来，冠军女儿5岁学琴至8岁的三年中，这位父亲打了孩子近400个耳光，甚至用拖鞋抽孩子细嫩脸蛋。如此野蛮凶狠全因为每天6～8小时枯燥练琴中孩子走神、不满或懈怠。为了学琴，他带着女儿在北京寻访名师。高额开销下，沈阳的住房被贱价变卖，在北京只租郊区平房，他还戒了烟、酒、肉，体重下降25公斤，胃部发现肿瘤，也不动手术。女儿再到深圳学琴，妈妈也提前退休，夫妻俩都跟随到深圳打工挣钱。

听了这番惨烈的“成功之路”，相信很多人的心情都会十分复杂。冠军女孩的遭遇和家庭状况，揭示了相当一批琴童充满泪水的童年、“棍棒出才子”的思维和由此带来的家庭艰辛。对不少家长来说，孩子学乐器早已不单单是陶冶情操、培养爱好，父母抛家舍业，以“破釜沉舟”决心，不惜一切物质、精神代价·实质是将孩子及整个家庭的未来全“押宝”在孩子今后“成名成家”上。尽管这一群体的确切数字无从统计，但透过许多城市多年来的学琴热，教琴老师的走俏、学费猛涨，年年考级“爆棚”，音乐学院录取竞争之激烈，可知为这远大目标“魂牵梦绕”的家庭何止百万！

音乐梦想家庭当然也有“榜样的力量”。其中最著名、也是最被家长们津津乐道的，当属拿了国际大奖的少年钢琴选手郎朗。其父亲为让儿子扬名立万不顾一切，极端苛求下“拳脚相加”，甚至对退步的儿子说“是吃药还是跳楼”……已被许多琴童家长奉为“经典”，成为最大精神源动力。

可正所谓当局者迷。局外人不禁要问：“拳脚教育”梦想成真的能有几人？

其实，音乐是艺术而不是手艺。尽管离不开勤奋与努力，然而音乐更需要的显然是某种天赋或者说“音乐的灵魂”。如今数以万计的琴童不可能都具这种潜质，为数不多的音乐高等学府也无法容纳如此多学生，最终能成为职业钢琴家、甚至大师的屈指可数，其结果必然是绝大多数人至多将弹琴作为“特长”而已。真正蜚声海内外的音乐大师，从中国到外国，还没听说哪个是“棍棒”教育出来的。“棍棒”可以驱使孩子达到一定的音乐水平，拿个少年冠军，但真正要更上一层楼，站到金字塔尖上，就是枪炮也不顶用。今天的少年冠军，未必是明天的青年冠军、成年冠军，更不要说大师了。大家知道，舟舟，一个弱智孩子，也没经专业的苦练，就因对音乐有特别的天赋，所以能指挥世界乐团。大多数孩子比舟舟聪明，但却不一定有他的音乐天赋。没有音乐天赋不等于没有别的长处，顺其自然，因材施教，才能事半功倍。而许多家长资质平常，很普通，却幻想、强迫自己孩子有某种天赋，这实在太不公平、太武断，也太可悲。

此外，想成为出色的钢琴手据说每天必须苦练6小时以上。这种长期枯燥练习对成年人都是巨大身心折磨与毅力考验，更不要说是天性爱玩、充满好奇心的幼儿。家长们普遍认为这是“为孩子好”、“老子打儿子天经地义”，可长期的打骂与家庭暴力从本质上又有多少差别？按如今中小学课业，想“充足”练琴与正常学习是“不可能同时完成的任务”。一些家长让孩子很小就终止学业，自己也辞职陪练，巨大压力之下，如果不结“硕果”，打击真是“不堪设想”。由于不堪重负，已经有孩子采取自残乃至更为过激的方式表达或发泄“抗拒与怨恨”。事实上，暴力教育是对《义务教育法》与《未成年人保护法》的践踏。孩子们的心声与权利该由谁来监督与维护？

冠军女孩父亲的觉醒值得深思。早觉悟早受益。否则，不是“一分耕耘一分收获”，而是“一分打骂，一分悔恨”。

2005年12月6日

面对火暴的《大长今》

湖南卫视斥资800万购买的韩剧《大长今》自开播以来，在国内掀起了一波收视浪潮。相关调查显示，这样一部在晚10点由地方台播出的韩国历史剧，在全国31个大城市平均收视份额达14.58％。一些电视台更不惜侵权“盗播”，网络上也有盗版下载。因贴片广告、音像发行，湖南卫视据说将“狂卷”3500万！

应当说，“韩流”在一些人看来是具有贬抑意味的，韩剧也曾被认为只有年轻人“感冒”。可此次“哈韩”最明显的特征却是，观众群不分性别，几乎涵盖了所有年龄层，一些人更因此推迟休息时间，推掉其他活动。“跟风追潮”显然已无法对此作出解释，该现象也引发了不少思考与讨论。

纵观该剧中女主人公的经历，贯穿始终的核心都是一种树立坚定目标，在困境中乐观向上，执著追求，忍耐坚毅的人生态度。这在当今竞争激烈、职场曲折，又倡导实现个人理想、价值的社会，显然会引发许多人的共鸣。尤其对当今职业女性，更能产生一种争取平等社会权利与价值的激励。故事娓娓道来，更不是简单说教“树典型”。同时，影片表达的儒家思想，以及忠诚、孝道、仁爱、亲情，不仅被亚洲各国千百年来尊重传承，深层道德、伦理、思想价值观也恰恰是转型社会所缺失、迷失方向者内心深处所渴望向往的。再者，正所谓“民族的即世界的”，该剧在生活方式、礼仪、服饰、菜肴等细微枝节上，也将浓郁精美的朝鲜民族特色予以很好保留和展现，令人赏心悦目，不由自主地希望接触和了解。

而《大长今》也并非唯一吸引国人眼球的韩剧，近年央视引进的《看了又看》、《人鱼小姐》等作品实际都曾掀起过“韩流”。尽管动辄上百集，播映也非黄金档，但许多人仍看得津津有味。对于韩剧的火爆，有人也展开了“炮轰”，称其“又臭又长”，国产剧集“积压”成千上万，干吗让“外来和尚抢饭碗”?

事实上，近两年韩剧占我国引进片比例约为1/4，加之译制片集数总量、播放时间限制，其“客观条件”并不占任何优势。之所以屡屡产生反响，最关键一点就是真实，以最平凡的人，最普通的事，细致入微的人物心态刻画，展现出生活的酸甜苦辣，人性的美善丑恶，人物也往往具有鲜明个性。在情的把握上，也恰当而不做作，不经意间便使人潸然泪下。由于传统文化、道德标准、价值观念相通，生活之悲喜哀愁类似，许多人更会从剧中发现自己的身影。而反观大量国产剧，不仅选材“一窝蜂”，清宫、武侠、警匪戏泛滥成灾，且内容经常脱离现实，不是“万岁爷飞檐走壁”，就是“俊男靓女开奔驰住别墅”。据统计，2004年中国电视剧生产量达1.15万集，申报获准超过5.7万集，可播出需求仅为8000集。按一集30万元成本计，超出的3000多集，则将导致10多亿人民币被白白浪费。即便播出，能够产生经济、社会效益的仍是极小部分。

当然，国产剧也有上乘之作。《贫嘴张大民的幸福生活》、《激情燃烧的岁月》、《空镜子》等作品的成功，根本因素都是反映现实，贴近生活，以情动人。但相比充斥荧屏的“垃圾剧”，优秀作品仍是太少。这一方面是因为好剧本本身需要编者长期的生活积累，另一方面则是演员素养及表演水准的原因，而更深层次问题还要归咎于浮躁的市场环境、从业者心态及过度商业化运作。

现在中国的老百姓是不管什么“流”的，只要好看，只要喜欢就看，绝不会排外的。而受韩剧中文化、风光等影响，近年赴韩的中国游客数量也在不断增加，韩国的各类产品在中国的认知度也得到了很大加强。因而，文化传播的渗透影响力和附加值实在值得相关人士反思。光嚷嚷“反韩流”，不思进取，指不定哪天还会冒出其他什么“流”！

2005年10月10日

干部出国潮让人疑

不久前，报上刊登了一则很耐人寻味的新闻，说的是目前，党内中高层干部正悄然兴起一股到境外学习的浪潮。北京、甘肃等地近年来每年都派100多名领导干部出国学习，而且主要是中长期培训，少则3月，多则半年到一年。此外，来自全国各地负责党政领导干部出国（境）培训的人员也刚刚在呼和浩特接受完短期集训，目的就是强化出国（境）管理业务。干部成批出国学习所依据的背景有两个。其一，中央人才工作会议强调过要开发利用两种资源，即国内资源和国外资源，目前兴起的出国培训就是利用国外资源；其二，中央决定利用5年时间，将全国县（处）级以上党政领导干部普遍培训一遍，5年内他们必须参加累计3个月以上的脱产学习。

这样大规模培训干部的初衷很好。让广大中高层领导干部学习各种先进经验、管理模式和科学技术，为将来更好地工作打下良好的理论基础，很有远见。然而，借此便掀起到国外去学习的浪潮，却令人心生疑问。

首先，到底哪些东西一定要到国外去学？据介绍，领导干部被派往美、英、德、澳等国家学习工商行政管理、公共行政管理、人力资源管理、法律、金融、公共卫生等等多门知识。的确，发达国家在某些管理和专业领域较我们更为先进，教育思路也可能更加开阔。但国情不同，纯粹理论的东西是否能适用于我们的实际情况？我国也有很多著名学府，也有很多相关领域的专家、学者，他们中不少人也对西方的教育方式、教学内容做过专门研究，或与国外相关高校有科研交流，而且他们对国内的现状和问题也更加了解。为什么中高层干部弃国内而非去国外学习，这样舍近求远是否有必要？

同时，相关人员出国学习的选拔标准是否科学？据报道，某沿海省份，3 年中竟然有 54 名厅局级干部、1325 名县处级干部到欧美发达国家接受为期 3 个月以上的培训，还在新加坡一所大学培训了 1090 名官员。这么多人出国学习是否有“一窝蜂”之嫌？而且国外应该是用外文教学，这么多人都具备外文听说能力吗？还是说够了“级别”就可以去充数？

更重要的是学习效果会如何？这样的培训学习会给官员带来压力吗？如何判断官员学好了，学会了？君不见，国内也有很多在某一地举办的学习班之类的培训，不少人都把这样的培训当成了旅游度假，上什么课没人关心，到旅游景点去玩、打扑克、洗桑拿倒成了不少人培训的真正“主题”。

况且，据介绍，不少在国外受过培训的干部回国后就会立刻得到提拔、重用。表面看来这是对人才的重视，但深入思考一下，这样是否有“外国回来的和尚会念经”的味道呢？这很容易使更多的干部产生出去“镀镀金”的想法。国内目前不少地方都在对干部的“问题学历”进行审查。老问题还没解决，混“洋”文凭的又来了。

因此，在出国学习上，不能搞一窝蜂，一定要严格把关，层层筛选，学成之后也应有相应的考核，以考察其是否真的“学有所成”。此外，更应注重培养我们自己的师资力量。应选择年纪轻、业务能力强的教师前往国外学习，他们学成后不仅自身具备相关领域的专业知识，更能起到“种子”作用，使更多人受益。既然有了走出去，更应提倡请进来。各高校以及科研机构应广泛聘请国外各类专家、教授来华任教、授课，这样不仅可以使众多干部、人才接受教育，更能节省大笔的外汇。

要知道，中国目前仍然是一个发展中国家，不少地方的经济还很落后，不少人生活依然贫困，每个干部出国学习都要花掉大笔外汇，成批出国的花费更是一个天文数字。决不能因提倡干部培训，各地官员就一股脑儿地借“学习”之名出国，造成新的腐败、浪费现象。而且，也没有任何一个国家的发展是仅靠把领导者送出国提高水平来实现的，更不能指望几个月的国外学习，就能使官员素质得到质的飞跃。

2004 年 8 月 1 日

公派5000名“洋博士”图什么

公派留学，值得炫耀，令人垂涎。博士，名好听，还透着那么高深，两者结合更是天大好事。这不，机会来了。

1月9日，在武汉举行的“青年骨干教师出国研修项目”签约仪式上，教育部部长周济宣布：建国以来第一次大规模公派青年教师留学项目即将启动！该项目从今年起，每年选派5000名高校青年教师、学术带头人前往国外一流大学攻读博士学位或从事学科研究。项目由国家留学基金管理委员会设立，以国家留学基金全额或与合作院校联合资助等方式实施。

2004年我国公派留学总人数已达4300多名，今年再大幅增加到7400多名。此次“骨干教师项目”一下又提出每年5000名的惊人规模，而且这5000名都去读博士，还要当“学术带头人”、“领军人物”。这规模这目标，都堪称为“最”。怎么想都给人一种突击出国、“大跃进”的味道。中国真是让人刮目相看啦！

据报道，全国约有50所高校参与该项目。学校可自行根据学科需要，选择研修专业和方向。这意味着参与的各高校每年将获近百个名额。名额如此集中，管理上给予的宽松政策都是前所未有，能一窝蜂“洋镀金”，真是美哉！喜哉！

说到公派留学，人们普遍印象是“美差”，令人趋之若鹜。它不仅意味着免费留学，更可能是人生重大转折。为争当“幸运儿”，那可真是要打破脑袋，绞尽脑汁。但最终能去的却未必都是“精英”。因为不考试，谁去谁不去，凭什么？凭以往的经验，与领导关系好的，有“路子”的容易得手。根据众多留学生、国外教育机构反映来看，公派留学生的表现并不乐观。在学习态度上，他们不仅无法与考托福、GRE 出去的学生相比，就是连一些自费留学生都不如。那些依靠自己努力获得奖学金的学生深知机会来之不易，很多自费生更明白家里花费巨资的苦心，因此他们大多比较刻苦勤奋。国外正规学校，出于名誉以及对学生负责，要求也较严格。但公派可就“大撒把”了，很多人心思根本不在学习上。反正各种费用足够，成绩好坏都结业，成天混日子，只想着怎么旅游，怎么玩。一些人心里还有“小九九”，一心琢磨留在国外，把老婆、孩子也弄出国。还有的干脆做起“洋打工”，多数时间用在赚钱。对他们来说，国外打几年工赚的远比搞科研实惠，还立竿见影。国外学校对公派生态度也不同。因为学习本来就是学生自己的事，人家没义务更没责任非让你出成绩。你不学，人家自然不管。反正政府出钱，人家赚钱，最后发个证，大家皆大欢喜。镀了金的“人才”回国一般都被重用。冲着几句洋文，很容易蒙人蒙事，认为可算与国际接轨了！但肚子里到底有多少“墨水”只有当事人自己清楚。

事实上，那些真正有本事的国内人才，国外大学、科研机构都会主动出钱，力邀赴外讲学、访问或从事科研项目。自己送上门，人家一般只为赚钱。而且 5000 名博士得多少一流大学能收完？学校水平如何保证？就算真进名校，没考过试的公费生充其量是打杂，很难接触核心领域。一窝蜂地出去，再赶潮似地回来，本事学到没学到先不说，总得要有碗饭吃。目前“海归”吃香程度早已大不如前，同样遭遇就业难的问题。如果每年再加5000名洋博士会导致什么后果？不出几年就会涌现数万洋博士。洋博士、土博士遍地流，高学历泛滥对社会的影响和冲击不可小视，“考研热”势必演变成“考博热”，花钱制造虚假繁荣！

在当前我国不少领域水平落后，竞争力严重不足的情况下，我们总听到缺钱的抱怨。但国家留学基金在今年大幅增加3100名公派名额后，又设立了5000名的“骨干教师项目”。博士一念得几年，每人每年几十万，每年增加5000名，这简直是钱滚钱，天文数字！而“留洋”与“国产”到底有多大差距也从未有考核，产生效益更没统计。此外，一些科研机构别管水平怎样，动辄就买数百台外国顶级电脑，这“魄力”怎能不叫人叹服？再看天天嚷办学难、压力大、年年涨学费的大学，教师收入早进“中产”。课题费动辄几十、数百万。但这都无法掩饰成果少得可怜、学生就业难、一流人才往国外跑的尴尬现状。

面对基础教育严重落后，希望工程、春蕾女童仍要群众大力资助的情况，花大价钱“制造”几万博士教师，这思路是否对头？是否过于理想化？不在一些要害问题上花力气，不在诸多体制之伤、制度缺陷上下功夫，光弄批洋博士究竟图个啥？

2005年1月11日

注重实际能力

前不久，报上有两条消息很显眼。一条是不久前中央召开全国人才工作会议，不再将“年轻化”作为评价人才的一个重要指标，也不再把文凭作为选拔干部的一个绝对标准。另一条消息是山西省人事厅日前下发的关于“深化职称改革”的意见有一条说，该省今后部分专业的职称评定，不再将外语等级作为必要条件。

这两条消息，无疑是对时下的“年龄是个宝，文凭是金砖”叫停。

自20世纪80年代以来，各级政府、单位在干部任用和职称评定这两个问题上，分别将文凭和职称外语考试成绩作为候选人员的硬性标准。其出发点无疑是好的，促使人员通过在职、脱产等多种学习方式，提高其文化水平，获取相关文凭或达到相应的职称外语水平，成为有知识、有文化的各类社会主义建设人才。

然而，这些硬性指标的不断异化，变成了阻碍人才发挥的框框。许多有能力的人才，因文凭问题无法得到提拔任用，许多专业水平很高但外语成绩不佳的专业人员无法参加职称评定，严重挫伤了人才的积极性，造成了人才资源的浪费和流失。因此，这种以文凭、外语“一刀切”用人的评审模式越来越受到人们的质疑。

与此同时，假文凭、假学历泛滥起来。为了获得文凭、资格等级，有的人与学校达成协议，象征性地去上几次课后通过“开卷考试”获得文凭；有的找人代为听课、替考，有的干脆直接向学校交钱领文凭；更有甚者，到大街上买张假文凭充数。这些行为不仅腐蚀了干部、技术人员的思想，更严重违背了提高人员素质的初衷。自2003年以来，仅深圳一地就查出800多份干部的“问题学历”。而全国仅处级以上干部和企业领导中就查出1.5万份的“问题学历”。有的干部在职几年，学历从中学跳到硕士，如同坐火箭。

提倡干部年轻化，不搞论资排辈，确实提拔了大批的年轻人才，充实了干部队伍。但这种经念久了，也就走了调，唯年龄论占了上风，机械到提拔某一级干部，规定为几岁，多一岁都不行。结果，许多年富力强、德才兼备的人被切下去，让少一两岁的平庸的人占据了岗位，美其名曰“命好”。“命不好”的就想办法，改小年龄也成了一股不大不小的风。

一些私营企业在选拔、任用人员时却从来不是简单地看学历与年龄，他们是注重实际能力。因此，很多在政府或国有企事业单位中工作能力强，但因文凭、职称等问题“不得志”的人才纷纷选择“下海”。一些四五十岁的干部没了晋升的机会，也干脆“跳槽”给私企打工，把一些“关系资源”也带走了。这种人才的流动，实际上也是一种人才的流失！

上述对人才任用和职称评定方面所做出的政策调整是十分积极和必要的。它反映出了随着人事制度和职称评审等改革的深入，过去那种仅以文凭、证书为先决条件提拔干部、评定职称的现象将有所改观，人才的选拔也将日趋科学化、合理化，人员的选拔、评审也将逐步实现以能力、业绩、品行等为主要依据的现代用人机制。

2004 年 6 月 30 日

武侠小说与“开卷有益”

《天龙八部》入选《高中语文读本》是最近热门话题。虽只是节选，反响仍然不小。赞成者认为武侠小说入选是思路创新，开阔学生视野；反对者则说它水准不高，难登大雅，武力、言情也将对孩子产生负面影响。

对教材内容谨慎筛选，无可厚非。但为何武侠作品会引起较大争议？一些人高雅、低俗之分又是否有理？

内地“武侠热”始于20世纪80年代，以金庸作品最具代表。繁荣的原因，除侠义精神、引人入胜的情节、永恒主题——爱情外，也离不开改革开放、国人眼界初开这一因素。随着梁羽生、古龙等人作品相继引入，现代武侠小说这种形式也被广为接受。

反对派言必称武侠太“俗”。但雅、俗如何定义？这本身就是抽象概念，不同的人理解可能完全不同。一些被“专家”称为有品味，够水准，甚至还获了奖的文学、影视作品并不一定得到公众认可；而不少“俗”的东西却历经几十年不衰。难道“大众”即俗？“小众”才雅？任何文艺形式说到底都是要被人欣赏的，普遍欢迎必然有其独到的思想性、艺术性。如果一种事物得不到多数人认可，无论捧多高，也只是曲高和寡。只以雅、俗评判，对反驳者皆称不懂、没文化，这难免武断了些。何况，俗未必都要排斥，通俗小说，如同通俗歌曲，只要有艺术性，同样是好东西。再说，雅与俗也是相对的，大俗可能也是大雅。《诗经》开篇就是“关关雎鸠”，在有些人看来，兴许也是“俗”。

反对的另一理由还在于武侠小说脱离现实：人物没有职业，捏造的武功，打打杀杀，充斥恩仇、因果报应。说这会对孩子世界观、人生观、价值观造成不利影响。应当承认，武侠受题材、写法局限，很多方面的确存在不足，但“恶劣”影响却显然是被过度夸大。金庸第一部作品问世至今已有50年，传入内地也已20年。读者亿计，年代跨度几代人。读者除普通百姓，还有像邓小平、华罗庚、杨振宁等诸多名人，他们都因看武侠丢弃了正业或生活在虚幻打杀之中？有人把武侠小说比喻为“成年人的童话”，童话一般都是脱离实际的，充满幻想，但这不影响它的欣赏价值。所以这种顾虑是多余的。

当然，任何作品都不可能完美无缺，客观态度是扬长避短。武侠表现的侠义精神，并不全是个人英雄主义。优秀的武侠小说也表现爱国主义和民族气节。这在《天龙八部》、《射雕英雄传》等书中都能得以体现。而在一些场景描写上，时而富于诗意，时而呈现出波澜壮阔的宏大场面。文字所透出的美感、艺术感染力也值得回味。虽然在人物刻画上有时显得过于理想化，但鲜明的人物性格，善恶的强烈对比，本意也是劝人为善。至于不足的地方也没什么要紧，古典文学名著有哪一部没有“糟粕”？只要有分析就好。事实上，《西游记》就是一部具有神话色彩的超现实主义古典武侠，它在一些方面可说是现代武侠鼻祖。同理，如看表面，《水浒传》、《三国演义》不仅打杀，还搞“国家分裂”。相信不少成年人儿时看《三国演义》、《水浒传》等小人书时也曾被训斥为“不务正业”，但它们真造成了多少“不良影响”？

当然，一些对武侠小说过高的评价和大肆吹捧倒是一种“俗”。它的创作高潮已过去，数得上的作者就那几位。缺乏历史依据、脱离现实等局限性也使其不能与古典四大名著相提并论。客观地历史的分析，则是专家学者们的正事。如果离开了正题，不管是盲目地崇拜，还是贬斥心态、酸葡萄心理都是毫无意义的。

开卷有益，这是老祖宗说的。武侠小说也在开卷之列。你选不选青年人想看还是看，选了，教师给予一些分析指导，也许更好些。《读本》也只属于辅助读物，意在扩大阅读范围，与灌输“武道”风马牛不相及，没必要小题大做，借题发挥。

2005 年 3 月 4 日

英语热与“屠龙技”

有种流行说法，21世纪得掌握三样本领，英语、电脑、开车缺一不可。英语居首，足见对其的重视。

然而，最近教育部副部长张保庆表示，大学英语四六级考试存在弊端。学生考分高，应用水平低，还出现诸多舞弊现象。随即教育部传来消息：四六级考试要改革，将加强听说测试，取消及格线，不发证书改发成绩单。这也将人们的目光再次吸引到备受关注的英语学习热和考级潮。

纵观现状，毫不夸张的说，英语学习贯穿了教育的各阶段。主管部门、学校、家长、用人单位对英语的重视空前高涨。“国语”还没说清的幼儿就开始上各类英语班。小学、初中、高中，英语和语文、数学并列三大“主科”。改革后的“3＋X”高考，英语仍必考。上大学，英语学习更紧迫，很多学校直接将英语等级与毕业、学位挂钩。为考级，学生相当多时间耗在学英语背单词。有人笑谈大学四年光顾着英语，专业课倒没学多少。至于出国、考研，学英语更是玩命，别的课混过即可。四六级、考研、出国之类的英语班如雨后春笋，英语教学成产业。电子词典、复读机等产品卖得那叫火！

如此重视，花那么大精力，国人英文水平应该很高了？可普遍情况是学了十几年，费劲考过四六级，但依然听力不行，口语差，书写更别提。整个一哑巴、聋子、文盲英语。应试尴尬暴露无疑，四六级考试意义、与学位挂钩受到猛烈抨击。各种事例也表明现有英语教育“很失败”，学十几年根本没法和留学一两年的比。而能用外语“畅所欲言”的看不上考级，想出国的只考托福、GRE，考过级的没几个敢说英文“没问题”。四六级成绩远不能说明真实能力。

事实上，英语证最“管用”的地方就俩：招聘、评职称。如今招聘，甭管干啥，必看英语。不知从什么时候起，就形成了一个简单定式：会英语即人才，即水平。所以，大本、英语四级、计算机二级几乎是通行标准，让人深感“证到用时方恨少”。可实际呢，别说常用，就是偶尔用也寥寥无几。唯“证”是举不仅极片面，也是人才、资源的典型浪费。可如今就业是买方市场，大学生多如牛毛随便挑，你能有脾气？单位才不管浪费不浪费！不少人苦学的英文没处用，没两年就忘光。曾付出的时间、汗水让很多人无可奈何又惋惜不已。职称英语更是一道“坎”。一些专业强、英文弱的“老人”始终受其所累，英语成为“永远的痛”。而多数情况，英语与专业根本风马牛不相及。正因为英文“吃香”，在招聘、职称中的“重要意义”，各类英语考试中替考、卖考题、作弊屡见不鲜。还涌现出枪手公司、卖题团伙等新“行业”。

上述事实尽人皆知，但英文还是得学，等级必须得考。无数精力、物力、财力投入英文学习，产生的效益却远不成正比。学英语正成为“食之无味弃之可惜”的鸡肋。当然，英语的地位短期不会动摇，作为一个科目无可厚非。但问题在于要学到什么程度，放到什么位置，非英语专业大学生是否都要下如此功夫。学以致用不能乱学，否则就是浪费资源耗费时间。英语与学位挂钩也极不合理，因为有需求者自会努力。英语教学效果不佳也是应试教育的缩影。改善只能寄希望进程缓慢的素质教育。即将改革的四六级考试虽取消及格线、合格证代之成绩单，但很可能出现效仿托福、GRE，社会认同出现××分以下不要的问题，仍是换汤不换药。

应该看到，过去英语都为专业，懂的都是特殊人才。而如今学英语却很普及，说要与国际接轨。更有人宣称迎奥运应全民学外语。可我们真那么需要英语？实际情况是，中国没有英语环境。我们有自己古老文明的汉语，丰富多彩的方言。中国是在融入世界，但不可能每人都有机会去英语国家，或结交英语人士。英语更不可能成为中国官方语，它永远仅是“外”语。此外，在我国振兴汉语言，一些国家相继开设“孔子学院”，世界各国纷纷出台法规保护本国语言纯洁性、防止外来语言文化过度侵袭的大环境下，我们却在不知不觉中轻视汉语，片面强调英语，这显然是十分矛盾和不科学的。

语言只是工具。“学再好也不如美国乞丐”虽偏激，但如果将英语作用无限夸大，耽误了主业，本末倒置，结果是既浪费了时间，又耽误了人才的成长和培养。《庄子·杂篇·列御寇》中有一例子：朱泙漫学屠龙于支离益，单（通殚）千金之家，三年技成而无所用其巧。屠宰龙的技术，比杀猪宰羊听来荣耀多了，可上哪去找龙呀？学英语当然比学屠龙要有用处，但付出之大与实际用途之小却是事实，而且相当多的人事实上也是“无所用其巧”。将来的人，说不定也会把今天的盲目学英语热，编出新的“屠龙技”。

2005年2月28日

“工地阅览室”感动上帝

“一个为国家图书馆建大楼的农民工，如果从没看过这馆里的一本书、一本杂志，想起来，我心里都挺酸的。”国家图书馆一位工作人员动情地这样说。于是，他们将阅览室办进工地，有针对性地挑选了3000多册的期刊，供为“国图二期工程”建设挥汗的农民工兄弟自由阅读。仅一个月时间，这些期刊的阅读率就超过了60%。

目前，中国有数以亿计的农民进城务工。他们之所以进城，一是为了生存，二是为了发展，用他们的话来说是要“见见世面”，长本事。农民工对知识的渴求与珍视，透过“国图工地阅览室”便可见一斑。开放第一天，一个工人刚刚收工就兴冲冲跑进阅览室，四下看了看，突然又转身跑出去，在外面的水池里洗了手，低头在工作服上找了处干净的地方擦了又擦，然后才进来。因工地阅览室的“平易近人”，感动了来自乡村的“上帝”，农民工对高大宏伟的国家图书馆不再有距离敬畏感，一些人还办理了借书卡，那世面见的就大了。

其实，农民想进城，城市也需要农民工。农民工为城市建设添砖加瓦，贡献力量，给城里人生活带来便利是有目共睹的。一座座高楼，一条条大道，凡有工地的地方，都可以看到他们的身影。然而，不少农民工在城里的生存居住条件却比较差，他们普遍住在拥挤不堪、环境脏乱的工棚或城乡结合部，缺少必要的洗浴卫生条件，更谈不上什么业余文化生活。由于文化、意识、户籍等现实与人为差距，农民工大都无法融入现代都市。如今一些城市的管理者总在说要给予农民工更多关怀，逐步破除不平等政策，以宣传教育帮助其提高素质。可是，真正落到实处、有所进展的又有多少？比如，农民工的医疗、养老、子女入学等问题，早已摆在社会面前，我们想了多少办法，办了多少实事？问题不在我们一下要解决多少，而是我们有没有那份心，有没有一点行动。国家图书馆设立一个工地阅览室算不上什么大事，几千册期刊相对其藏书量更可谓九牛一毛。但对一些农民工来说，此举不仅丰富了业余生活，开阔了视野，使他们能够从书籍的海洋中获取新知，更为重要的是，让他们看到了更多人生的希望，感受到城里人的关爱，有助于他们提高文化素质和精神风貌，融入现代城市。

中共十六届五中全会提出要更加注重社会公平，让人民分享改革成果。农民工为城市建设和发展做出了巨大贡献，他们理当得到“回报”。如果社会各类单位、团体都能利用自身所长，像国家图书馆那样，从力所能及角度出发，哪怕只付出些许之力，汇聚起来的能量就能改善一些农民工的生存状态，提高他们发展能力，社会的和谐进程也就会加快一点，全面建设小康社会的步伐也就快一点。不是吗？

2006年1月9日

说不尽的国家“巨蛋”

北京天安门前，人民大会堂以西，冒出一“巨蛋”。这“巨蛋”从胎状起就注定要成为人们争议的一个目标。

国家大剧院立项之日，就有很多人提出，在国家仍处发展建设阶段、不少群众生活依然不富裕、各方面资金都不宽裕的情况下，建这样一座规模宏大、耗资巨额的大剧院是否合适和必要。但支持者认为经过20年改革开放，国家已积聚了相当实力，能够负担。这样的工程也代表国家、社会的发展达到了“新高度”。说白了，这是个“形象工程”。在争议中大剧院上马了，伴随而来的问题也接连不断。先是设计师安德鲁的中标方案遭到诸多质疑，很多专家、群众认为“巨蛋”的前卫外形与附近天安门广场、人民大会堂、故宫等建筑风格格格不入，极不协调，不伦不类；设计上不科学、不合理，施工难度极大，面积与造价严重超标。尔后，同样是安德鲁设计的巴黎戴高乐机场出现顶棚坍塌，再次使“巨蛋”设计成为焦点。如今都初见模样了，又起波澜：大剧院目前存在资金短缺问题，高达26.88亿元人民币的总投资打不住了，少说也得30亿元，因为钢材、水泥等建材价格上涨了，国际汇率变了。反正大钱已花，加点也没什么。还有，“巨蛋”完工后，每年仅维护费预计就得7000万元。谁买单？另外，谁来承包经营这20万平米？纵观世界知名大剧院，几乎都得国家养着。看来，“巨蛋”花钱才刚刚开了个头！

在所有的争议中，我注意到赞成派手里握的一张“王牌”：国家大剧院是周恩来总理的“遗愿”，人民大会堂西侧土地之所以多年不用，就是留着建大剧院的。伟人的遗愿，你还反对吗？说实话，一般人还真不好立马表态。

六朝古都南京的狮子山上，新建一座巍峨壮观的仿古建筑，名为阅江楼。这阅江楼，说起来该是明太祖朱元璋的“遗愿”。朱元璋平定天下，建都南京，觉得功高盖世，得搞一个纪念碑式的“形象工程”，传之后世。一座岳阳楼，一篇《岳阳楼记》让范仲淹名传千古。于是老朱就想建一座阅江楼，地址就选在狮子山上。楼还没建，他就下诏举行作文大赛，让群臣都来学范仲淹写《阅江楼记》，他自己也亲自动笔。最后经评比，他儿子的老师宋濂得了第一名。这篇头名作品后来选进了《古文观止》。然而，楼记写好了，朱元璋却一直在梦游，纸上谈兵，迟迟没有动工，直到他死去。明朝二百六十年，朱家后代也没有人去实现他的这一遗愿。什么原因？一个钱字。老朱是穷人出身，要过饭，当过小和尚，知道民间疾苦。国家初定，百废待兴，哪有钱去搞什么“形象工程”？他执政三十余年，最后也没下这个决心。仅从这一点看，朱元璋这个皇帝还是明智的，要不，历史学家吴晗为何要替他写传记？今天南京人修建阅江楼，当然不是为了老朱的什么遗愿，犯得着吗？只不过是借个名头大做文章，搞个新景点，招揽游客赚钱罢了，成败与老朱毫不相干。

其实，老一辈革命家想做的事很多，“遗愿”绝不止一个剧院。就是剧院，什么时候建，怎么建，建个什么样，也得根据实际情况而定。“巨蛋”不等于遗愿。如果把所谓遗愿只当成一个由头，那就真正有悖他们的遗愿了。老一辈革命家最大的遗愿当是中国早日富强，人民过上幸福生活，最终实现共产主义。

不错，改革开放二十年，国力增强了，钱也多了。于是有的人就惦记如何“造”了。许多地方大兴土木，新建市政府、县政府，占地几百上千亩，修得跟宫殿一般；城市大搞形象广场，华灯齐放，进口花草，移植古木大树。每一届新领导，都惦记搞新的“形象工程”，由头都很冠冕堂皇。“崽卖爷田心不疼”。一个国家级贫困县，欠教师工资四万多，却花了五万元新修一座县政府南大门，说是为了迎接南来的改革春风！

“巨蛋”生出来了，能孵出什么金鸡草鸡全是未知数。但有一点是清楚的，“遗愿”将会继续成为挡箭牌。

2004年12月19日

网络语言引来的“封杀令”

语言，作为人类沟通交流的最主要方式，使我们能够自由地表达思想与情感。随着近年网络的大行其道，“恐龙”、“粉丝”等大量网络语言的涌现，逐渐成为一个热点。

正在审议中的《上海市实施〈中华人民共和国国家通用语言文字法〉办法（草案）》（修改稿）对网络语言发出了“封杀令”，规定国家机关公文、教科书、新闻报道中将不得使用不符合现代汉语词汇和语法规范的网络语言。这是国内首次将规范网络语言行为写入地方性法规草案。消息一出，立刻引起社会广泛争鸣。

对此，支持与质疑两派及其年龄层构成可谓“泾渭分明”。赞同者主要为教育界人士、学者和家长。在他们看来，“怪异另类”的网络语言简直令人“丈二和尚摸不着头”，不知所云；他们更担心，网络语言主要使用人群——青少年将其口语化、书面化，会极大影响规范汉语的学习与掌握，甚至有人称这是“糟蹋”汉语文化。相反，认为此举“小题大做”、“越俎代庖”的，主要是学生、青年及“网虫”们。他们认为，网络语言同样是正常文化现象。它的创造、发展与众多网民的参与认同息息相关，因而具有生命力，没有理由硬性限制其发展，剥夺其生存空间。

那么，网络语言究竟是“洪水猛兽”还是“文化现象”？我们又该如何看待？

毫无疑问，网络语言的形成、发展离不开时代大环境与相应背景条件。首先，社会开放程度不断提高，人们的思想变得活跃前卫，这不仅对新事物的产生有积极促进作用，而且人们的接受度也有了极大提高。与此同时，包括BBS、虚拟社区、聊天工具、博客等网络服务、网络内容形式的普及，为各种信息的传播提供了最为便捷的途径。具体到网络语言的产生，则基本是以下几种形式：英文直接音译，如粉丝——FANS；方言与汉语谐音，如稀饭——喜欢，呕像——令人厌恶的人；拼音首字母缩写，如GG——哥哥；数字音译，如7456——气死我了；特定意词，如恐龙——相貌不佳的女孩。至于网络语言的创造心态和初衷，无外乎是形象好玩、简化加快打字速度、玩笑性嘲弄等等。上述因素与看似怪异实则有规律的特性，也解释了年轻人乐于接受网络语言的根本原因。

毫无疑问，目前网络语言显然有其生存的土壤与环境。好比各地的方言、少数民族语言并不因为大力推广普通话就要禁止，就会消失。能够流传延续的都是得到人们长期普遍认同的东西。网络语言仅仅出现没两年，“前途命运”未可知，用不着“杞人忧天”。当然，这并不是说网络语言的使用就不需引导。对于仍在学习语言规范化使用、尚不具辨识能力的孩子，确应加强教育指导，避免其盲目“赶时髦”，“有话不好好说”，陷入“邯郸学步”境地。此外，所谓“南桔北枳”，任何语言词汇都会涉及使用场合的问题。网络语言在轻松、非正式场合显得幽默、随意，但在正式公文、严肃场合、教科书中，显然就不合时宜。简言之，网络语言不是“洪水猛兽”，对其应采取理性客观、平和的心态。一方面，我们应加强和培养学生对汉语言佳作、文体风格、语言美感等的欣赏能力，使青年人对汉语精髓有相应了解；具备一定“内涵”基础后，对包括网络语言、外来词汇等“新产物”则会有基本的自我鉴别力，再辅以恰当引导规范，吸收具有新意、创造性的健康语言，去除低级粗俗语言，相信会丰富汉语语言的。

总之，语言因地域、时代、环境的不同，“天生”具有多样化、特色化、不断丰富吸收、“与时俱进”等特征。因此，这绝非是简单“禁与放”的问题。网络语言需要规范净化，但也应避免简单化，一概排斥。事实上，相比“之乎者也”，今日的简化文、诸多新生词又何尝不是“另类”呢？再过多少年，回头看，今天的不少“另类”语言说不定已登大雅之堂了。

2005 年 12 月 25 日

圆明园惨遭祸害的背后

“万园之园”的圆明园遗址，最近不断爆料。先是“防渗”引发强烈质疑，而后，北大景观设计学院院长揭发，塑封湖底还不算啥，圆明园诸多“改造”正干得热火朝天，简直是新伤累累。

据介绍，圆明园内经百年自然演变，生长着数量众多、品种丰富的本地野生灌木、乔木。众多植物又是多种野生鸟类、小动物的理想家园。这种宁静和谐不仅形成了一道独特生态风景线，更极好地烘托出了遗址公园庄严肃穆、饱经沧桑的特有气氛。但圆明园管理处的“改造”不仅在未经园林部门许可下，擅自将大量天然灌木植被连根铲除，代之以娇嫩人工草坪、“洋”树种。更动用重型机械挖湖造山，“制造”全新景观。种种“整形”、“美化”极大破坏了原有自然环境，让人惊愕不已。

有关圆明园“建设”的争议，这些年就从未间断。“重建”与“保持现状”两种意见也曾有过针锋相对的碰撞。“现状派”观点明确：“保持”就是最好的选择，警醒世人，勿忘国耻；“重建派”想法说白了就是“残垣断壁”没看头，不如再建来得赚钱！而最终“遗址”与“爱国主义教育示范基地”的定位实际也否定了重建想法。重建虽然没戏了，变相的总可以搞吧，哪能守着金碗当乞丐？这次“防渗”一是为了“节水省钱”；二则，漏的少必然水面抬高、湖面广，游人划船也好赚钱。而滥伐野生林木、挖湖、造山更是打起了“擦边球”。不是不让重建“老景”吗？那干脆整出点“新景”来！归根结底都为了赚钱！

由此，也让人联想到以下几个问题。

第一，市场经济环境下，“遗址”这样的特殊场所该如何对待？这一问题也同样适用于备受关注的“世遗”景点。按说这些地方或出于纪念、或是对自然和文化的敬仰，其性质已决定属公益场所，与盈利无关，各种维护的开支大多应由当地政府或国家承担。对公益参观点实行免费或低票价也是世界许多国家通行做法。但我国幅员辽阔，特殊景点众多，国家不可能都大包大揽。那地方呢？发展水平不一，有钱的、没钱的处理方式也不尽相同。但在景点运作市场化、发展旅游业上，很多地方倒是都跟上了“时代步伐”。而市场化首当其冲的还是钱。在调节人流、体现价值等“冠冕堂皇”理由下，数年间景点票价纷纷狂飙猛涨。群众惊呼玩不起的同时，景点变成了聚宝盆。最新消息是，今年五一节，黄山、九寨沟、张家界又琢磨着“齐涨”。人家也摸准了您的脉，抱怨再多还得来，不赚白不赚！

二是，现在景点都“哭穷”，涨价也多因“经费缺乏”。有道是“会哭的孩子有奶吃”，可这“宝贝”真“缺奶”？透过圆明园事件，人们完全有理由质疑：即便是“有限”的财政投入也未必用到了刀刃上，有没“猫腻”更难说。据统计，2003 年 8 月至 2005 年 3 月，市、区以及圆明园管理处对遗址环境整治投入高达 8200 万元。其中，“防渗”花了 1100 万元。可主要材料防渗膜造价仅 200 多万，剩下的钱哪去了？再者，每年“节流”200 万水费更摆明是以违反自然规律为代价。这既阻断地下水补充，又对周边生态构成严重威胁。当然，防渗膜还有寿命问题。厂家说 100 年，一些论者则称顶多 5 年。不管哪种为真，结果都只有两种：一是 1100 万元换回 100 年地下没水，二是就连成本都“省”不回！窥一斑可见全豹，圆明园滥砍野生植被，大量种植人工草坪洋树种，挖湖堆山，还不知暗中“整”出了多少“花样”。不仅如此，2005 年还将有 1.2 亿元的投入，这里又会有多少“学问”呢？圆明园尚且如此，其他景点投入产出比也就不难想象了。

另外，景点为什么挖空心思要搞钱？像圆明园一年门票才 2100 万元，职工却有 1700 多名。这到底是养人还是养景点？自然，许多人又会搬出离退休、历史问题等借口一大堆。可这时候怎么没人提用人、养老的“市场化”了？

显然，像轻视“环评”、缺乏生态保护意识、没有可持续发展观等等问题，都是诸多体制诟病、政策缺陷、低级“市场经济”一切向钱看的表象。如果特殊景点依然全由“靠山吃山”的地方、主管单位说了算，运转资金仍然很大程度靠市场，公益性与经济利益拎不清，人员配给、资金利用不动大手术，则张家界野蛮开发、平遥古城墙坍塌、圆明园“改造”、胡乱涨价等行为必将反复上演，任何自然、文化、历史景观也都难逃“钱眼”这一黑手。

2005 年 4 月 12 日

军训与“打牙祭”

近几年，国内几乎所有大、中学校在接收新生时都会安排一次为期半个月左右的军训。进行军训的初衷很简单，希望以军队训练士兵的方式让学生体验一回当兵的感觉，并以此加强学生的组织纪律性，改掉学生娇生惯养的坏毛病，在“当兵”的过程中使其尝到吃苦的滋味，珍惜平时的幸福生活。这样做，的确收到一些效果，但也存在一些不容忽视的问题。

不少学生对军训持害怕、抵触的心理，有些父母也担心自己的宝贝吃不消，因此不少人都会找出各种借口加以逃避。形成这样的现象其实很好理解。现在很多家庭都是独生子女，几个大人围着一个孩子转，真是顶在头上怕歪了，含在嘴里怕化了。加上很多父母小时候生活条件不好，现在生活水平提高了，自然不愿孩子“重蹈覆辙”，对孩子提出的要求百依百顺，唯恐照顾不周。唯一要求也就是孩子好好学习，其他一概都好说。蜜罐里的孩子难免会被惯出不少独生子女特有的坏习惯，爱撒娇、怕吃苦、不善于与人合作、以自我为中心等等现象很普遍。而军训是学校组织的，所以相当一部分学生，包括少数家长是迫不得已的，并非心甘情愿，所以能逃就逃。

至于军训，一般地点都选在偏僻的郊区。一帮孩子被拉到那里，远离了城市的繁华，没有了父母的依靠，只有严厉的教官，加上表现好坏会影响到今后的评语，也就只能乖乖听话了。而军训的内容也比较单调，除了按时熄灯、起床、来个紧急集合外，也就是出出操、走个正步了，似乎并无更多的“训练”手段。由于军训通常选在夏天，军训的场景经常也就是一群学生在大太阳底下走正步，导致有些学生中暑、晕倒，加上军训饭菜远不如家里可口，经过十来天的训练，孩子们普遍会变黑变瘦。当家长们再次见到孩子时虽然有些心疼，但认为经过军营式严格管理，吃点苦，孩子在意志品质、精神面貌上也能得到一定改观。可很多孩子一回到城市，马上就“原形毕露”。

显然，靠十天半月吃苦就把孩子训练好，或者指望有很大的收获都是不现实的。

一些人认为现在孩子的很多“坏毛病”是由生活条件太好所致，觉得吃点苦头后他们就会意识到自己原来身在福中不知福，因而学会珍惜，改掉一些坏毛病。这样的想法看似有些道理，某些学校组织把孩子带到农村的“吃苦”夏令营也是这个思路，这就陷入了一个“吃苦”的怪圈。艰苦的环境虽然可以使人的思想发生变化，但这种变化并不一定就是朝家长、学校所希望的方向发展。只要抱有早晚会回到城里的想法，短期吃苦很难让孩子进行反思。城里孩子更多的是想着逃避，或者熬过这一段再说。不仅如此，学生还很可能对家长和学校让其吃苦产生逆反心理。还有的孩子虽然会因艰苦环境有所触动，但一回到五光十色的城里，刚刚有的那点触动又会被抛到九霄云外。因为吃苦毕竟是短暂的，希望孩子十天半月就学会适应艰苦环境，改掉花钱大手大脚、任性、没有毅力等毛病常常也就是一厢情愿的想法了。这也就是为什么很多孩子参加了军训、吃苦夏令营等活动后并无什么变化的原因。

实际上生活条件的好坏并不是塑造孩子性情、脾气的最主要因素，平时家长、学校、社会的教育方式才是真正的问题所在。穷困的环境如果教育得当可以使人发奋图强，培养出优秀的人才。如果引导不当，也会产生畸形、自卑心理。同样，富裕的生活环境也并非是阻止孩子成才的障碍，因教育方式的不同，其产生的效果也会大不相同。日本、韩国都是我们的近邻，文化上与我们也有不少共通之处，也都属于发达国家，生活条件比我们更好，但他们的孩子身上就很少有娇骄二气。显然，物质环境的好坏并非是影响孩子心理发展的决定因素。因此，单纯指望孩子走几天正步，去山沟里住几天就会有很大思想转变的想法就显得很幼稚了。

由此可见，目前学校积极搞军训以及家长热衷让孩子参加吃苦夏令营的现象，反映出学校和家长对问题本质思考上的不足和片面性。如果平时不注重对孩子精神层面的教育，一味强调表面环境因素，往往造成“吃苦”教育的表面化、简单化，家长花了钱、学生吃了苦、老师费了心，效果却不大。

早几年，人们生活水平低，油水少，于是靠过一段时间“打一回牙祭”解解馋，可顶多能管一两天。现在不用打牙祭了，也不馋，什么原因？因为天天有油水，有肉吃。对孩子们的教育也是这个道理。日本人对小孩吃苦教育从幼儿园就抓起，不用等到军训、夏令营去“打牙祭”。

2004 年 8 月 25 日

马拉松赛不是“马虎赛”

一场国际马拉松比赛，被批评为“马虎赛”，令人震惊！

10月17日在北京举行的2004年北京国际马拉松赛中，有13名参赛选手在中途被送往医院进行急救，其中有两人因抢救无效死亡。死者中一名是在校大学生，另一位是退休老人。虽然类似事件也曾在国际赛事中出现过，但自1981年北京举办该项赛事以来，却是首次出现选手意外死亡事件。这些天媒体对此事给予了高度关注，引发了人们对赛事存在问题的讨论，批评之声很强烈。

作为一项已举办了20多届，被称为“世界十大马拉松之一”的大型赛事，本次比赛的组织工作却不尽如人意，出现了许多不该是问题的问题。

首先，本次马拉松比赛报名人数达到了创纪录的2.8万人。人数的激增致使出现了对选手能力、身体状况把关不严的情况。众所周知，马拉松比赛不同于普通跑步，它需要选手有极好的耐力，良好的身体素质，心肺功能要好于常人。在1981年北京马拉松赛举办之初，由于参赛选手只有200人，所以组委会有能力对每一名选手进行细致的体检。但随着赛事的发展，尤其是

1998年业余选手的加入，使得参赛人数猛增。组委会无法再一一检查核实每名选手的身体状况，取而代之的是要求参赛者自行到医院进行必要的检查。结果是放松了选手“入门关”，盲目追求提高比赛档次和规模。在人数规模创纪录的同时，也创了死人纪录。

其二，在长时间、大运动量的体育项目中，人体的水分流失很快，必须大量补水以维持身体机能的正常。按照惯例，在国际大型马拉松赛中，组委会都应在沿途提供充足饮水供选手取用。但本次比赛不少业余选手却反映，由于跑得较慢，赛程后半段遇到了要么水已被拿光，要么干脆水站被撤销的情况，因此很多人仅在前20多公里有水喝，后半程竟然滴水未沾。来自医院的消息也证实了缺水的严重后果，几名昏厥的学生就是因缺水导致的虚脱。这组织工作也太马虎了事了！

此外，根据本次马拉松比赛规定，如选手能在5小时内跑完全程，将得到组委会颁发的证书。但事实却是还没到5小时证书就已发光了。不仅是证书，就连纪念品，甚至擦汗毛巾都没剩下。面对后续到达终点、拿不到证书的大量选手，组委会的工作人员却表示他们没想到会有这么多业余选手跑完全程，证书不够发就成了“正常”现象。而在休息区，由于没有任何垃圾箱，选手们只能将果皮、废纸、水瓶等垃圾扔在地上。比赛尚未结束，休息区已是一片狼藉。

对于比赛中的种种不尽如人意，我们不禁要问，像必须提供充足饮水这样的常识性问题，办了20余届赛事的组委会难道不知道？组织如此多人参赛却不准备足够证书仅用“没想到”就能说得过去？更何况每位参赛者还交了30或15元的报名费，提供水、奖品、及其他一切比赛必需品都应是组委会最起码的义务和责任。但想必组委会是出于经济考虑，“节俭”办赛事，才出现了上述结果。既然想省钱，干吗搞这么大规模？再说，这是赚钱的地方吗？少花钱多办事原则决不应以选手的身体、赛事的声誉为代价。这样的“节俭”绝对是因小失大。而且虽然有大量业余选手参赛，但组委会显然并未充分考虑他们可能遇到的种种困难和潜在危险。这一系列“失误”，恐怕光用“马虎”二字还很难搪塞过去。

另一个值得关注的问题是，为何有如此多业余选手参赛，他们参赛的目的又是什么？这其中，全民健身的兴起可能起到了一定促进作用，但这不是全部。据介绍，除了有一支2000多人的赞助商参赛队，更多的业余选手来自各大高校，总人数达万人左右。虽然很多学生表示参赛的目的是“重在参与”，感受气氛，但还是有学生道出了实情，即学校可能对跑完全程者在体育上给予较高学分。这对于视学分为毕业之根本的学生来说，诱惑无疑是巨大的。很多平时很少锻炼、根本不擅长长跑的人也抱着凑热闹、碰运气的心态参加到赛事中来。年轻人也许不知道马拉松运动的艰苦性，更没料到它可能导致的严重的后果。学校对体育尖子给予高学分本无可厚非，但这样的鼓励变成一种急功近利就可怕了。

发生在马拉松比赛中的不幸事件给我们敲响了警钟。普通人应从中懂得“合理”运动的重要性，并积极寻找、咨询适合自己的体育项目。量力而行、健康运动益处多多，反之则可能后果惨痛。而马拉松组委会又能在本届赛事中学到什么？是否能在今后的比赛中吸取教训，努力改进、尽可能完善？我们真心希望他们能做的更好，尽量杜绝、避免类似悲剧的发生，也为2008年奥运会工作打下良好的基础。

2004年10月21日

且看足球场上起风波

水平不高，技术暴差，问题多多，烧钱巨大。这就是目前中国足球的尴尬现状。

北京现代的罢赛事件也闹了10来天了。媒体、球迷对此都给予了极大关注，等待这一“创举”的后续报道。人们也议论纷纷。赞成的把北京队比做向足坛种种不正常现象挑战的斗士；反对的说北京人耍大爷，摆威风，凭啥敢罢赛？还有相当一批人怀着幸灾乐祸心理看热闹。

体育总局、足协、国安俱乐部也都没闲着，三角关系，错综复杂，各说各的，争执不下。总局态度明确。罢赛？这还了得？马上抛出必须坚决、严厉处罚，杀一儆百的口风。国安俱乐部也不示弱，罢赛前人家就想好了。做了不怕，怕了不做。你不处罚裁判，还想扣我三分？没门！更撂下如果处罚不公，要退出足坛，拒绝再玩的话。一直以来颇受指责的足协恰恰处于问题的风口浪尖。到底该如何处罚，既能让总局满意，又能使国安俱乐部认可接受，对球迷也有个交代，一时间成了难事。虽说各方的沟通也有几次，但眼看16号即将重新开战的联赛，此事的最终结果仍是雾里看花。

对于引发争议的那个点球无需评论，众人心中都有数。像这样的判罚引起争议是很正常的。关键问题在于是否可以因为这样一个球就罢赛，就可以不踢？用北京话来说就是“至于吗”？实际上如果是单纯的错判可以理解，也是任何裁判员都不能避免的，许多国际著名裁判出错的例子屡见不鲜。然而北京现代罢赛的真正原因仅仅是为了这一个球？

事实上，中国足坛人为干预比赛进程的情况在近些年就从来没有停止过，打击假球黑哨，严惩严重错判、漏判的呼声是一浪高过一浪。但对于这些现象和当事人的处罚，足协却一直睁一眼、闭一眼，没见采取什么真刀真枪的措施。闹到最厉害的时候，也不过只有自己坦白的龚建平一人被认定为“黑哨”，其他争议裁判则是连行政处罚都没有。人们本以为“龚建平事件”会有助于揭开足坛黑幕，最终却只以他个人“牺牲”为那次风暴画上了“圆满”句号。难道闹得沸沸扬扬的足坛黑哨就只有龚建平一人？众多场次的问题比赛都是他一人所为？这可能吗？足协干吗护这个短？还有什么不可告人的秘密？再来说写忏悔信并退钱的龚建平，不仅被从严判了10年，还病死在狱中，而那些具有重大嫌疑但死不认账的黑哨们却依然逍遥法外。这么鲜明的对比会给人们留下什么印象？龚建平的确罪有应得，但此中是否也有墙倒众人推，“牺牲”你一个，换取众人安的意味？假如足协借“龚建平事件”继续追根溯源，真正让司法机关全面介入调查，想必进“局子”的也绝不会仅仅是龚建平一人。足协为何不继续穷追猛打的个中原委外人不得而知，但有人明确指出这其中必有“猫腻”。

上面情况导致赛后申诉、调查走过场，流于形式。结果往往是你申诉你的，但争议判罚总是不了了之，没有任何人受罚，“正常”渠道根本无法解决“不正常”问题。如果这样的情况只是偶尔出现，球队自然也就认了，但错判、漏判屡屡出现，就很值得研究了。这些问题一再积累，罢赛甚至其他更极端行为的出现实际只是早晚的事。

以罢赛的方式表态固然不太妥当，也不符合体育精神，却是事出有因，甚至是迫于无奈。想必北京现代搞出这一“惊天之举”，希望能给足协施加压力，净化赛场环境，同时也维护自身利益。同时，来自申花、国际、力帆等俱乐部对罢赛的支持和理解也说明了假球、黑哨问题的严重性和普遍性。

而国安威胁退出足坛恐怕也仅是一种姿态。尽管中国足坛每年至少要消耗掉十几亿人民币，各家俱乐部也都大倒苦水，说搞足球是赔本买卖。但为什么还是你方唱罢我登场，总有人搞足球呢？实际上，谁都不傻，赔本买卖没人干。说到底，堤内损失堤外补。搞足球本身是不赚钱，但像万达、实德、国安这些名字谁人不知？单凭名声这一点，其商业价值就难以估量。再看看足协，恐怕国内也没有哪个单项体育组织敢与其比富。正因为错综复杂的利益关系，以及长久以来足协在各种问题上的避重就轻，偏袒掩盖，造成了对国安这家老牌俱乐部迟迟难以处罚。

面对中国足球越踢越臭，赛场环境恶劣不堪，治理无望，不少球迷已伤透了心，失去了耐性。全国各地不少赛场都出现了上座率超低的情况。空旷的坐席，赛场上种种不正常现象，以及最近的罢赛事件，中国足球正经历着又一次严冬。职业联赛也已搞了 10 年，如果依然以“不成熟”为众多问题的挡箭牌，显然是根本说不过去的。所谓“崩盘”一说也绝非空穴来风，照这样下去，还踢个什么劲儿？

2004 年 10 月 13 日

浑身"烟味"的 F1 大赛

车迷们期盼已久的 F1 中国大奖赛于 9 月 26 日在上海国际赛车场圆满落下了帷幕。这项国际顶级赛事的神秘面纱也终于揭开。很多以前从未关注过赛车运动的观众也第一次身临其境，领略到了赛车引擎咆哮般的"怒吼"。各家车队绚丽多彩的展示活动、婀娜多姿的车队美女更吸引了无数眼球。因大奖赛的成功举办，上海也向世界展示了其国际化大都市的形象。

然而，一个疑问也由此产生。F1 赛车运动起源于欧洲，车手、车迷中绝大多数也是欧洲人，因此该项赛事也被称为"欧洲人的运动"。为什么近年来 F1 大奖赛在欧洲一些国家停止举办，转而向亚洲市场进军呢？继日本、马来西亚之后，中国上海也成为了 F1 赛车分站赛的举办地。

这个问题其实很简单。F1 是一项烧钱的运动，因其投入巨大、开销惊人，故有"富人运动"的说法。各家车队为争夺好名次不仅得在车手选择上下大工夫，在车辆研发上的投入更是天文数字。每辆赛车的造价都高达数百万美元，为测试赛车的空气动力学，大车队更不惜巨资建造风洞。仅法拉利一支车队去年就投入了 20 亿美元。这么庞大的资金投入一般企业是根本无法承受的，F1 各支车队都得寻求赞助商的支持。也正因如此，F1 车队均不以所在国名义参赛，而是冠以赞助商的名号参赛。那谁又是巨额资金的赞助者呢？那些财大气粗的烟草、石油公司无疑是最佳选择。尤其是烟草公司，由于其行业的特殊性，在公众媒体上作广告往往困难重重，烟草广告更是处于限制禁播行列。所以，多年来烟草与赛车运动一直是亲密合作的“好伙伴”，很多知名车队都与烟草公司结下了不解之缘。烟草公司不仅买下车队冠名权，更在赛车车身显著位置喷上烟草商标用以扬名。在外行人眼里赛车不过是在赛场“跑圈”的无聊运动，然而对于全世界数亿 F1 车迷来说，赛车车身广告的影响力以及所产生的效益是难以估量的，烟草商更因此大赚特赚。

但是随着全球禁烟运动的兴起，烟草公司的日子越来越不好过。欧洲各国都制定了严格的法律限制烟草广告的播出。烟草广告不仅在普通公众媒体上遭到全面封杀，在户外、公众场合也都明令禁止。作为 F1 最大“财神爷”的烟草业如果因此从赛车业全面退出，对 F1 赛事的打击无疑是致命的。面对要么让各车队放弃烟草商巨额赞助，要么停止在禁烟国家举办大赛的两难选择，F1 的领导层最终选择了后者。这样，既拉住财神爷不放，还可以开辟新的战场。亚洲各国由于近年来社会蓬勃发展，经济高速增长，对烟草管制较松，因而成了 F1 推广的首选目标。这一地区很多国家期待与世界交往更加紧密，希望举办各种活动扩大知名度的想法也使双方一拍即合。于是，F1 成功地进军亚洲，还掀起了一波新的浪潮。

借着欧洲大举反烟的机会，亚洲国家把 F1 引进来，也吸引了大批观众前来观赛，扩大了举办城市的影响力，出了名。看似是拣了个便宜，可实际上呢，F1 不仅是一种赛车运动，更重要的是它是一项商业性体育赛事。其蕴涵的经济价值、文化影响可能波及面甚广，同时更具有双刃剑特性。正如看到法拉利赛车就让人想起万宝路，看到英美烟草公司赛车就让人联想到其旗下的香烟品牌，这样的宣传效果是不可低估的。而观看赛车、热爱赛车运动的又多是年轻人，看着自己喜爱的车手驾驶喷满烟标的赛车，身穿印着烟名的比赛服，头戴烟草品牌帽子，这些会给自制力差，尚处于身心发展阶段的他们造成什么样的影响？我国一直对烟草的广告和销售有着严格的管理措施，但为何会对F1网开一面？是不是因为经济利益、地区利益，就可以忽视社会影响？在欧洲各国开始全面禁止烟草广告的情况下，我国许多地方修建赛车场，大举引进“烟味缭绕”的F1赛车是否理智？我们的钱是不是值得这样大把地烧？烧出更多的烟民？

当然，我们并非排斥F1赛车，作为一项数十年来吸引亿万观众的盛大赛事，它的确具有其独特的魅力。笔者更是一名多年观看赛车的“老车迷”。但凭着对社会以及青少年的责任感，我们还是应大力提倡F1远离烟草，更要提醒社会和家长，不要让我们的孩子被烟草的毒气“熏晕”。这一点上我们倒是应当与国际“接轨”！

2004年9月27日

荣辱之间

“断网”的日子

“网络改变生活”这话谁都听过。自上世纪90年代末，网络普及不过四五年时间。然而在这短短几年中，网络从慢如蜗牛、内容简单的平面化媒体迅速朝传输快捷、丰富多彩、全方位立体化的方向发展。在这个过程中，宽带的迅速普及功不可没。人们也已习惯网络带来的种种便利，最初上网时的惊奇与兴奋早已不见，上网成为生活中再正常不过的一件事。网络已经融入到相当一部分人生活的点点滴滴，人们甚至已经习惯到想不起它的存在。然而，习以为常后突然失去又会怎样？

几天前，家里的宽带突然没了信号，维修不利导致数天无法上网。任凭你如何点击电脑中的浏览器、QQ、MSN等和网有关的软件都显示出错。网络上各类精彩的新闻看不到；论坛中“老鸟”、“菜鸟”高谈阔论“听”不见；QQ中好友的音容笑貌仿佛都离你而去；至于网络邮箱中是否有新信件、新问候更是无从得知。此时，你才真正意识到面前的电脑与世界彻底隔绝了，成为真正意义上的信息“孤岛”。

生活中一条极其重要的信息来源、交流渠道被切断了。你会突然感到有些茫然、有些无措。连平时用来上网的时间都不知如何打发。你甚至也会怀疑原来不曾有“网络”时自己是如何度过的。网络确实给生活带来了多方面变化。

首先体现在信息渠道的多元化上。在网络出现之前，可曾有人想到我们能在第一时间获悉世间发生的重大事件？谁会想到会有比电视、广播、报纸、杂志更快的信息渠道？谁能料到人们可以各抒己见，将观点、想法实时“贴”在BBS这样的虚拟场所？更没有人想到自己的文章会发表在“网站”上。其他像网络直播、实时互动、资源共享等名词则数不胜数。利用网络可查询的信息更是浩如烟海。

其次，交流方式的改变影响更加深远。网络成为人们情感交流的新平台，“网恋”，“网络友谊”等新兴情感应运而生，某些人还因此喜结良缘或成为现实生活中的密友。远隔万里不再是交流障碍，光缆将人们紧密地联系在一起。网络成为最重要的沟通渠道之一，网络邮箱、网络聊天、网络传输等手段大大冲击了邮政、电信等传统产业。

网络的普及也催生出了职业游戏玩家、网络写手、FLASH创作人等等新职业。网络论坛所引发的“团购”风潮甚至改变了零售商固有的销售模式。至于手机、电话、用电、用水等费用也都可以在网上缴纳，在线支付的网络购物也走入了寻常人家。这些改变并非一夜促成，但它们在不知不觉中、一点一滴地渗透到了我们的生活里。

在带来极大吸引力、种种便利的同时，也有人抱怨网络使人变懒了，人的情感也因网络变得更为淡漠。有些人宁可呆坐在电脑前消磨时光，也不愿花时间精力和亲人朋友相聚，更不愿去读书看报。这导致了亲情的疏远，知识的缺乏。网络恋情很多时候也存在相当大的水分，“见光死”、“游戏人生”等情况常常出现。由于联系过于便利，这些年手写信件的人也越来越少，电子邮件取而代之。电邮缺少了纸张、油墨特有的气息，也没有了熟悉的笔迹，文字成了存在硬盘里一串串呆板的二进制代码。电子邮件来得容易，去得更快，它们也往往被人随意删除。此外，部分人过度沉迷网络也产生了焦虑狂暴等症状。还有些青少年整天沉迷于虚幻的网络世界、网络聊天、网络游戏中，难以自拔，逃避且不愿面对现实。网络的隐蔽性更被某些心怀不轨之人所利用，产生了诸如网络诈骗、网络病毒、网络色情等不健康甚至危害社会的“毒瘤”。

尽管网络也导致了这样或那样的问题，但客观地说，这并不是网络的过错。

在人类社会的发展进程中，靠着科技的力量增强，制造出了大量提高生活品质的东西，这是巨大的进步和成就。但在我们越来越依赖这些外部物质条件的同时，在不经意间，不也正在失去某些原始本质的东西吗？到了一定的时候，说不定我们又要来寻根，就像今天城里人到乡下去采摘，去吃“农家乐”一样。

2004 年 10 月 2 日

大学生真是“不孝的一代”吗

“百善孝为先”，孝是中国的传统美德。孔夫子认为孝悌是仁之基础。这表明了中华民族自古对孝的基本理解，以及孝在评判品行时的重要分量。

不久前媒体报道，一个名牌大学研究生，不顾家里生意亏本负债累累，读研期间每月拿着四五百元国家补助，还向家里要1000元生活费，隔三差五就打电话，除了要钱没别的。身为兄长甚至向弟弟、妹夫要钱，理由永远是“应酬”。毕业前，更是逼着家里凑了33万为其买房，之后仍不满意，竟声称要踩死老父，脱离关系。面对这样的逆子，老父黯然神伤，一家人默默流泪。

这一典型事例也激起了对当今大学生“孝”的讨论，有人还组织了学校调查。结果表明，绝大多数学生与父母联络是通过电话，只有极少数保持通信往来。孩子与父母的联系次数也比较有限，通常是家里来电话，孩子才“汇报”。记住父母生日，买礼物问候的更是寥寥。至于撒谎、不愿与父母交流等问题也十分突出。一些人惊呼：如今大学生怎么了？为什么如此自私？亲情在他们心中占据什么位置？这代人真是所谓的“不孝的一代”、“垮掉的一代”？

要弄清这个问题，还得作些客观分析，不能简单就下结论。

首先，信件交流减少是大势所趋，并非学生独有。电信技术迅猛发展带来许多便利，同样也使人变懒，信件业务年年下滑是不争的事实。很多人虽然愿意看到熟悉亲切的笔迹，但因工作学习的繁忙、其他方式的便利，就懒得动笔。以至于长时间不写，很多人“提笔忘字”。

学生与父母联系较少，很大原因要归咎于学习的繁忙。近年来毕业生总人数年年提高，明年将创纪录达到350万，就业压力大，竞争激烈。重压之下为了前程，学生忙于各种考证、考级，一些人从大二就开始准备考研。出国的托福、GRE考试难度更不必说。学习占据了大量时间，空闲无多。但向家里“汇报”，主题通常是学习。“重温”烦心事学生显然不愿意。而且必须承认，对社会的认识和理解，家长子女各有不同，“代沟”问题很难避免。一些学生坦言：自己已经长大，很多事应该自己拿主意。向家长倾诉既给他们增添烦恼，对自己也没什么帮助，观点差异还可能不欢而散。与其如此，不如不说。

学生们很少提父母，不愿表达对父母的情感也有其内在原因。一方面，相当多人20岁左右仍处于“反叛期”，渴望脱离父母管束，追求自我，希望独立生活。另一因素也许来自观念。如今的学生对待男女之情已很开放，可对父母的感情却很少流露。情感表达的不平衡既有传统观念的因素，也与社会开放程度有着密切联系。人们也可以想想，别说是学生，就是中年人又有多少人拥抱过父母，对他们说出心中的爱？

如今大学生与家长缺乏联系，不愿交流，更不愿表达情感，是不是就真“没良心”呢？一位大学生的自述可能具有一定代表性。他认为嘴上不说不代表心中不想。大学阶段的确部分人与家里联系少。但很多人并不自私，他们的努力不仅是为了自己，他们心中也在暗下决心，希望有朝一日能够回报父母的养育之恩。他举一个师兄为例：师兄上学时很少联络家里，从不提及父母，看不出有什么孝心。但毕业之后，他前三年工资全部用来改善父母生活条件。他们一次晚间“卧谈”无意间说起父母，室友们的情感“闸门”洞开，纷纷回忆父母养育的点点滴滴，爱之深切溢于言表。那一晚无人入眠，大家唏嘘不已。此外，叛逆终归有期限。当学生们走入社会，结婚生子，也才能真正体会到“养儿才知父母恩”的深层含义。

这位大学生的自述可能代表了相当一部分人的心态。几年前一首叫《常回家看看》的歌曲曾引起无数人的共鸣。人们纷纷拨通电话或看望父母。这也证明了绝大多数人心中从来不曾缺少对父母的爱。只是很多情况下，由于社会的压力、生活的快节奏、惰性等原因，相当多情感并未真实流露，或者说人们不会表达，很多人都将其藏在心底。这需要理解，也需要引导，不能简单地用孝与不孝来看问题。

尽管某些大学生的行径让人不快，但不能就此认为他们是“垮掉一代”。20 世纪 80 年代初，穿着喇叭裤留着“飞机头”的青年也曾被认为很“堕落”，可如今这些人依然成为国家的栋梁，社会的中坚力量。老一代人是可能对新新人类有种种看法，觉得一代不如一代，但事实证明这往往是杞人忧天。社会在发展，思想在变化，有时需要以宽容理解来包容青年人的一些问题和暂时的不成熟。个别人的极端不孝不能以点盖面，更不能说整代人有问题。当然，青年人也需反省，父母养育并不是图你挣钱回报，他们更需要的是情感上的交流和抚慰。一些人过分追逐名利，等回过头想孝敬父母时，很可能已经太迟了。

2004 年 11 月 26 日

是狗疯了，还是人疯了？

俗话说“疯狗乱咬人”。现在更邪性，狗都跑到电视台去了，咬的还是美人。

最近，成都一电视台“玩”出了新花样，找来几个美女，全身穿厚重防护衣，放出军警防暴专用犬对她们进行“攻击”，让美女在被追咬之下“比赛”谁跑得快。体重 90 多斤的凶悍狼狗咆哮、撕咬，美女们个个吓得尖叫、狂奔……煞是好看！

这样新奇刺激的“狗咬人”节目确实能吸引一些眼球，也够噱头的。

这种“创意”，让人联想起古罗马惨烈的“人兽斗”。充当“角斗士”的是奴隶、囚犯，这些人拿着盾牌刀剑被投入诺大的斗兽场，然后放出饥饿了好几天的狮子老虎等猛兽。在看台上数万观众，包括达官显贵甚至皇帝山呼海啸般的喧闹叫好声中，人兽间展开一场场殊死搏斗。血肉横飞、惨叫、咆哮、死亡、杀戮之际，看客们扭曲的心理获得巨大满足和陶醉。2000 年前的古罗马强盛、残暴、不可一世，人们也崇尚血腥与武力，并不知何为“人道”，更意识不到这有何不妥，“人兽斗”还被看作是一种“竞技”、“娱乐”。可在 2000 年后的文明社会，在素有礼仪之邦之称的中国，公众媒体却搞出了“狗咬人”的刺激节目，虽然狮子老虎换成了狼狗，角斗士换成美女，但从视觉、感观上带来的“刺激”与“冲击”，颇有些东施效颦。

显然，“狗咬人”绝非孤立。事实上，如今很多娱乐类节目都盘算着“出奇制胜”，也呈现出不容乐观的低俗趋势。前些年热衷于请嘉宾竞答得分，以竞争做看点。后来光得分不“过瘾”，都搞“臭了街”，于是得分换成得奖品、奖金，玩物质刺激。可天天“抢答”也烦人，又搞起了恶作剧，如在垃圾箱放个闹钟装“定时炸弹”，或举着块假玻璃让行人避让，而摄像机则在暗地偷拍路人被愚弄或惊惶的表情。等都玩腻了又盯上了小孩子，让儿童穿西装打领带，说大人话，装“小大人”，或让孩子攀爬冒险搞竞争，完全不顾可能给孩子造成的恶劣影响。这些招数都用过了，现在就放狗登场了。

两条狼狗都是军警防暴专用犬，据说单条价值高达 20 万。这种狗每月“津贴”、相关投入想必更不是小数。可这些花了纳税人巨资的负有特殊任务的宝贝却被用来“作秀”玩闹，警方为何答应这种无聊请求？而那些“报名”被狗追咬的嘉宾美女又是何心态？看来，电视台在社会上的种种“优越感”和诱惑力也可以让人放弃一些不该放弃的东西。

“疯狗乱咬人”。训练有素的警犬没有疯，是人疯了。

2005 年 4 月 8 日

拷问“无冕之王”的德性

人民网传媒频道最近进行了一项网上调查，引发了人们对新闻职业道德的关注。

在这项名为“你眼中的媒体”的调查中，有36%的被调查者对中国新闻道德现状“不太满意”或“非常不满意”；有70%的人认为记者最应该提高的是“职业道德水平”；有偿新闻、虚假报道、不惜手段追求轰动效应，则分别排在新闻职业道德问题的前三位。通过对被调查者职业、年龄、文化程度的分析，再联系到近年一些媒体的行为与社会反响，本次调查显然具有一定代表性，结果也并不出人意料，它实际反映出了如今社会对媒体道德、记者操守的一种现实忧虑。

应当看到，媒体与记者操守上升到职业道德高度，在中国还是近些年的事。在旧体制下，媒体并非产业，更多的是以政府喉舌形象出现，因而记者报道的“自主权”有限，涉及的问题并不那么敏感。可在社会开放程度不断提高，媒体走向市场，社会法制与民主进程不断加快，政府提高执政透明度等一系列因素作用下，强化舆论监督逐渐成为社会共识，媒体也开始“崭露头角”。一批有影响力的新闻访谈、调查类栏目的出现，不仅为各媒体树立了榜样，还渐渐肩负起揭露丑恶、报道真相、弘扬正气、仗义执言的社会职责。一时间还出现了“有困难找媒体”这样的说法。

然而，由于市场放开、各类新媒体如雨后春笋、从业者素质参差不齐，某些人的脑瓜儿也开始“活”起来。为吸引眼球多拉广告，提高发行量与收视率，挖新闻、抢新闻已是司空见惯；制造新闻、有偿新闻、软性广告也属业内公开的秘密；更有甚者，有的记者打着“监督”旗号，到处作威作福，敲诈勒索。一些地方与个人为掩盖事实真相处处讨好，更助长了一些人的贪欲。甚至还有人以假记者身份作为生财之道。

此外，媒体与记者的真实“尺度”、道德底线也逐渐成为社会焦点。例如，在房倒屋塌、一片狼藉的灾后现场，某些记者竟无动于衷地问失去家园和亲人的灾民“有何感想”；面对险境中亟待救助的人们，有些媒体却只顾抢新闻、要“真实”；一些记者拿冷酷当“严谨”的行为，引起公众不满与非议在所难免。

公众媒体必须遵循一条基本道德底线，主流媒体在新闻传播过程中也必然要有一个主流意识趋向。在经济建设大发展、传统道德与价值观念遭遇外来思想冲击的情况下，精神文明建设就更显得尤为重要。党和国家要求各级传媒“以正确的舆论引导人”的意义就在于此。

对于“无德”媒体与记者，则有赖于全社会的监督抵制，以及相关主管部门进一步加强文化执法，有效净化规范行业行为。也只有以此，才能确保社会主义精神文明建设有条不紊地前进，公民道德意识培养不断深入人心，舆论监督及民主意识健康有序地发展。

2006年1月6日

道德不能单靠老祖宗

不排队乱挤公共汽车、对老弱病残视而不见不让座、公共场所大声嬉闹喧哗、乱扔垃圾随地吐痰、踩踏毁坏绿地……这一系列时常发生在我们身边的不文明行为，与社会公德、文明新风格格不入，与城市现代化新貌更不相协调。随着"出境游"兴起，这些"坏毛病"还被一些人带到境外，搞得老外们不得不专门用中文标明"禁止、不许"。

在一些人眼中，种种缺乏公德的行为不过是"小节问题"。然而，恰恰是这许许多多的"小节"反映出一个社会的整体文明程度、公民素质及道德水平。因为自私自利容易占到"便宜"，礼让文明往往"吃亏"，"好心没好报"使一些本来文明者也自觉或不自觉地跟随恶俗。虽然各地也相继出台了不少地方文明条例，各类"专项整治"更是不胜枚举，可结果呢？往往"按下葫芦又起瓢"，"风头"一过又故态复萌。社会开放程度越来越高，经济越来越发达，为什么一些人的公德素质却没与时俱进？为什么精神文明与物质文明不那么成正比，在某些公德问题上甚至出现了倒退？

道理并不深奥。尽管中国从计划经济体制向市场经济体制转型已有多年，但各种法律制度、体制机制、社会保障至今都仍待健全完善。在集体、单位、国家曾经的“大包大揽”一去不复返，传统价值观、人生观面临冲击，上学、就业、养老、医疗全部推向市场等情况下，每个人都需要独自面对、自行承担许多压力、后果与风险，考虑个人、家庭的问题多了，公共道德、公共目标在逐渐淡化。不少人迷茫困惑，思想道德出现滑坡，拜金主义、利己主义滋生，“自我意识”膨胀，少数人甚至自觉不自觉地向社会公德挑战。

怎么办？面对道德滑坡，不少学者极力推崇复兴儒学，提倡复古，称其是重建道德伦理的重要资源手段。不错，儒家思想确有其价值，有精华可取。然而，儒家颂扬的圣人君子和“重义轻利”的价值观在当今社会已显得格格不入了，“君子小人”之辨也显得苍白无力，更何况封建社会所以尊孔兴儒，是以“三纲五常”、严密等级制度为“道德约束”，维护皇权统治的正统稳固，这与如今的法制社会提倡的民主公平等无疑南辕北辙。至于曾经被当作“文明”的繁文缛节，在今天看更是陈腐的“花架子”，只能在戏台上表演表演。

应当看到，作为社会主义精神文明重要核心的公德意识建设是一个系统工程。一方面，需要从传统文化中继承和发扬其精华，另一方面，更要从完善社会公平、法律法规、体制机制、社会保障入手，切实打击腐败丑恶，净化社会环境，有效缩小贫富差距，逐步改善解决社会各方面的不平衡现状与心态，不断在全社会强化公民意识、国家荣誉，强调民族精神与凝聚力，引领灌输先进文化与正确价值观。媒体要“润物细无声”地将公民道德意识植根于人们心中。对进城务工群体，也应给予更多关怀，破除不平等政策，还要通过宣传教育，逐步提高其基本素质。同时，还需制定相应法律法规，严格执法，惩处违反社会公德的不文明行径。

总之，存在决定意识。现实中的问题，应当从现实中找答案，不能病急乱投医。公德意识与文明新风的形成培养需要多管齐下。这是构建和谐社会必须经历、探索、不断完善的过程。如果只是把老祖宗请出来，或只靠行政命令，那未免太省事了。

2005 年 12 月 11 日

公务员做义工还是作秀?

上海市普陀区自2004年起，开始试点公务员义工制度，倡导公务员每人每年参加义工服务不少于40小时，并作为年终述职考核的参考。对此，不免有些疑问。例如：名为倡导鼓励，但又“设定”服务时间、纳入考核，这是否有违“志愿”原则？若是不具“强制性”，或考核只是走过场，又如何保证不会演变成一种“做秀”？

其实，公务员就是拿政府薪水、替政府工作的人。而薪水归根结底主要来自纳税人，也就是端人民的饭碗。因而，不管是从“为人民服务”角度，还是从“供给源头”，公务员为社会与老百姓多做些事，党员干部多承担些责任与表率，都是题中应有之义，做点义工没什么不妥。至于义工的志愿性质，也不能简单理解为“想干就干、不想干拉倒”。这实际已涉及社会责任问题，在国外甚至被上升至公民教育与义务层面。在一些国家，学生必须按规定参加相应时限的社会服务，相关表现记录则作为申请学校、升学考试的重要参照或直接记人总分。政府对公职人员有志愿服务要求的，远的不说，我国香港特区政府便是一例。港府60多个部门有70多个志愿者组织，行动不仅有计划，更有相关政策规范。此外，在某些情况下，一定时长的社会服务更被作为一种集教育、惩处、公益性于一身的特殊处理措施。因此，义工的意义与社会效果已不局限于单纯“做好事”层面。

据说，普陀区在公务员义工试点时，将辖区内经常性捐助接受点、慈善超市、养老机构、社区老年活动室均定为“义工服务基地”，让公务员结合自身实际与特长，参与整理、清洗、分发募集来的各类物品，进行助困与助学活动，对独居老人等进行精神与生活关怀，还开展了法制宣传、产品检测、假冒伪劣产品鉴别等活动，并统一制作服务记录手册，由“义工服务基地”负责人填写公务员服务质量与时间。一年多来，普陀区公务员义工已发展到1900多人，占全区公务员总数的70%以上，累计服务时间4万多小时。一些公务员表示，参加义工不仅真切感受到了困难群众的生活疾苦与肩负的责任，更体会到了无私助人后的快感，心灵得到了净化。由于公务员走出机关办公室，走入百姓中间，一些群众对公务员的看法也产生了积极变化。

对于党员干部、公职人员，通常是称“人民的勤务员”。可是如今一些公职人员的不良态度、官衙作风常常让老百姓退避三舍，干群关系紧张。有鉴于此，正在进行的先进性教育，就特别强调改变作风，实现服务型政府的建设与转变。但这需要一些制度和举措作保证，光靠号召和宣传是不顶用的。公务员义工这一举措，如果能切实落到实处，将有助于干部作风转变，有利于促进干群关系，增强政府的亲和力与凝聚力。

在河南省确山县，县委书记率队扫街也引发过“责权不清”的质疑。但在干部们坚持每天清晨扫街一年多后，当地环境卫生状况有了较大改观，老百姓的卫生习惯也发生了变化，使人感觉到“干部就在群众身边”。公务员做义工、干部扫街的意义就在于还“公仆”的本色。如果只是一时心血来潮，为了上电视报纸，那就是作秀了。

2006年1月12日

35万元一条狗和一元捐款

近日有两条新闻产生了强烈的反差。一条是浙江中部的金华市近年来民营经济高速发展，其所辖的义乌、永康、东阳更被誉为民营企业的“金三角”。其中义乌的奔驰、宝马轿车保有量居全国县市首位，永康和东阳马路上的各类名车也比比皆是。富起来的私营企业主们在玩腻了比车斗富后，又时兴起斗狗，当地一家养狗厂繁殖的藏獒受到了老板们的热烈欢迎，最近一条藏獒竟然卖到了35万元的“天价”！更有老板扬言，谁家的狗赢了他的狗，赏金一万！而今年该市因被狗咬而接种狂犬疫苗的人数多达1500多例。对恶犬伤人，富人也毫不在乎，赔点钱了事。

另一条新闻则是，在近日召开的2004年救灾行动通报会上，中国红十字会总会宣布，截至7月31日，今年入汛以来全国因洪涝、风雹、干旱等自然灾害受灾人口达7800多万，经济损失惨重，中国红十字会总会要求各级红十字会大力开展社会募捐活动，号召社会各界都“捐一元善款为灾民解难”。

一方面是私营老板富得流油，斗狗比富，“烧钱”取乐，另一方面是受灾群众急等钱救助，多么鲜明的对比！但转念一想，这样的现象还少吗？各地车展上动辄数百上千万元的名车不也早就被富豪抢光了？各地房价火箭般猛涨除了经济发展因素外，更有大款们一掷万金大批购买，以及温州炒房团的“功劳”。这些先富起来的人的“疯狂”着实令普通大众惊愕不已。与此同时中国又是一个农民占绝大多数的国家，很多农民并不富裕，有的甚至连温饱都没解决。由于幅员辽阔，每年的自然灾害都会给不少人带来巨大的财产损失和生活困难。面对这些灾民，很多富豪置若罔闻，反倒是普通百姓捐款捐物。

当然，富人们的钱只要是合法所得，爱怎么花都是个人的事，别人管不着，也用不着眼红生气。但是，富了就去斗狗，养狗伤人，甚至危害社会，引起仇富心理，这就有悖于我们“允许一部分人先富起来”的初衷。这些“斗狗”富豪的表现着实令人失望，他们没有成为社会的榜样，使更多的人富起来，反而让人担忧。他们没有把钱用在扩大再生产，捐助公益事业上，却在奢靡的物质享受上“烧钱”。物质带来的快感通常是短暂的，许多富人常常处于精神空虚状态，于是乎赌钱、吸毒、斗狗、包情妇。中国有句俗话，叫做“富不过三代”，其实，今天我们看到的是连一代都难说。一些富豪因为有了钱，吃喝嫖赌抽，不仅毁掉自己，也毁掉了儿孙。造成这些现象，除了富人们自身的素质外，也与社会缺乏积极引导有关。他们该如何寻找新的正确目标并获得成就感呢？在美国，其很多社会福利机构、公益组织、基金会、图书馆、学校、科研机构都是由富人捐款资助的。很多富豪均表示，将从社会赚到的钱，再回报给社会能给他们一种前所未有的成就感。英特尔公司的创始人摩尔就曾说过：“当看到自己的捐款正在改变他人的生活时，你会感到非常快乐，这比再多赚几百万美元还要令人愉悦。”斗狗富豪能有这种感觉吗？

应当看到，国外富豪捐助公益事业是社会大环境促成的，富人捐款已经成了一种习惯，一种时尚，一种定式。尽管目前我国也有富人捐款或进行公益事业，但并未形成规模和气候，更谈不上惯例。对此，有关部门和媒体应积极引导，扩大宣传，在人们思维中形成捐款是一种“光荣”、“高尚”、“博爱”的举动。对于捐款个人，有关方面更应给予相应的名誉奖励，媒体在年年热衷于“富豪榜”排名的同时也应增加与之相对应的“捐款榜”，在无形中形成一种捐款氛围，激发富豪们的捐款动力。此外，对于富人的高收入和某些奢侈的高消费行为更应制定相应的高税率。高收入群体从社会获得了高利益，相应的，他们也理应承担更多的社会责任。

倒是对于普通大众的捐款要求应该降低。相信很多人都有单位组织捐款的经历。这样的善举如果偶尔为之体现的是爱心与奉献精神，人们也可量力而为。但目前捐助活动正呈越来越多的趋势，除了希望工程、春蕾女童等助学项目外，在遇到洪水、地震等自然灾害时各级组织、单位都会要求捐款，有时候捐款活动一年会有好几次。某些单位更是违反自愿原则，硬性要求职工必须捐够一定数额，甚至直接从工资里扣除，这就使“自发”的爱心行动变了味。加之某些捐款活动只见捐款不见回音，对于募集善款的总额，是怎么花的，是否送到了最需要的人手中等等问题都没了下文，也使不少人对捐款活动产生了不信任和厌烦心理。

富人与穷人是社会的两个极端，在当前我国由小康社会向中等发达国家迈进的过程中，如何有效调动社会资源，改善低收入人群的生存状况，增加中等收入人群的数量是一个急需探索的现实问题。在这个过程中，调动起先富起来的人群的积极性，大力提倡回报社会，使之能为社会做出更大贡献，这将对社会的发展、精神文明的建设起到十分积极的作用。同时，有关部门对政府组织管理的基金、善款在使用和分配时也应遵循公开、公正、透明的原则，加强监督、审计，坚决杜绝腐败现象的出现。此外，筹资的机构与渠道也应呈多元化发展的趋势，应鼓励非盈利性民间组织的发展，拓宽筹资渠道，使真正需要资助的机构和个人得到更多的帮助，让整个社会健康地有序地持续发展。

2004 年 8 月 24 日

警察腰围二尺七

警察这一职业由于其工作的特殊性，除需要从业者具备一定的文化水平和清醒的头脑外，更需掌握一定的擒拿格斗技能，身手不凡才行。因此，对警察的身体素质和体能要求就比较高。

双城市的两名巡警在与一个手持尖刀的歹徒搏斗时一死一伤，反映出了巡警身体素质不强、身手不够敏捷、格斗技能缺乏等等问题。由此，哈尔滨市公安局防暴警察支队提出了“二尺七”腰围标准。具体要求是30岁以下的民警体重应在70公斤以下，腰围在2尺5寸以内；40岁以下的领导及民警，体重应在75公斤以下，腰围在2尺6寸以内；40岁以上的领导及民警，体重应在75公斤以下，腰围在2尺7寸以内。通过这一硬性规定，促使全体巡警积极加强身体锻炼，减去多余脂肪，提高战斗力，为与犯罪分子斗争打下良好的身体基础。对于那些到年底腰围仍然超标的巡警，将迫使其退出一线队伍。

对于这一新举措，人们众说纷纭。有人表示赞成，也有人提出质疑，认为这样的要求太过“死板”，太“指标”化，用体形作为唯一标准来决定一个警察的职业命运未免有失公平。

笔者认为，这样的规定虽略显“死板”，但多少还有些道理。

巡警的工作环境不同于坐办公室的内勤人员，得到大街上去转悠，这样的工作要求身体比一般人强健，否则吃不消。他们得时刻严防街面上可能发生的犯罪行为，对形迹可疑者更要密切注视，进行跟踪和盘查；遭遇犯罪分子时，更免不了要进行一番激烈的追逐。这时候如果警察肚子大、身体胖、体能差，必然跑不动、追不上，只能睁眼让犯罪分子从自己鼻子下溜之大吉；即使一旦遭遇上了，歹徒狗急跳墙，进行拼死顽抗，你的体能差了，不但逮不住坏蛋，反而被其所伤，丢大脸不说，还留下了重大隐患。这些连自身安全都无法保护的警察如何能维护社会治安？

人民警察在某种程度上代表一个国家或一个地区的形象，挺着“将军肚”的警察也可能会引发人们一系列的猜想：这么胖的警察是不是太缺乏锻炼了？遇上危急情况能跑得动吗？打得过歹徒吗？会不会是下馆子“腐败”次数太多了？等等。这些都给人民警察的光辉形象带来一定的负面影响。

还有，即便是普通人，加强身体锻炼，平衡饮食，去除多余脂肪对健康也是十分有益的，何况是特殊职业的警察。所以，胖警察们被“强迫”锻炼减肥会起到一举两得的作用，既有利于身体健康，又大大提高了自身战斗力，有什么不好。当然，这一规定还是粗线条的，只是从腰围开始。但它毕竟开始了，而且取得了效果。关于警察体能差、技能差的呼声早就有了，但如何改进却没有真切的下文。也许有的地方早就在研究科学化的完备的举措了，但却迟迟不见下文，“将军肚”还是依旧。这样看来，哈尔滨先从腰围抓起倒是来得实在，值得称赞。

其实，我们许多事情都是被“研究研究”给耽误了。如果早一点有一个警察腰围几尺几的规定，说不定现在已经有了相当科学的警察管理条文了。凡事得有个开头，开头得摸着石头过河，得一点一点地摸索。但只要行动起来，不断探索、改进，科学的完善的东西就在前头。

2004 年 9 月 2 日

万里长城永不倒吗

长城，以其雄伟气势、浩大规模，一直被看作是中华民族的伟大象征。

然而，这些年来，各种损毁、玷污长城的事却被屡屡曝出。在长城上刻字“留念”已只能算“小儿科”；城砖被当“纪念品”卖也不稀奇；拆墙回家垒猪圈亦大有人在。一些地段的长城因无人修缮，日久年深而风化，有的还被“承包”给个人搞“开发”……不久前，北京金山岭长城更出现千名中外青年彻夜疯狂，醉酒寻欢，随地便溺，遍地垃圾……

有识之士愤慨也好，媒体曝光呼吁也罢，就是无法遏制。唯一值得“庆幸”的是，北京八达岭长城1997年之后刻字量已不再增加，因为实在没有空墙砖可供“留念”了。作为世界文化遗产、世界最大室外文物的长城，竟在文明古国受此折磨，可叹也夫！

“万里长城万里长”，长城的规模、地域分布的广泛，这确实给保护工作提出了相当高的要求。而现有措施、条件的匮乏与不足怕是连基本保护需求都无法满足。事实上，长城至今没有一套较为准确且能不断更新的全线情况资料。管理上是地方各自为政，毫无秩序章法。有钱、保护意识强点的，也许投个“仨瓜俩枣”；把长城当“摇钱树”的，则承包经营、胡乱“翻新”，甚至在长城上盖餐厅、修烧烤馆；更多的长城是没人理也没人管，被放任“自生自灭”。中国长城学会一项调查显示，仅历史最近的明代长城，墙体保存较完整的已不到20％，有明显遗址的不到30％，“万里”一说实际名存实亡。

长城虽然名气很大，但它既非帝王宫殿陵寝，也不是皇家园林，从秦代出现起，不管修建还是守卫，自始至终都只与平民百姓、下层士兵乃至囚犯有关。加之地处边陲，御敌挡炮之用，对许多人几乎没有神秘可言，更别说“珍贵”。就连千古传说“孟姜女哭长城”给人留下的都是平民的心酸与痛楚。特殊的“功能定位”与各种客观因素，也使不少人对其缺乏敬畏与保护概念。在“一切向钱看”、许多规章尚不健全的转型社会，漫长而不能带来经济效益的不知名长城段落，则被一些人看成是一片片破烂“废物”，于是乎拆砖卖钱、盖猪圈，搞起“废物利用”。

只有少量的长城段落，比如八达岭、慕田峪长城，因名头响、位置好受到中外游客的青睐，外国元首访华也无一例外地会去参观，其保护、修缮相对好一些。可游人如织，人满为患，长期超负荷地承受无数游客的踩踏磨损，处于极限的边缘，那实际上也是一种损坏。

“万里长城永不倒”。歌是这么唱的，实际却令人担忧。堪称世界一大奇迹的长城，曾见证了中国2000多年的风风雨雨，以及一次次的巨大历史变迁，对中国，对世界都是一笔宝贵文化与历史遗产。能与长城齐名且保留至今的世界著名古迹更是凤毛麟角。拥有它，我们本应无比自豪，且对其呵护有加。如果连我们自己都不去珍惜与保护，也就难怪在金山岭长城上干出放肆、龌龊之事的老外们把那种亵渎“快感”当作“终生难忘的回忆”了。

2005年8月18日

为啥要“虎口锯牙”

有报道说，一家野生动物园将华南虎满口利齿从根部齐刷刷锯断，露出惨不忍睹的牙髓来。

虎口锯牙，因为该野生动物园有个特色项目——抱老虎、狮子、黑熊照相！狮子、老虎被铁链拴在小床上，无精打采一动不动等着“合影”，只要游客愿意掏钱，不光老虎屁股能摸得，还可以大摇大摆骑老虎“摆 POSE”，过把武松瘾！老虎没脾气了，牙都给锯了，还有什么威风，老实呆着吧！据说，每天“卖艺”后，这些动物还要被关进无法转身的狭小笼内。狮子因为总用头撞笼子，脑袋都被撞出了血。

“百兽之王”竟落得如此下场，让人唏嘘，更让人叹服商家赚钱的挖空心思与残忍。事实上，为吸引眼球，让猛兽“演节目”、“玩花活”在不少野生动物园已司空见惯。诸如骑老虎、抱狮子这类“新项目”近年已呈大增之势。老虎狮子之所以老老实实配合，据说是因为天天被打镇静剂，长期“镇静”，能不老实？比起那些被养来抽胆的熊，不仅被关在黑暗狭小的笼中，还常因抽胆汁吓得大小便失禁，彻夜哀嚎，忍受不了折磨的甚至自残暴毙，被锯牙的虎爷们已算在天堂了。

今天，许多人生活富裕了，想着怎么好玩，猎奇心理很强，喜欢“狮牛大战”的刺激，还要过“武松打虎”瘾。前两年甚至还出现过硫酸泼狗熊“试验”。本来只具清热解毒、镇静止痛、平肝明目功效的熊胆，被吹得神乎其神，甚至说能治癌症，因而需求量大增。吃腻了山珍海味的富哥款姐，盯上了熊掌、天鹅等“野味”。于是乎，一些人满足了猎奇欲，一些人赚了个盆满钵满，倒霉的只有那些“人类的朋友”了！

据统计，1993年以来，我国已建成近30家野生动物园，数量已是美国的5倍！这么多野生动物园不仅占据广大土地，还得搞众多动物在里面“野生”，日常开销十分惊人。各地传统动物园数量未减，新建野生动物园暴增，相当一部分赢利性野生动物园因竞争激烈，游客稀少，入不敷出，以至巨额亏损。动物们因缺少专业饲养，缺吃少喝，大批饿死病死，甚至发生了经营者欠债失踪，整园动物“自生自灭”的惨剧。

现在都在说“动物是人类的朋友”。发达国家对动物权益的重视，以及“反虐待动物法”、宰杀必须“快速无痛苦”等规定，都表明善待动物、合理利用动物体现出的是一个社会的文明程度。尽管我们在物质条件上与发达国家存在差距，但善良与同情之心不该有差距吧？此外，建那么多所谓的“野生”动物园，不仅是“挂羊头卖狗肉”，更浪费消耗了巨大的土地与资源。而对动物最感兴趣、也最愿意去动物园的群体显然是儿童，成年人如此残忍虐待动物，从中谋利取乐，会对孩子幼小的心灵、今后行为产生怎样的影响？

关于此次老虎锯牙，当地林业局野生动物保护办公室表示要马上调查，但称如果老虎没致残或死亡，按《野生动物保护法》很难对责任人进行惩处。据国家林业局动植物保护处一位人士介绍，法律中没有对虐待动物、摧残动物等行为的惩处内容，目前至多就是批评教育。

然而加强动物保护意识、制定相关法律是那些“有关部门”的职能，他们而不能光拿旧条文说事。

2005年11月2日

“有奖让座”两面观

据报道，绍兴市公交总公司将从4月1日起，实施名为“文明乘车爱心卡”的活动，旨在鼓励市民主动让座。今后，凡在该市200余辆有人售票公交车上，为“老弱病残孕及怀抱婴儿者”主动让座，可向司乘人员领取“爱心卡”一张。集齐10张可在公交IC卡充值点获得5元钱充值；一年内累计50张还将奖励面值26元的公交IC卡；100张可评为年度“爱心乘客”等等。

“有奖让座”消息一出，争论就来了。不少人指责这是“给爱心标价”、“花钱买道德”。浙江一家网站还发起投票，近3500名投票者中，82.9%认为此举是对让座这种无私行为的“侮辱”。

批评是在情理中的，高尚的文明道德怎么能有奖销售呢？文明无价，爱心无私！不过，为什么公交公司要搞这个活动？如果现在为困难乘客主动让座已是风尚，文明之风扑面而来，谁会吃饱撑的弄这个？现实情况是让座已“过时”，有困难乘客常常被视而不见，甚至请求帮忙都会遭白眼。抢座已成风，让座像“傻冒”。更有人奚落说，有困难去“打的”呀，干吗挤公共？回想80年代以前，那时主动让座被认为是学雷锋，是美德，人们争着干，没准还能收到表扬信。

近读北京十月文艺出版社出版的《张友鸾随笔选》，看到1963年6月张先生在香港《文汇报》上发表的一篇文章，题目就叫《让座篇》。文中说，“在北京，公共车辆上让座的风气，解放后十多年来，已经养成而且巩固了。伤残者，孕妇，看得出来的病人，携抱婴孩者，加上老年人，上车准有座位。”张先生说，早几年，还要售票员高喊一声让座，后来就主动了。他因为留了白胡子，每次都有人让座，有时竟有“两三个甚至四五个人”同时让，弄得他很不安，于是采取了“对抗”办法：改走路，“不搭三站以上，决不乘车——为了怕人让座而不乘车，说起来怪可笑，然而这是事实。”张先生生于1904年，是个民主人士，著名报人，他对新中国的看法完全是凭自己的眼睛。他说的情形还是在学雷锋以前，相信所有经历过那个年代的人都会证明这一点。按说，如今社会各方面日新月异，生活、物质条件极大改善，人们的思想境界、道德水准理应更高。但屡见不鲜的各种不文明行为，表明精神文明并没有与物质文明同步。让座问题实际只是社会风气不正的一个侧面。

原因肯定是多方面的。首先，由于市场经济对人们观念上的冲击和影响，人们不再羞于表达对利益的渴求。向钱看，无利不起早成为一些人公开的态度和处事准则。不能带来任何回报的公益行为、公德心，对这些人显然没有吸引力。其次，现在的社会也极其现实。像上学、就业、失业、乃至生病等很多问题，或是缺乏规范合理秩序，或充满残酷非正当竞争，各种保障也很不健全。社会对人的认同，也更侧重工作如何，学历高低，收入怎样。“好人”这一概念经常显得“苍白”而“无足轻重”。好意帮忙反遭讹诈的事也使好心人寒心，旁观者更加冷漠。这些因素造成一些人道德是非上的困惑与迷茫，自然而然也体现在公共行为当中。

社会公德是个大环境问题，要改变绝非一蹴而就。具体到“有奖让座”，本意是积极的，倒也不是图“噱头”。因为这除了给公交公司、司乘人员添“麻烦”，没任何“油水”捞。但公交公司的想法明显理想化、简单化。真心让座的，是道德、爱心在驱使，奖5毛钱确有“败兴”之嫌；而压根不想让的，“让座费”也远“动摇”不了其沉重的屁股。何况有多少人好意思去要那“爱心卡”？这摆明是有所图，要遭人白眼。激发热情不但是一厢情愿，还可能造成让与不让都尴尬。担心有人借抢座赚钱更让人感觉滑稽可笑。有好的动机，还要探索什么样的方式方法才可行。

2005年4月3日

李逵做广告

只要您打开电视，翻翻报纸，甚至是出门遛个弯，都能看到铺天盖地的广告。广告宣传的产品各不相同，宣传形式也多种多样，但有一样却是很普遍的，那就是名人广告，借“名人效应”推销产品，既然名人都说好，你还能不信?

既然涉及的是产品或商家提供的服务，就有可能存在质量问题或顾客不满意之处。如果宣传的仅是服装、鞋帽之类看得见摸得着的一般日用品，人们还可以鉴别质量优劣后再决定购买与否。但怕就怕有些要试过之后才知“效果”的产品和服务。许多商家也正是利用这一点进行欺诈或虚假宣传，加上明星“煽风点火”，不少毫无效果的产品和服务也就堂而皇之地进入了市场。也正因如此，当产品、服务出现问题时，人们必然首先想到上了名人的当。有些人花了数千甚至数万购买名人推荐的减肥药、保健品，接受医院的治疗，到头来不仅没有任何效果，有的还对消费者的健康产生了极大的副作用。因此，在近年来消协受理的投诉中，有相当一部分是涉及名人的虚假广告，而且还呈现上升的趋势。近日北京市消费者协会就这一问题，专门向做广告的明星、名人们发出了一封特殊的公开信。在信中提醒名人明星珍惜自己的荣誉和形象，提高对社会应承担责任的意识，不要无根据地以自身为例向广大消费者推荐产品或服务……

人们对明星做虚假广告不满甚至气愤完全可以理解。在明星们张张嘴，摆摆姿势就往兜里大把装钱的同时，有多少人因此而受骗上当？表面看来明星出“力”，厂家付“劳务费”，可实际上还不是羊毛出在羊身上，全都是消费者的血汗钱！单纯的虚假广告，其影响力、可信度都有限，正是有了明星名人的“助阵”，欺骗性才更强，“可信度”才更高，虚假产品才大卖特卖。从某种意义上说，明星就是“帮凶”。所以出了问题，消费者不找你算账才怪！但是由于目前法律、法规的不完善，虽对广告商、广告公司等机构有相应条例进行约束和处罚，可对出演虚假广告的明星该承担什么责任却没有认定，也造成了目前对名人广告难以管理的状况。北京的那封公开信实际也属于无奈之举，只能期望明星们自律。

当然明星们也有自己的说法，认为拍广告是厂家邀请的，是正常的商业行为，出了问题，找厂家，与我无关。我也不知产品、服务有问题，我还受了“蒙蔽”呢！我这么忙，哪能有功夫去调查研究产品到底是真是假，广告词也是人家写的；再说，我的各种活动、商业行为全部交给经纪人去打理，有问题的话也应该找经纪人或律师谈。说得多么轻松，俨然一副全有理的架势。但人们只要质问他一句话：这东西你没用过，没吃过，你就楞说亲身体验过，效果就是好，劝人赶快去买，你这不是欺骗吗？

记得 20 世纪 80 年代末，老艺术家李默然也曾为“三九胃泰”做过广告。当时在社会上引起了强烈反响，很多人都不能接受、表示愤慨，谴责他怎么能“堕落”到这个份上？这事放在今天恐怕是再正常不过了，但李默然为了保护自己在观众心目中的形象，不仅道了歉，也再没拍过广告。其实，那时他是为一个戏剧节拉赞助才同意拍广告，而且他本人也服用过该药，觉得有疗效，报酬也仅为一台700元的小录音机而已。前几年，一名高考状元，被一家保健品厂商看中，请他拍一广告，就说是因为吃了这家产品才脑瓜灵活、智商大涨考中状元的。这个学生家境贫困，面对百万广告费却没动心，他的理由很简单：不能出卖良心！

2004年9月3日

别让富豪牵着鼻子走

6月3日至5日，号称是亚洲首次举办的顶级奢侈品展览——2005上海国际品位生活展登陆上海国际会议中心。主办方英国Shorex公司此前宣称，将有法、意、英、美等国众多顶级品牌参展。从私人飞机、豪华游艇，到钻石珠宝、时装名表，以及世界著名投资理财公司、贵族百货……凡与有钱人沾边的都应有尽有，其规模、奢侈度可与著名的摩纳哥顶级私人物品展媲美。受邀嘉宾据说有2000人，且身份保密，绝对是各界大腕、款爷、富姐。但真正开展后，富人们却发现，展览是“雷声大雨点小”，仅960平方米展厅只有两辆兰博基尼、一辆卡迪拉克跑车在撑门面。游艇、飞机、高级时装都没影。珠宝展区最显眼钻戒不过三千多美元。众多“钓足了胃口”、甚至从台湾专程飞来的富人均表示，奢侈度远不够“级别”，言过其实，令人失望。

“奢侈展”为啥虎头蛇尾，外人无从知晓。可单就主办方大张旗鼓造势，又选定中国发展龙头——上海作亚洲首展地，则充分表明老外已瞄上了中国富人的腰包。而随着经济高速增长，中国的奢侈消费也的确呈迅猛增长态势，目前已占全球奢侈消费量3%，“荣登”世界第六大奢侈品消费市场宝座。2002年才进入中国内地的宾利汽车，已创造了总销量亚太地区第一、销售增幅全球第一、宾利728销量全球第一“三连冠”！据贝纳通、保罗等品牌分销商“迪生创建”统计：该集团全球有390家店铺，中国内地就有140家。此外，像价值百万的劳力士表，500万钻石、几十万的胸针也是频频登陆。以此看来，中国奢侈潜力好似“无可限量”！

奢侈品最大消费群体自然是富人，中国富豪对奢侈的顶礼膜拜、慷慨解囊却很值得深思。随着社会转轨，一批中国富豪也“横空出世”。这小部分人暴富速度之快、掌握社会财富比例之巨令人惊愕。迅速暴富凭什么？相当一部分靠的是钻政策空子、投机、国企改制、权钱交易等“秘诀”。财富可以快速敛聚，可文化修养、个人素质却无法速成，于是“小人诈富”，钱来得容易，挥霍也就潇洒，显摆、斗富、提升“品味”，最简单办法就是“追名牌，求最贵”！凡见那浑身珠光宝气，一身国际名牌，奔驰、宝马开着，甭问，那就是“土豪”无疑。而且，财主们仗着有钱有势还爱充“大瓣蒜”，其庸俗与嚣张与其“肥油”成正比，常令路人侧目。众多“宝马闹事”就是他们典型杰作！

当然，一些媒体的推波助澜也功不可没。艰苦朴素、勤俭节约老掉牙了，媒体追逐的是北京“贡院六号”的主人，千万名车的买主，境外休闲游的潇洒。翻开瑞丽等时尚杂志，模特光鲜外表下，哪件服饰、鞋帽不得个万儿八千块。想跟潮流，讲时尚、品味、情调，那统统都得用钱堆！天天耳闻目染，普通人、尤其某些自制力低下又毫无“实力”的青年，也开始相互攀比，向奢侈看齐。诸如钱包里的钱远不如钱包值钱已是奢侈“常见病”。一些人不惜向父母要钱，找人借钱，搭上数月工资也要“名牌”与潇洒。手机、数码产品常换常新，“月光族”透支、借贷如“家常便饭”，拜金主义，迷失自我，物质人类……

其实，中国还是个发展中国家，富翁只是极少数，巨大的贫富差距尽人皆知，而且已带来了不少社会问题。相比不少外国富豪牛仔裤T恤衫的不喜张扬与乐善好施，多数中国富人只会给自己“贴金”，公益上“一毛不拔”，其掘取社会资源之疯狂，生活之奢靡，对困难弱势之无动于衷，正在导致“仇富心理”的漫延。一味贪图奢侈与虚荣，以此炫耀、争面子、发泄内心郁闷，已是一种病态。奢侈具有极强传染、上瘾性，很容易导致一定范围内群体性心态失衡，严重的还会发展为心理畸形。因此，对奢侈消费应在宣传、引导上采取严格控制和“降温”，别让少数富豪牵着鼻子走。

2005年6月9日

精明的犹太人如何花钱

如今人们总在说赚钱不易、致富难。其实花钱也不易。

不久前，20多名温州商人集体加入一私人飞行俱乐部，随后又传来22个温州老板一次性“团购”了22架私人飞机，总金额达1.332亿元！对此，老板们表示，可“提升公司整体形象”、“提高自身生活品位”、“休闲放松开开飞机也是有必要的”。按说，花自个的钱，想买什么就买什么，想怎么花就怎么花，别人管不着。不过，人们还是在议论，总觉得这有点洋洋得意的炫耀成分，缺少品位。

由于中国某些地区发展较快，富人相对集中，他们联手炒房、炒楼、炒煤的声名远扬，有好事者已开始将这些地区的富商与“世界上最会赚钱”的犹太人相提并论，好像中国已在形成以地域为代表、以群体为特征的“智慧人群”。尽管处于“圈内”的富人们对此一直“不置可否”，可沾沾自喜者却不在少数。

那么，“世界上最精明”的犹太人，究竟是如何看待财富的呢？

被犹太人视为智慧圣典的《塔木德》曾说过：赚钱不难，花钱不易。犹太人认为，赚钱与花钱只是同一规律的正反互换，如果不懂得如何支配财富，有钱后反而会比没钱时更缺乏安全感。在犹太人看来，要想成为富人，首先要懂得布施，做精神上的强者。帮助比自己更困难的人，会使心胸变开阔，获得更大的信心与成就感。也只有心胸开阔者，才会赢得人们的信任与接近，获得更多机会与伙伴。而那些只有贪欲的人，不可能成大器，或者至多得一时之利，却赔上长远之益。犹太人还认为赚钱应是种享受，但这不是简单从物质中获得，而是要从财富中拿出一部分服务社会，助人以获得最大快感。而在“二次社会分配”中，2000多年前犹太民族就把“捐献 1/10 的收入”列为“上帝的法律”，即使在大流散岁月也从未中断。对他们而言，这是必须履行的“公共义务”，根本没有“慈善”的说法。

当然，世界上对犹太人也存在这样或那样的议论，有人指其只对“自己人”慷慨，但犹太人能够随社会同步发展甚至超前，使本民族保持活力，一代又一代掌握着占世界相当数量的财富，甚至战乱中差点被“屠杀殆尽”之后又能迅速恢复“元气”，这显然与其思维方式、处世哲学紧密相关，值得其他民族揣摩研究。

且看如今中国相当一部分富人，则是比着赛着买名车、购豪宅，奢侈消费打着滚地往上翻，在福利、慈善中却是一副“侏儒形象”，成为许多人非议的话题。这与犹太人的处事哲学相去甚远。事实上，相当一批富人越是渴望以华丽“羽饰”张扬炫耀，由“宝马打人”、“不爽闹事”显示“身份”，越是暴露出其内心的空虚、躁动不安以及因为上不了“台面”的敛财“历程”，而萌生的无法言表的惶恐。

在当今世界，中国商人学习国际经商之道不难，用起顶级品牌也不用人教，开飞机、甚至上太空想必更会成为今后最显“实力”的花样，但相比欧美等国的富人热衷慈善事业，把社会责任视为义不容辞的荣耀，理性对待遗产的情怀，有多少中国富人能理直气壮？

这些年在宁波，一个叫“顺其自然”的名字可谓家喻户晓。1999年到2005年，每年12月，宁波市慈善总会都会收到来自“顺其自然”的捐款，总额已达117万元！7年来，没人知道“顺其自然”姓甚名谁。可在这位神秘客善举的带动下，当地“隐形”社会慈善能量却在不断积聚。2004年，宁波市共募集善款4亿多元，占浙江全省善款的40%还多！还有，去年底，由中央直属机关的共产党员带头掀起的向贫困灾区群众送温暖的活动，只几天的工夫，就捐钱1亿多，衣被价值上千万。相比起来，中国普通人的善举往往更让世人感动。捐多捐少并不重要，重要的是“顺其自然”，体现一种人生态度。

2006年1月1日

“现代窦娥冤”与“疑罪从无”

《窦娥冤》的故事尽人皆知。这两天，一场“现代窦娥冤”引起人们广泛关注。

起因是，河南荥阳警方抓获一名可疑男子，经审讯，这个叫王书金的人交代了曾在河北广平等地奸杀4名妇女的犯罪事实。但当广平警方将其押回，前往作案现场指认时，却得知这起奸杀案早已被当地警方“告破”，“强奸杀人犯”聂树斌10年前就被枪毙正法了！

显然，这是一起典型的冤假错案。真凶做梦也想不到会有“替死鬼”已代他受过。对奸杀案的“告破”，当时的办案民警、主审法院庭长均称时间太长，想不起细节。法院办公室也说已找不到案件记录。冤案来龙去脉似乎无法知悉。但苦主聂树斌母亲的回忆却提供了一些线索。儿子的律师曾告诉她，儿子说过是在被殴打后，受不了各种审讯方法才“招认”的。

一起10年前的重大冤案今日方得昭雪，让人既愤怒震惊，又为冤死者悲哀不平。这起冤案更暴露出目前某些司法机关在执法、侦察、审讯过程中存在的一系列严重问题。

首先，从权责分配角度看，公、检、法三部门分别肩负破案搜集证据、根据犯罪事实提起公诉、审判三大职责。三部门各自独立，本意是明确责任，相互制约监督，防止权力滥用。根据传统，三方又十分强调相互配合，协同作战。三方建立彼此信任，的确提高了办案效率，实现了司法统一，但问题也显而易见。因为，过于一致、过于互信会极大减少“不同声音”，削弱监督力度。侦察、公诉机关出于职业习惯和惯性思维，又往往会对嫌疑人产生“有罪”认定。假如法院与之思维一致，或碍于面子，嫌疑人就将处于极其不利的境地，很可能遭遇各种不公正对待。

聂树斌因何证据被抓已无从得知。既然不是他干的，他显然交代不出“犯罪动机”和“犯罪事实”。在严重刑讯逼供、屈打成招之下，“证据”也就毫不可靠。一些办案人员由于自身素质不高，手握执法大权盲目自大，平时就在地方“称王称霸”。加之为完成“办案指标”，不少公安机关将结案数量直接与考核、奖金挂钩。“有罪”思维作前提，利益挂钩促使警方追求“速战速决”，知法犯法导致刑讯逼供、诱供变得理直气壮。本案律师明知当事人被严刑逼供，可能出现屈打成招，却未能采取有效措施，维护当事人合法权益，也让人对“律师辩护”产生了“摆设”、“走形式”的怀疑。

这一案件也引发了“疑罪从无”、“有罪推定”这两个概念的思考。过去的有罪推定、疑罪从轻思路为：宁可错杀、错关一猫，也绝不放过一虎。猫是承受了莫大不公，但从司法角度会认为“谁让你长得像虎”?“牺牲”个体保全公众，比起放虎归山，是两害相权取其轻。这其实是对个体权益的侵犯，对人权、人性的蔑视。不少冤案也让越来越多人感到其后果的严重，给冤枉者及家庭，在精神、肉体上带来巨大摧残和永久伤害，导致公众产生厄运可能也会降临自己头上的恐慌。正因如此，修改后的《刑事诉讼法》正式确立了“疑罪从无”这一原则。因为法律只讲证据，遵循公平公正，法律面前人人平等。疑问不能定罪。从“有罪推定”到“疑罪从无”，体现出的是与时俱进，是对人权的尊重。当然，“疑罪从无”或许使个别有罪之人一时逍遥法外，但毕竟还可以继续侦察，有罪推定如果导致的错判错杀就无法弥补。

然而，本案虽发生于《刑诉法》修改之前，没赶上“疑罪从无”，但这丝毫无法掩饰有关人员错抓好人，在证据严重不足、漏洞百出的情况下，刑讯逼供，屈打成招的恶劣事实。冤案被揭露后，“侦破”案件的石家庄警方以及公诉机关和主审法院均没任何动静。对冤死者漠视至此，不禁让人愤慨不已。

本案假如真凶没能缉拿归案，又或者他并未供出所有犯罪事实，那这一冤案将永不能昭雪，冤死者九泉之下永不得安宁，其家人将永远背负强奸杀人犯亲属的骂名。“强奸杀人犯”聂树斌真正是“比窦娥还冤”！

愿这一悲剧能唤起执法者的良知，有关部门也应对案件进行彻底调查，相关责任人受到应有严惩，更应给予国家赔偿，还世人和家属一个公道。此外，人们更衷心希望“疑罪从无”原则能早日得以全面贯彻，现代窦娥冤的悲剧不再发生！

2005 年 3 月 17 日

关注 2000 万“留守儿童”

就在城市中农民工现状一次次拷问社会之时，农村“留守儿童”现象也开始进入人们的视野。相关调查显示，由于 1.2 亿中国农民常年在城市务工经商，留守儿童数量已高达 2000 万左右！

城里宝贝儿也好，农村娃娃也罢，只要是儿童就会依赖父母，需要父母从情感到物质上的呵护与照料，这是人之天性。天下父母谁不爱自己的孩子？但由于种种原因，中国农民涌向城市寻求出路与发展成为了一种必然。与此同时，受户籍、经济、居住等因素制约，许多农村儿童却不能随父母一同前往。在有的地区，父母外出而与爷爷奶奶或其他亲属生活的留守儿童达 7 成之多。这是中国转型期的一大景观。

尽管家长在外打工挣钱能为“留守儿童”在吃饭、穿衣、上学上带来一定保证，但由于交流、联络极为有限，孩子们实际也失去了最为宝贵的父母之爱。许多农民工为了节省往返路费、多赚些钱，一两年不回家已十分普遍。有的孩子甚至数年见不到爹娘。漫长的期盼与等待中，记忆中父母的音容笑貌逐渐消逝殆尽，爸爸妈妈对于许多孩子已仅是一种称谓。不仅如此，正处于身心成长最重要阶段的留守孩子普遍存在孤僻、交际自控能力差、自由散漫等心理障碍或缺陷，甚至感觉遭遗弃，对社会产生逆反和仇视。于是在留守儿童中出现了许多小偷小摸、打架、电子游戏成瘾、抽烟、喝酒等不良行为，有的甚至沦为“野孩子”。

显然，孩子是不幸的，也是无辜的。“养不教，父之过”用在这里也不准确。事实上，进城的农民始终无法摆脱“二等公民”处境。官方称谓“流动人口”，直白说法“盲流”，城管说其“影响市容”，警察的最后结论是“社会不稳定因素”。由此，农民工遭歧视、许多权益受侵害已尽人皆知。城市喧嚣对他们真正是“过眼云烟”，能自己“安身立命”已属不易，哪还顾得上孩子？当然，有点“根基”后，也有务工者开始拖儿带女。但因异地借读、赞助费、各地教育差距、学校冷眼，农村儿童往往是被拒于城市校门之外。人们通常看到的是，在脏乱差的城乡结合部，大孩带小孩街上四处跑；卖菜商贩旁站着流着鼻涕、两眼无神、无所事事的外地小孩；有的甚至被人利用乞讨、强行卖花、卖盗版光盘、甚至偷窃。显然，即便是进了城，农村娃的境遇也很堪忧。

数以亿计的农民工进城，在为自己拼搏奋斗的同时，也为城市发展做出了巨大的贡献。如此大规模的劳动、生活迁移现象也是世界任何国家都不曾有过的，包括留守儿童在内的诸多衍生问题也毫无经验可供借鉴，而诸多问题更环环相扣，虽被呼吁不知多少回，可现实的回复依然是只能等待。这一过程中，2000万留守、城市“黑户”儿童却在一天天长大。特殊的社会成长环境、心理茫然压抑，潜移默化地对这一个特殊群体产生了什么样的影响？不远的将来，长大后的他们又会给社会带来怎样的影响？确实令人关注。

一些相关部门、有识之士已意识到问题的严重性。诸如民间组织的送温暖、对口结队帮扶、团聚夏令营、民工子弟学校、父母子女电话热线、留守家长培训等等，已在试图缓解部分孩子的心疾与现实需求。但更多农村娃显然还没这福分，一些措施终归也只能算权宜治标之计。问题真正的解决，不仅需要政府、社会给予更多关怀与支持，在农村娃城市入学、权益保护等方面制定落实平等措施，创造基本条件，更根本的则仍旧归结于一点，那就是“农民不等于公民”在观念、制度上是否真能有所突破和改变。

2005 年 9 月 2 日

北风吹不走的“丐帮”

对于城市“丐帮”这一群体，有人说影响市容，有人指责不劳而获，当然更多的人是同情和怜悯。但不管怎么说，流浪乞讨作为一个古已有之、各国均有的极度弱势群体，的确是客观存在不容回避的社会现实。2003 年的“孙志刚事件”曾引发过巨大社会反响。由此，实施 21 年的《城市流浪乞讨人员收容遣送办法》“寿终正寝”，代之以《城市流浪乞讨人员救助管理办法》。从“收容遣送”到“救助管理”，强化了政府的救助责任和义务，废除了行政部门剥夺限制公民人身自由的权力，对救助则提出“公开、自愿、来去自由”原则。

据报道，针对近期全国范围大幅降温，各地警方与城管或开展“温暖行动”，或四处寻找流浪乞讨人员，劝说其接受救助。然而，人们仍能不时在街头看到乞讨者瑟瑟发抖的身影。相关部门的工作力度我们不得而知，而透过记者镜头，一些流浪乞讨者似乎对救助并不积极，时常采取躲避态度。他们宁愿蜷缩在寒风凛冽的桥洞、路边，也不去暖和干净、提供热饭热菜的救助站。

这个中原因想必是多方面的。一是乞讨者对《救助管理办法》未必了解，见到警察、城管也有畏惧心理，执行多年的“强制收容遣送”更会在相当长时间内令其仍“心有余悸”；二是目前救助站的救助期一般最长不超过10天，这对流浪乞讨者仅是“权宜之计”；三是某些地方“救助、温暖、护送、打击”的口号，颇具“胡萝卜加大棒”意味，这让乞讨者容易产生戒备怀疑心理。

当然，救助站遇到的问题同样不少。据说，如今居然出现一批所谓的“跑站”，这些人钻救助政策的空子，不仅到救助站骗吃骗喝，还想方设法骗车票，有的转手倒卖牟利，有的则在短短数月便把全国大城市“跑个遍”，免费旅游。有的拉帮结伙后，骗救助还成了“团伙事业”。还有的打工者，并无经济困难，可一到年节前就往救助站跑，声称“钱丢了”，要求救助。对救助站来说，这些人都是自愿来的，能不“救助”吗？这些招数还真让有关部门头疼。

其实，《救助管理办法》只是一种临时性社会救助措施，旨在使受救助者能自食其力或返回住所。然而，目前城市中相当数量的流浪乞讨者，却并非仅是“一时无着落”，他们之所以从农村或老家来到城市，就是要以乞讨、拾荒为生，部分人甚至还以乞讨作“生财之道”。因此，才会出现真正的流浪乞讨者不愿去救助站，反倒是那些“不该被救助者”频频“造访”，骗吃骗喝骗车票。

显然，《救助管理办法》的确在观念上有所突破，体现出了公共政策制定上的文明进步与人性关怀，但它的作用仍十分有限，不可能解决城市流浪乞讨这一社会性问题。如何探索建立一套行之有效的，包括救助服务、技能培训、心理辅导在内的机制，尽可能使流浪者能自食其力、回归社会，才是关键。而对那些流浪的残疾人、老年人、未成年人更需地方政府提供必要的社会救助与保障，使其能够在家维持基本生活，获得应有的义务教育等。这当然需要时间。不过，眼下就可行的是鼓励民间组织、宗教团体、慈善机构建立类似“食物分发”的长期机制，这也是许多国家的通行做法。只有通过多管齐下，给予乞讨人员应有的人格尊重与人性关怀，多做实事，流浪乞讨问题才可能得到逐步缓解。

但愿北风吹过的街头，少一些“丐帮”！

2005 年 12 月 16 日

刘邦的“养老工程”

最近，继上海、北京等城市之后，深圳也在酝酿建设市级的高级“老人公寓”。而且，全国不少城市都在兴办。高级“老年公寓”多配有独立的厨房、卫生间、全套家具以及冰箱、空调、电视、电话等等。

根据国际惯例，世界上将60岁以上人口占总人口比例大于10%或65岁以上人口超过总人口7%的国家称为老年型国家。我国在1999年就够老年型国家的格了。2000年，我国60岁以上老年人口就达到1.3亿，是世界上老年人口最多、增长最快的国家之一，因此，人们越来越关注养老问题。此外，由于独生子女政策的实施，不少城市都将面临一对夫妇要赡养四位老人的社会问题。由此，有人提出了社会化养老的方案。加上近年来人民生活水平的提高，高档“老人公寓”就“应运而生”了。

然而，这种高档“老人公寓”却受到冷落。山东威海的高档“老人公寓”，去年11月一期工程交付使用以来，能容纳160位老人的公寓只有18人入住，而且还多是外地人。面对三期工程完工后将达到的600张床位，公寓负责人十分苦恼。这种情况当然不止威海一地。

高级“老人公寓”不受欢迎的原因，一是与传统观念发生冲突。中国自古以来都是以孝为先的，很多儿女不愿将老人送入公寓，认为这是不孝的表现，是在丢“包袱”，怕被人说闲话。而不少老年人也不愿意去，觉得自己有家干吗要离家，甚至有的认为住老年公寓就意味着“悲惨”生活的开始，去“等死”。

其次是不习惯，容易孤独。老人公寓通常都坐落于郊区，住进去的老人基本处于与外界隔离的状态，只能盼着儿女在节假日来看望。即便老人之间可以有些交流，气氛也显得沉闷。巨大的空虚感和孤独感让他们感到郁闷，能不去当然不去。更何况高级公寓收费高，一个“床位费”在800～1000元，对于退休金不高的老人当然不是一个小数。

在家养老，由于十分熟悉的周围环境，给老人一种亲切感。邻里、朋友之间的交流也能缓解老人的空虚。在社区中时常可见的孩童、青年人的嬉戏场面让老人置身其中，感觉自己也显得年轻，得到心理上的满足。而且，扶老、助老也是我国的传统美德，让青年人在社区中帮助老人不但是对他们的一种教育，还能使老人从中体会到社会的关爱。不仅如此，不少老年人每天早、晚还在公园、小区参与各种各样丰富多彩的健身活动，这些活动不仅促进了人与人之间的交流，对健康更是大有益处。此外，住在城里，子女看望方便，亲情同样给老人带来无限的快乐和满足感。这些良好的心态和感受正是健康、快乐晚年所必需的因素。因此，许多专家指出，社区化养老才是真正值得大力推广的，许多地区也正朝这一方向努力。有些社区建设了老年人活动中心，无障碍设施以及社区医疗呼叫系统等专门为老年人服务的公益性设施。

应当看到，把老年人集中在一起养老，尽管在管理、照料上更加方便，但这样做却忽视了一个极其重要的问题——人性化。社会本来就是由儿童、青年人、中年人、老年人所组成的。只有各年龄层的人共同生活在一起，整个社会的结构和意识才是完整的。人老了，更希望融入社会。如果视他们为包袱，把他们聚在一起“方便管理”，使他们脱离社会，那是不人道的。笔者所认识的一对老人就曾住过这类高档“老人公寓”，但最终他们还是搬了出来。原因很简单，尽管条件不错，但与外界隔绝，太枯燥沉闷，人都住“傻”了。

当然，生活中确有一些孤寡老人，“空巢老人”，甚至已丧失生活自理能力的老人，他们需要在像敬老院一样的地方养老，但也要本着人性化的原则，让他们享受到社会的关爱和阳光。这对老年公寓提出了更高的服务要求，而不是片面追求高级设备、高收费。

汉高祖刘邦当了皇帝，把他老爸接到京城来享福，还封他太上皇，好吃、好喝、好侍候，可老爷子住在金銮殿就是不舒服，成天郁闷，想回老家。刘邦就把老家村里的乡亲都搬到京城来，在郊外找一片地，照老家的样子造房子、修田地，让老爸和他的老哥们儿去住。老爷子又回到自己熟悉的乡村生活中去了，高兴了，大夸皇帝儿子孝顺。刘邦的“养老工程”对我们今天有没有一点启示呢？

所有的人都会有老的这一天，整个社会都要关注养老问题。任何“丢包袱”的思想，“发老人财”的做法都是错误的。与其花大钱搞一些华而不实的“金銮殿”，还不如从实际出发，建一些富有人情味的“农家乐”。搞好社会养老问题，是建设文明社会的一个重要标志。在这一点上，要吸收国外一些成功的做法，也要吸取他们的教训，更要从中国传统中汲取精华，让老人更加方便、愉快、健康地生活，使他们尽可能舒适地幸福地走完人生最后的旅程。

2004年8月10日

养老保险的“缺口”谁来补

劳动和社会保障部日前公布，自2006年起，个人养老金账户的规模将由本人缴费工资的11%调整为8%，单位缴费不再划入个人账户。对于该新政，有关人士解释为：做实个人养老金账户，减少养老金收支缺口。

一石激起千层浪，养老这一敏感、牵动亿万人神经的话题，立即成为冬日最热焦点。

从一些媒体随后调查来看，人们对仅靠养老金维持晚年生活普遍缺乏信心，认为退休后生活水准很可能“大降”。加之“养儿不再防老”、物价上扬预期及其他不确定因素，许多人表示为了今后能安度“体面晚年”，只有尽量“寅积卯粮”。而中国居高不下的储蓄率、银行个人存款余额高达12万亿元，似乎也都在印证着公众对养老保险的疑虑。

养老保险为何无法给群众安全感，每个人的说法也许有所差异，但最主要原因还是集中在三大方面。第一，由于养老保险个人账户长期“空账运行”，在职职工缴纳的养老金并未成为个人积累，而是被支付给已退休无积累的“老人”，个人账户空账正以每年1000亿元规模增加，目前已超8000亿元，养老金缺口更达到了2.5万亿元。其次，即使多年后能够足额按时兑现，但养老金数额与在职薪水相比也将相差甚远。根据估算，一个月薪5000元的人，缴纳保费15年后，每月获得的养老金仅有1000元出头。再者，则涉及社保基金运作、管理及透明度的问题。因为贪污腐败频出、空账规模不断猛增，养老金的安全性、运营投资风险、监管审计力度不可避免地成为了“众矢之的”。

必须承认，养老保险个人账户空账运行是由于历史客观因素造成，而“空账补实”在相当程度上还有赖于“单位缴费”。可目前许多单位和企业为逃避责任、多盈利往往采取少缴、赖缴、欠缴，“补实效果”不容乐观。此次个人养老金账户改革将原“单位缴费”进入个人账户的3个百分点又划入“社会统筹”，更是进一步要职工承担更多自身养老责任。人们不禁要问：涉及广大公众切身利益的养老问题，究竟应由谁来“挑大梁”?

纵观世界各国经验，政府拨款与国家财政通常是社保制度最主要经济后盾与资金来源。可目前我国国家财政对社保基金的投入比例却明显偏低，只占全部财政收入的12%左右。至于地方各级财政，因与高层的利益博弈和不作为态度，更是长期处于缺位状态。而事实上，近10年政府财政收入一直保持着20%以上的高增幅。可这些钱都去哪儿了？大多数又被再用做各种投资以及行政支出的快速增长，而真正用于提高群众福利、社会文教等的支出比例却较低，且增幅缓慢。经济建设是至关重要的，但公共事业、教育、医疗等方面的投入也不能忽视。由于社会公益与公众保障严重不足，人们只得紧缩消费防备“后顾之忧”。许多工业与农产品积压，根源是购买力、购买欲被压制了，造成恶性循环。

许多人都在呼吁政府应明确在各项社会保障中的主导地位，并不断提升、确保财政在社保投入中的“主力份额”。各级政府经济发展与考核思路很有必要更新，官员的政绩考核不能单纯以经济发展、GDP 增长为指标，不能简单认为加大社保投入便会压缩投资、放缓经济增长。市场经济规律是消费引导投资，有需求就有市场，社保问题逐步改善解决，人们的消费需求也必然会得到极大释放。因而，社会保障与经济投资并不是“此消彼长”关系，它们实际是相互促进、良性循环的基础。

诚然，以中国目前的国情与财力，是无法照搬福利国家“从摇篮到坟墓”的社保模式。但正如“十一五”规划所述，让“群众共享发展成果”，不断扩大社保覆盖范围，积极提高社保水平却是完全可以实现的。“民为邦本，本固邦宁”，包括养老保险在内的一系列社会保障如何取信于民，真正为群众带来应有安全感，既是政府义不容辞的责任，也是构建和谐社会的题中应有之义。

2005 年 12 月 8 日

感叹手机“拜年火暴”

新春佳节，至爱亲朋互致问候，恭贺新年——拜年，是我国历史悠久的传统习俗。

关于拜年的起源，相传古时一种怪兽叫“年”，每逢腊月三十，便张着血盆大口出来吃人，“过年”即度过这一灾祸，“拜年”则是大年初一人们相互道喜，庆贺未被“年”吃掉。拜年，成了中国人的习俗。清人柴萼《梵天庐丛录》中称：男女依次拜长辈，主者牵幼出谒戚友，或止遣子弟代贺，谓之拜年。

随着时代的发展与变化，如今拜年形式已不局限于亲自登门、寄送贺信卡片。电话、手机短信、网络，由于便捷快速、不分时空地域等特性，成为人们拜年时的“新宠”。除夕夜全国短信发送条数、电话拨打数量等等，甚至都被媒体作为“拜年火暴”的具体“量化指标”。

“现代化”拜年大行其道后，人们也渐渐意识到了一些新问题。其中，最主要的是，通讯的便利在不经意间使一些人变懒了，无形的“天涯若比邻”反而疏远了真实的交流。同在一座城市，甚至同住一个小区的朋友，三言两语一个电话就算完成祝贺“任务”。电脑与网络的“复制＋粘贴”、电子邮件与手机短信的

"转发＋群发"，更使祝贺话语经常"似曾相识"，甚至是完全"雷同"。还有的祝贺信息连署名都没有。拜年祝福也"萝卜快了不洗泥"，甚至"牛头不对马嘴"。小丫头发给小帅哥的批发、转发给叔叔爷爷辈，叫你哭笑不得。别看节日里手机不停地"蛐蛐叫"，"被拜纪录"屡屡刷新，但人们的感受已从新奇欣喜，开始变为了平静与漠然。

通讯的快捷缩短了时间，扩大了覆盖面，但也稀释了情感。一个很要好的朋友收到一条"群发信息"，会有被淡化的感觉。不管人与人也好、人与社会也罢，都需要增进相互沟通，促进彼此的思想与情感交流。拜年就是一种交流"载体"，其实质是借辞旧迎新之际，向他人表达祝福与关心。因而，关键是要让对方感受到真挚与诚意。肤浅、机械、形式化祝贺，容易给人敷衍了事、不被尊敬之感。快节奏的社会生活，不应是态度随意的理由，现代化的通讯手段，更不应使人们的关系"似近实远"。今天，不少人已在怀念传统的书信往来。也许它没有电脑打印那么工整，也没有网络下载话语那么俏皮有创意，但寄与收的过程给人一种期盼，落笔成文有更多的斟酌，它反映出的是书写人的真情实感，一笔一画、纸张墨水飘香透着是那么的亲切，它更不会像电脑、手机"删除"那样轻易就"无影无踪"。这对那些至亲好友来说很重要，他们需要"原创"，需要"单线"，不希望被"一勺烩"。当然，这并不是说现代通讯手段就无法表达真实感情，问题是有没有诚挚的态度与用心。总之，高科技要用，传统的也不丢，区别对待，少一点"批量生产"。不然的话，只能是"发的机械，读的没味，回的应付"，乐的只有商家了。

2006年1月24日

地球村语

QQ事件给我们上了一课

几天前，著名即时聊天软件 QQ 在其游戏当中，将“钓鱼岛”、“保钓”、“南京大屠杀”等词汇设置成不文明用语的事件曝光后，在网络和媒体上掀起了轩然大波。一时间各大网站、报纸纷纷转载这一消息，网上各大论坛都对此进行了热烈讨论，众多网民强烈谴责腾讯公司这一作为，也不满意腾讯公司对此举做出的解释。

这一事件也引发了我对涉日问题的思考。

对于日本，国人中存在两个极端。一个极端是盲目崇日，凡日本的一切都说好，这一群体多是改革开放以后成长起来，从小看日本卡通，听日本随身听，用日本电脑，坐日本车的新生代，对日本的了解仅限于先进的科学技术和发达的经济，对中日间过去的历史却知之甚少，或认为那是过去的事，与现在没关系。这是现今教育的悲哀。另一极端则是对日本持坚决抵触的态度，不仅体现在思想上，也体现在行动中，不但自己坚决不买日货，而且对买日货的人也采取鄙视的态度，遇到有关日本的事更是情绪激昂。这两种人都属少数，更多的中国人则表现得较为平和，理智。

近邻日本是一个典型的岛国，四面环海，资源匮乏。因此，它想发展、想谋求在亚洲乃至世界拥有重要的地位也就只能依靠自身的勤奋和好学。也正是通过勤奋、吸收东西方的先进技术经验，使其拥有了发达的科学技术和在当今世界经济中举足轻重的地位。然而，在日本也一直有人把称霸世界，实现“大日本帝国”的梦想作为其发展的源动力。明白了这一点，就很容易理解其过去侵略中国和亚洲其他国家的动机，以及战后直至现在的某些做法了。比如说，对于侵略的历史，一贯采取刻意淡化的手法，能掩盖就掩盖，能否认就否认，不仅删掉了教科书中本就不多的诸如有关南京大屠杀的内容，在“慰安妇”、“劳工”等问题上更是百般推诿抵赖。由于日本国内右翼势力长期占据政坛主流，整个民族宣扬武士道精神，其政界领导人不顾亚洲各国人民反对，年年参拜供奉有众多战犯灵位的靖国神社，近年来更是大幅增加军费开支购买各种先进武器，甚至不惜违反《日本和平宪法》，以“维和”之名向海外派兵，为今后军队出境作战埋下伏笔。它还企图成为安理会常任理事国，拥有在国际事务中的“一票否决”权。如此等等都说明了显露了他们否认历史，大搞军备竞赛的指向。

对于这样一个国家，某种排日的民族情结可以理解却不可行。我们搞改革开放，不但要向西方开放，也要向日本开放，努力向一切人学习，增强国力，才能有效地遏制侵略，抵制霸权。回避不是办法，何况搞军国主义，想称霸，也只是日本人中的一部分。大多数日本人民还是想和我们友好相处的，对过去也在反思。许多日本青年看了南京大屠杀的展览，就大为吃惊，没想到还有这样的历史事实。加强往来，增进了解，有利于民族和解，也有利于敦促日本承认历史，反省过去，并时刻警惕其军国主义的复活。德国对战争的反省给日本做出了榜样。我们可以给日本明智选择以一定的时间和氛围。

这次 QQ 事件给我们上了一课，国人中某些人对历史的无知，以及对日本军国主义威胁的忽视，给我们的思想教育敲响了警钟。但同时也看到，有那么多国人主动站出来，揭发、声讨腾讯公司这一严重的“失误”。这表明绝大多数国人还是深爱着我们的祖国，并且时刻保持着高度的政治敏感性。这是中国希望所在。

忘记历史不仅等于背叛，而且十分危险。在全面反思中日关系，正确看待日本之后，我们在与其交流、合作中就会保持清醒的头脑。时刻警惕其军国主义动向，敦促其反省过去，这是为了中国和亚洲各国，也是为了日本。

2004 年 8 月 3 日

删除“五壮士”是巧合吗

“狼牙山五壮士”最后幸存者葛振林的去世，让诸多读着这段可歌可泣爱国史长大的人无限感慨。但随后传来消息，则让人不解——在新的上海市二期课改语文教材和湖南教育出版社新编小学教材中，将《狼牙山五壮士》一文删除了！正当人们对此展开激烈争论之时，又传来日本最新“修改版”《新历史教科书》隆重出炉！日本这次“修改”更为彻底，不仅对侵略描述更加暧昧，闭口不谈为什么跑到别人家里烧杀淫掠，还无耻诋毁中日战争是由于共产党“阴谋挑唆”，是抗日扩大了事端，引发了全面战争！换句话说，是葛振林他们有罪，是他们把日本兵引到太行山的。此外，对甲午战争爆发、九一八事变、卢沟桥事变、西安事变、南京大屠杀等一系列历史事件的歪曲、回避，足以令每一个熟悉或饱经这段痛苦历史的中国人发指！

一边是人家大肆灌输“亚洲共荣”、侵略有理、日本无罪的歪理邪说，一边是自己将真实而悲壮的历史从课本中删除，这是巧合？还是迎合？或是什么别的合？

对《狼牙山五壮士》的删除，有教育界人士称：此文已跟不上“时代”，文章与现实“脱节”，在青年教师中都“产生不了”

共鸣，更不要说读中小学的孩子，不管是教还是学，作用都不会“很大”。现在社会是多元化为主，战争题材太“单一”，删除是现代社会的“需要”。照这样的逻辑，该删的还多着呢，比如反映抗美援朝的《谁是最可爱的人》，还有，凡是写赵一曼、马本斋、白求恩，写黄继光、邱少云、董存瑞、刘胡兰，写林则徐、文天祥、岳飞等等的更应统统删掉，中国人还要知道这些老古董干什么，有吃有喝不就得啦！

这样的论调竟出自某些中国教育者之口，的确令人瞠目结舌。不错，现在中国是和平年代，战争已是几十年前的事。但世界和平吗？中东和平吗？我们的“近邻”安分守己吗？人家“自卫队”军费、武器装备已是亚洲第一，不断参拜战争亡灵，不断修改教科书，不断搞军事演练，开始不顾国人反对向外派兵，这些都是举世皆知的。再说，《狼牙山五壮士》仅仅是战争题材？强烈的民族精神，面对侵略者大无畏的献身精神，缅怀先烈，激励后人，这都是永远也不会过时的精神财富！没错，时代是前进的，社会是多元的，杨利伟、刘翔是新时代的俊杰，但能把他们与林则徐、赵一曼对立起来吗？一个英雄辈出的民族是一个伟大的民族，应当引以为自豪。删除历史不仅无知，更是愚蠢，让这样的人去搞教育，真是误人子弟！

值得注意的是，为什么现在有些中国人会对日本侵略史感到麻木、无所谓？一方面，因为现在绝大多数人都是新中国成立之后出生，没有亲身体会过日军的残暴和亡国奴的滋味。抗战似乎很“遥远”。随着时间的流逝，社会的变迁，思想发生转变，很多历史的东西也被人逐渐淡忘了。另一方面，物质影响也起了重要的作用。日本在当今世界经济中的强大影响是不争的事实。丰田、索尼、松下、佳能等诸多日系品牌早已充斥我们生活的方方面面。某些人以买日货为荣，而文化渗透更使一些中国年轻人成为“哈日”一族。崇尚日本各种流行与时尚，乐于接受日本歌曲、电影、衣着、饮食。只看到日本人“彬彬有礼”的表面，只关心日本又出了什么新产品，对日本在诸多历史及政治问题上嚣张恶行却不感兴趣。某些国人思想上的懈怠和媚日心态，正是日本某些人极力混淆视听，在经济、文化、意识等多方面“入侵”想达到的最理想效果。这些恰恰说明我们的教育面临巨大的挑战，应当严肃面对。

而反观同样遭受过日本蹂躏、尝到过亡国滋味的韩国，上至政要、下至黎民时刻不忘怀那段惨痛历史。对日的声讨、对己的反思从未有过停止。由于父亲作过“韩奸”，韩国执政党总裁甚至被迫辞职。韩国也曾虚心向日本学习技术和管理，但绝不照搬，更不崇拜，还发展出独特的“韩流”风格。在思想和行动上，他们一贯以“韩货”为荣，提倡自力更生，轻易不用舶来品。对待日本的各种挑衅，更坚决给予有力还击。在日韩争议最大的独岛（日称竹岛）问题上，韩国还专门派警备队上岛守卫。对日本再次大肆篡改教科书，总统卢武铉以“有关韩日关系告全国国民书”为题向全民严正声明：“不能再放任日本政府将其侵略历史正当化以及继续推行霸权主义的企图”！面对韩国种种反击，日本虽继续其恶行，但至少表面上还表示“可以理解”韩国的情绪。倒是处处容忍、事事讲理的中国，屡遭日本指责。日本不但不反思自己倒行逆施，反赖上中国教育煽动了反日情绪。这个时候，某些人却删除《狼牙山五壮士》，真是令人百思不得其解！

2005年3月27日

台湾“马屁门”

近段时间，台湾政坛连续曝出“马屁题”、“马屁桥”、“马屁军”三桩“臭事”。

“马屁题”源于8月26日台湾律师考试。100分语文试卷中涉及台湾领导人的竟占78分。阅读测验考陈水扁在参拜靖国神社的“台联党”党庆上，发表的所谓“中华民国是台湾”讲话，要求分析陈鼓吹“台独”的所谓“一个原则、三个坚持、五个反对”。作文题《律师性格与国家领导》不仅风马牛不相及，“引导意义”也不言自明；“马屁桥”指8月27日陈水扁率众视察台北至宜兰高速公路雪山隧道。“交通部”听说“总统”要摆驾前往，为“流畅不绕道”，立刻命施工方停下手中活，花费150万元新台币仅用3天，在隧道出口抢建了一座48米长的便桥。“总统”前脚走，这桥后脚便拉警戒线禁行；“马屁军”则是8月28日台湾新竹某空军基地同样因“总统”即将前来“训示”，动员500官兵在闷热机棚里“全天候”排练精心设计的“欢迎式”足足一星期。基地不但无法正常运作，官兵也被迫停止休息。

从“台联党人士”负责的律师考试，到“交通部”高层迎“龙足”的“新黄土垫道”，再到台军界热烈“表忠心”，明眼人一看便知都是给陈水扁“溜须拍马”。如此高密度劳军伤财的拍马自然也在岛内引发极大反响。台湾民众、舆论、国亲两党均对此展开了猛烈抨击。就连绿营内不少人都感觉脸上“挂不住”，公开或私下表示：“大可不必出这样的考题”、“马屁文化已经到了必须总结的地步”。被指“马屁精”的当事者或表示“题目很中性”，或调查得出“有搭建必要，不排除赶工”，或干脆道歉了事，反正都在努力开脱，试图尽快大化小小化了。三桩“马屁门”一时间闹得沸沸扬扬。

接连“马屁事件”难道仅仅出于巧合？舆论普遍认为，这实际恰恰折射出台政坛“马屁文化”的大行其道。

阿谀、拍马自古就有，也一直被身正者嗤之以鼻。但之所以“长拍不衰”则是因为某些人就“吃这套”、“好这口”！在一些位高权重被拍者看来，马屁往往是对其必不可少的“尊敬与爱戴”，表明拍马者很“识相”，很“懂事”，让其得到极大心理满足，感觉倍儿舒坦。因而，自然对拍马者另眼相看、当心腹，更会予之好处、委以重任。既然马屁有如此高的利用价值，拍马者自然逮着机会就拍。甭管一时三刻“管用”与否，先得“印象分”再说。而根据台政坛诸多“乌烟瘴气”事例，连台湾民众都能看出会干的远不如会拍的，只要哄好了“顶头那位”，“马屁高手”加官晋爵如“火箭”。其中最“经典一拍”要算2000年陈水扁刚当“总统”，为显摆“三军统帅”威风跑到老家台南空军联队视察，结果全体官兵戴着“扁帽”，唱着他的竞选歌列队迎接。后来搞这花样的军官火速三级跳，一路“飙”至总统府。此类因“顺心马屁”立即飞黄腾达的例子不胜枚举。当然，也有不会“来事”的。“前经济部次长”尹启铭曾被普遍认为“勇于任事”，可“原地踏步”九年，曾经的下属反成了“经济部长”。末了因桃园缺水事件，“次长乌纱”也混丢了，沦为政治牺牲品。不久前，东森新闻S台遭吊销执照，“新闻局”对此的解释无法自圆其说。真正原因据说是该台抢先曝料陈致中（阿扁儿子）在三藩市（旧金山）和女友未婚同居。“第一家庭”岂能不记仇？“正反两面教材”明摆着，“马屁文化”大行其道也就不难理解了。

这回“三连拍”鼓吹台独、去中国化，吹嘘赞美、效忠、满足虚荣心等大方向是摸着“统帅”脾气来的不假，但为啥“偷鸡不成蚀把米”？据分析，失策关键在于太招摇、太密集、太老套，太想邀功，以至于利令智昏把民众、舆论以及“虎视眈眈”的在野党给忘光了。而阿扁一席“抱屈”更啼笑皆非。他称“本人姓陈，又不姓马，到底是拍谁的马屁？”难不成那帮阿谀之辈是拍国民党那“小马哥”？若按这思路，多年台独“陈屁”更不定多臭呢！

纵观历史，凡拍马者通常“口蜜腹剑”，且私欲大头脑空，说白了就是“草包野心家”。一个整天幻想台独、分裂，梦想当“国父”的“昏君”，再加一帮“秦桧”、“高毬”，也是够让台湾同胞烦心、头疼的了。

2005年9月9日

“植物人”特丽带来的冲击

生命的凋零本是自然界再正常不过的循环，但有时候，情况却并不简单。

最近一段时间，美国女植物人特丽的命运引发了世界范围的关注。事情本身并不复杂，但经过曲折、耐人寻味。特丽 1990 年因心脏停顿、缺氧导致大脑严重受损，被鉴定为脑死亡，将“永远”处于植物人状态，只能靠进食管维生。其夫 8 年后向法院申请拔掉食管，对她实施安乐死。但特丽父母坚持女儿还有意识，表示坚决反对。之后 7 年食管曾两拔两插。3 月 18 日佛罗里达州法庭第 3 次裁决拔掉食管，并执行。特丽父母再度奔走上诉，请求再插回食管。“拔插”之争甚至惊动了美国政界。19 日美国国会达成议案，要求重新插回食管，并在参众两院通过，总统布什为此结束休假立即签署。特丽父母律师也向联邦上诉法院、佛罗里达州地区联邦法庭提交强制执行令。但地区联邦法庭驳回了请求。之后律师又向亚特兰大第十一巡回上诉法庭上诉，遭拒。再向联邦最高法院上诉，依然被拒绝。此外，巡回法庭还拒绝了佛州州长、总统弟弟杰布·布什要求让州福利机构监护特丽的申请。正如特丽父母律师所说，所有合法“斗争”已近尾声。特丽的家人也只能请求人们为她祈祷……

此案之所以漫长，引发巨大关注反响，当然不仅仅是牵扯到一个植物人的生死。事实上，此案涉及的植物人究竟是“活着”还是已经“死亡”、安乐死、道德伦理、宗教等一系列问题，在世界范围内都存在相当争议。而美国的政党借此事拉拢人心，结果把水搅得更浑。

首先，植物人这一状态就十分“模棱两可”——大脑死亡，失去记忆、意识、思维能力，身体各种可支配机能全部丧失，但呼吸、心跳、血液循环等生命体征尚在。这与传统理解上的“心死”是有相当大区别的。但有人认为，人所以称为人，就在于拥有发达的大脑和强大的思维能力，脑死就意味着人死。或者说即便生命体征尚存，但没有思维和支配力的“生命”已不具任何意义。这种观点也得到了一批人的赞同。因为维持植物人生命既要花费大量人力物力财力，而且以目前医学角度，也没有多少脑“复活”的希望。加之器官移植供体匮乏，一些医学界人士也呼吁尽快通过脑死亡和安乐死法案。

显然，上述论调肯定会遭到诸多保守人士的强烈反对。第一，这有违传统道德观念，与诸多宗教信条也相抵触。其次，虽然目前没有医学手段可助大脑“复活”，但植物人经数年自行“苏醒”的案例也并非没有。所以，植物人是否是“永久”状态仍存在相当争议。一些人更认为植物人安乐死是在推卸医治不力责任，“扼杀”生命。而此事件也使本已颇具争议的安乐死更加敏感。植物人“生死”仍具“选择权”也使问题更加复杂化。还有观点将植物人归为“残障人士”，认为假如植物人安乐死口子一开，老年痴呆症那样丧失记忆、思维、情绪、分析辨别力，自闭症那样永远处于自闭状态，以及完全丧失行动能力的全身瘫痪者等诸多有重大疾病、重大缺陷的人又该如何对待？安乐死不是对生命的歧视？

正因如此，虽然制定安乐死、脑死亡之类法律的呼吁不少，但真正以法律形式确立的国家却寥寥。由于美国是联邦制，各州法律不尽相同，更使同一事例在不同地区、不同法律条款下，判决可能完全不同。佛州法律规定，夫妻有为对方选择生死的权力，其次是孩子，最后是父母。法院多次批准特丽丈夫"拔管"要求的原因也就在于此。而本案中，总统、国会、参众两院、州长、州法院、丈夫、父母等诸多机构或个人都可能"主宰"一个毫无过错女人"生死"的事实，更令人感觉像是一个既荒诞又苦涩的笑话。按说人应有决定自己命运的权利，可特丽没留遗嘱，而由她尚未离婚，却已与另一女人同居且育有两子的丈夫决定，就合理？这样的监护权关系不令人啼笑皆非？其丈夫声称"仍爱特丽"、安乐死是遵循"特丽曾表示不愿靠人工手段维生"的愿望又有多少可信度？

另外，人命竟被各方颠来倒去，食管拔拔插插，政客也来"掺和"，7年官司闹得沸沸扬扬，各方筋疲力尽，最终特丽还得在收容所经历脱水、饿死这种漫长"安乐死"，人权、尊严难道就是这么个尊重维护法？

按医生估计，脱离喂食管的特丽最多能撑两周。各方争论不休，媒体爆炒之时，"毫无知觉"的特丽正在"度过"最后时光。她也许对周遭一切，对心力憔悴双亲、支持者的各种努力，对因给她象征性送水送食、甚至采取暴力抗议而被捕的人一无所知。但任何善良的人都会为这一不幸女性的遭遇所深深触动。在庆幸健康、能主宰自身命运之余，每个人也会引发无尽联想。事实上，特丽事件绝非个案，整件事给全世界带来的巨大人伦道德冲击，对植物人、对安乐死的思考，对人性、尊严、人权等一系列问题的反思，都将是持久而充满争议的话题。

2005年3月28日

“知天命”的比尔·盖茨

钱财，是富贵的一个象征。“君子爱财”、“人为财死”也好，“钱能通神”、“一切向钱看”也罢，都说明一点：在金钱面前，很能检验一个人的追求与境界。

日前，世界首富比尔·盖茨庆祝50岁生日时表示：巨额财富对他而言不仅是巨大权利，也是巨大义务，他准备把财富全部捐给社会，不会作为遗产留给子孙。

按“首富”那身家，此番“豪言壮语”绝对够分量，而人家近些年的做法也证实了这绝非是在“放空炮”。据统计，盖茨夫妇的“比尔及梅琳达·盖茨基金会”已成为世界最大慈善基金会，累计捐款达270多亿美元！

微软掌门的乐善好施，好像有点存心与我们的“国产富豪”过不去。这几年，由于胡润那个英国小子“鼓捣”出的“百富榜”，一批本土富豪名号开始逐渐被人们所熟悉。暂不论该榜所具的诸多争议，单说这些“金榜题名”者有谁表示过身后对自己财富的处理方针？就是生前也很少在捐献榜上露头吧。当然，也许有的富豪正在做“无名英雄”也未可知。

不知怎么搞的，大多数中国富豪给人的普遍印象却是慈善活动的“后进分子”、“纳税侏儒”以及奢侈消费一掷万金的“土豪”！包括各类公益基金、救灾捐助，中低收入的平民反倒成了“主力军”。富人的“为富不仁”行径时有所闻，有时甚至闹得满城风雨，这就不可避免地引发了社会极大关注与强烈不满。可与此同时，也出现了另一种声音：“钱是人家自己赚的”，只要不能证明违法乱纪，爱咋花就咋花，全当鞭炮放你也管不着；“合理避税”是学问，“有本事”你也避啊；什么责任不责任，不就是“仇富”、“红眼病”吗？

毫无疑问，一批中国富人是乘了改革开放的东风而青云直上的，“君子爱财取之有道”，白手起家、光明正大获取财富的肯定不少，但钻空子巧取豪夺甚至坑蒙拐骗的也绝不是个别。君不见一些人对富豪榜已是避之不及，上榜者频频“出事”就很说明问题！只要引起注意，认真一查，一些富豪就原形毕露，这真让富豪们气短！富豪中一些人今天还风光无限，明天就可能销声匿迹，像盖茨先生那样长盛不衰者有几人？即使财富积累主要是靠个人的奋斗与努力的，但财富的创造与循环离不开国家的各类政策支持、法律保障，也需要社会各方面提供服务与认同，更需无数人参与入股投资、建设、劳动、消费……可以说，少数“幸运”个体是因多种因素、机缘才能获取比一般人更多的社会财富。而“社会财富”的本质，也赋予并意味着“幸运儿”理应比普通人承担更多、更大的社会责任，眼界更开阔，思想境界更高。物质财富的增长应当与精神财富的增长同步，那才是真正的“富人”，才会受到社会的充分尊重。那种“钱是个人的，与他人毫无瓜葛”，疯狂奢侈消费、无度肆意挥霍很容易引起平民百姓的侧目。这不能简单地用“仇富”来解释。

富人如何真正摆脱财富带来的浮躁与不安，化解社会不满，是一门大学问。20 世纪 90 年代，随着电脑进入家庭，视窗操作系统大行其道，微软和比尔·盖茨变得妇孺皆知。写了那本《未来之路》后，盖茨更一度被视为IT英雄。可由于微软垄断大棒频频出击，他个人迅速跃居首富，各种微辞、甚至漫骂开始大量涌现。按说盖茨有理由证明“知识致富”的合法性，也可以说别人“红眼病”，可他是聪明人，懂得“以退为进”，一系列反垄断官司后，他一是辞去“招风”的CEO职务，转到幕后继续从事技术老本行；二是当起“散财童子”，大把大把捐美元。如今不光对他的指责大大减少，而且仅是非洲儿童各种疫苗接种率也因他的钞票大幅提高，这种成就及善举满足感，岂是多少名车豪宅能换来？

盖茨的微软技术走在世界的前列，他对财富的态度也一样领先。“知天命”的老美首富不得不让人高看，这样的富有才真正叫人眼红啊！

2005年11月7日

“霍金现象”的联想

英国著名物理学家史蒂芬·霍金，以他提出的一系列得到科学界广泛接受的有关宇宙大爆炸和黑洞的理论而著名，他的《时间简史》在许多国家发行，总量已达上千万册，他因此而被誉为“当今的爱因斯坦”。近来，他又向学术界宣布了对黑洞研究的最新成果，即黑洞并不像以前所想象的那样“无所不吞”。随着时间的推移，一些被黑洞吞没的物质会慢慢地从黑洞中“流淌”出来。这一成果再次震惊了世界！

然而，这样一位著名的科学家却是一个全身瘫痪，蜷缩在轮椅中，只有三根手指能动，丧失语言能力，只能依靠语音合成器“说话”的重度残疾人。霍金这样的重度残疾人能成就一番伟业，为人类科学进步做出巨大贡献也引发了笔者的一些思考。他所取得的成就固然与他克服自身残疾所带来的各种困难有关，然而更值得深思的是他所生活的环境以及社会给予他的帮助。像他这样完全丧失自理能力的人或许早该“病退”了，而他的“单位”剑桥大学却授予他应用数学和理论物理系终身教授。

有人可能会说他是因为有辉煌的成就才会有这样的待遇，这有一定的道理。不过，霍金虽是特殊的，但国外对待残疾人的观念和态度，的确有许多方面比我们进步。

首先在教育上，国外发达国家的大、中、小学对肢体残疾学生入学就没有过多限制。不仅如此，他们还主动提供便利条件方便肢体残疾学生。很多学校都备有专门的校车接送因行动不便需坐轮椅的学生上下学，在学校中还有无障碍设施以及专用卫生间供他们使用。国外所做的是积极改进硬件设施，尽量提供必要条件来帮助学生克服残疾所带来的障碍，使残疾学生与普通孩子一样享有受教育的权利，他们所做的一切都是十分人性化的。而我们现在虽然也允许残疾孩子进入普通学校就读，但前提是残疾学生能够自己“适应”环境、克服困难，我们的普通学校很少会主动改进硬件设施，更不会提供什么便利条件，这客观上就将许多残疾学生拒之门外。而我国大学的“体检关”更是挡住了很多希望入学的残疾学生。要知道残疾本身就给人带来了生理上的缺陷，假如又失去求知的权利，将来让他们靠什么来谋生呢？更何谈为社会做贡献?!

此外，在城市建设方面我们的差距就更大了。国外连学校都有残疾人专用卫生间和无障碍设置，在公共建筑中这些设施就更是必不可少，在很多建筑设计之初就会考虑到这些方面的“特殊”需求。反观国内的公共场所，不仅很多地方没有这样的设施，即便有也存在诸多问题。盲道和无障碍设施被杂物、车辆占用的现象十分普遍，盲道在铺设过程中的不规范更是给盲人出行带来了诸多麻烦。此外，从占用残疾设施的处罚力度也可看出国外对残疾人的重视程度。美国是车轮上的国家，为了方便残疾驾驶者，他们还专门在停车场内划出残疾人专用停车区。在无车位的情况下，健全驾驶者宁可把车停在警用停车区，也不敢把车停在残疾人专用区。原因很简单，停在警用区也比停在残疾人专用区处罚要轻。而在国外的公共交通工具上，专供轮椅上下车用的升降机十分普及。再看看国内的公交车，高高的台阶对于老人和儿童上下车都十分不便，更不用说残疾人的轮椅了。

而在就业方面，国外发达国家往往把残疾人的就业机制纳入到国家的反歧视法律当中，成为人权问题的一个方面，由此引起各界的重视。加拿大和新西兰法律都明确写入了反对针对残疾人的歧视条例。美国的残疾人法案和残疾人歧视法都要求对残疾人实施平等待遇。此外，在雇佣或保护就业方面欧美国家也对残疾人实行倾斜政策。在德国、荷兰，残疾人的就业合同受到法律的保护，除非国家机构同意，否则严禁解雇。而且，发达国家的残疾人组织在社会上也有较强的影响力，它们往往把促进残疾人就业作为保护残疾人权利的有效手段。但我国目前残疾人就业状况则令人堪忧，某些部门连大学生就业还在犯愁，根本“顾”不上残疾人，造成大量残疾人无固定收入，只能靠“低保”度日，甚至无人管。

尽管目前我国仍处于社会主义初级阶段，各方面条件都不完善，但面对我国残疾人总数高达6000多万的现实，无论如何不能以有困难为由消极对待。要知道，改善各方面条件，提高残疾人生活水平和质量，让他们接受应有的教育，促进他们就业、融入社会等等，不仅是社会文明程度的表现，更是社会不可推卸的责任！

2004年7月27日

解读德国“穷总理”

德国总理施罗德又来访华了！这是1999年以来，他在任期内的第六次来访。随行的还有一个大型经济代表团。据分析，施罗德此次访华目的有几方面：在联合国安理会常任理事国改革问题上争取中国政府的支持；希望德国中小企业进入中国市场；与中方探讨德参与中国东北和西部地区开发的可能；争取上海到杭州磁悬浮列车、上海浦东磁悬浮延长线、北京到上海高速铁路三大项目。两国高层交往的频繁、经贸合作之密切由此可见一斑。

施罗德是中国人的老朋友了，他的个人生活和经历也引起了中国百姓的注意。按说身在德国这样的经济强国，位高权重，施罗德的生活水平应该相当不错。可据说这位总理却囊中羞涩，甚至过得有些寒酸。为省房租车费，他只租了一套办公室附近的两居室；周末开一辆老掉牙的“大众”汽车；私人事务通常坐火车，还买二等车厢；每周只雇一次清洁工，第一夫人得亲自买菜下厨、操持家务。施罗德是个“性情中人”，有过4次婚姻。尽管每年有24.5万美元俸禄，但三次离婚的各种“手续费”、对前妻们的“补偿费”让他“元气大伤”，至今没“缓”过劲。他同母异父的弟弟更被称为德国“最有名的失业者”。由于哥哥不给开后门，1995 年失业后，弟弟先后干过管道修理工、暖气工、导游、行李搬运工、面包师等工作。最近为糊口，还出了本自传，靠揭施罗德的“短”吸引眼球卖钱。

这些事发生在一个大国总理身上，让人忍俊不禁，却更值得品味。

首先，作为还当过 8 年州长的资深政治家，三次离婚竟让他一贫如洗，这从一个侧面表明他比较清廉。如果想以权谋私，相信他捞的机会不少，生活的窘迫更让他有“动力”搞钱。显然他没有这么做。他很清楚，一旦伸手，自己的政治前途就毁了。仅此一点就能看出他具有政治家应有的清醒头脑。一位与他相识二十多年的记者这样评价施罗德：“他是一个对政治充满热情的男人，如果他爱钱，早就经商去了。”珍惜自己政治生命说起来容易，但面对诱惑又有多少大权在握的人真能抵挡得住？国内外许多当权者都是倒在“钱”字上，贪污腐败是个国际现象。施罗德虽然离婚离穷了，但他穷得有志气。

德国总理并不算优厚的待遇同样让我们吃惊。按说这么发达的国家，为总理免费提供住房、配备专车理所当然。事实却是总理也要为政府别墅支付租金。这使“手头紧”的施罗德只能租小公寓。而专车也不算他的私产，工作以外用车要按规定付费。“穷总理”租不起，周末度假还得开他的破“大众”，后面却跟着坐满保镖的高级防弹车。飞机更不必说。德国政府规定，领导家属坐专机一律自掏腰包。施罗德曾为妻儿、岳母交过 3700 美元机票钱。因为过于昂贵，以后的度假他都让“家属”坐普通航班，他一人坐专机。德国人这种“呆板”，一些国人可能很难理解，甚至认为是傻冒。但人家真傻吗？

近年来经济的不景气是德国政府面临的最大问题，施罗德不得不大刀阔斧进行改革，这会触及很多人的利益。弟弟失业实际很正常。但那么大一个总理，给亲兄弟谋个差事只要递个眼色就会有人去办，可弟弟自认为是改革牺牲品恰恰说明了施罗德没管。也许有人说这是政治秀，或他与弟弟可能感情不和。但身为总理频频被“揭短”总不光彩吧？不妨你也来这么秀一秀？这总比“一人得道，鸡犬升天”强。

施罗德自幼丧父，家境贫寒，从学徒工成为总理的奋斗历程正是德国二战后崛起的缩影。所谓“人无完人”，他的为人和某些做法也许不“完美”，但3次婚姻失败，生活的窘困，以及对弟弟不徇私情也让我们看到了他真实的一面。施罗德曾说过，数次访华给他印象最深的是中国人民友善、乐观、好学的精神。他说：“中国人民愿意接受必要的变革，也愿意参与实施这些变革，这是值得德国人学习的。”那么，德国人那种自信、果敢、坚毅的精神，以及某些人认为“傻冒”的作风，中国人是不是也该学学呢？

2004年12月7日

《京都议定书》让大气层松口气

2月16日《京都议定书》正式生效。这一旨在限制并减少全球温室气体排放，具有国际效力、影响深远的环保法案历经坎坷，终于实施。

温室气体是什么？具体说来，是指如二氧化碳、甲烷等工业化社会产生的废气。随着人类社会日新月异、工业进程不断加快，能源消耗急剧增加，各种温室气体的产生、排放也呈越来越猛烈态势。自20世纪70年代地球南北极相继出现臭氧层空洞，并不断扩大，全球气候正持续迅速变暖。

后果无疑是灾难性的：世界淡水资源3/4存在于南北极冰盖，全球变暖使两极冰雪消融速度大大加快，海平面随之升高。如趋势得不到有效减缓，不远的将来，大量低海拔地区将全部被海水淹没。而频繁出现的厄尔尼诺现象更是给气候巨变敲响的警钟。非洲之颠乞力马扎罗、亚洲喜马拉雅山脉冰雪迅速消融，我国青藏高原也出现了臭氧空洞等一系列情况，都昭示着问题已非局部。于是，《京都议定书》就摆在了各国的面前。

《京都议定书》是根据“共同但有区别的责任”原则加以制定的。即它要求签约的发达国家率先减少温室气体排放，承担多减排义务；而技术差、经济弱的发展中国家则暂不要求。这一条约的制定实际是遵循了客观公平原则。因为发达国家以较少的人口、较高的能源消耗，产生了较多温室气体。在资金技术占优势的情况下，理应充当表率。发展中国家也应承担责任，但应予区别对待，分阶段实施。

但对这一“原则”，不同的国家看法和对策却不尽相同。美国人口只占世界4%，排出的二氧化碳却超过全球25%，是当之无愧的“排放巨无霸”，虽于1998年签署了《京都议定书》，但到2001年，布什政府却以“影响经济发展”和区别对待“不公平”为由，拒绝批准。明眼人一看便知，这是在保护他们那些石油、汽车等“排放大户”的商业利益，逃避责任。温室气体最大“贡献”国要钱有钱，要技术有技术，却赖着说“不”，与一贯标榜的“国际警察”形象形成强烈对比，引起了世界各国强烈不满。此外，澳大利亚是另一拒签的发达国家，其人均排放量为世界之最。

欧盟限排的态度就相当积极。对议定书生效，欧盟委员会特地举行庆祝仪式，并邀批准议定书的140多个国家使节出席，称其为“对付气候变化的最有力工具”。欧盟的做法与其希望在世界事务中发挥重要积极作用，努力表现负责任的集体形象是相符的，也与其社会发达程度、科技、人力、物力乃至思想意识等多方面的相对成熟密不可分。议定书“诞生地”日本，也对实施表示欢迎，称将努力实现减排6%目标。俄罗斯已于去年11月签署了协定，俄有关部门向政府提交了实施的综合计划。

中国早在1998年就签署了议定书，并于2002年8月正式核准。议定书实施短期对发展中国家并无影响。由于允许将一国“用不完”的额度转卖它国，抵消“完不成”的减排任务，发展中国家还可能从中获益。发达国家治排成本大大高于发展中国家，这也促使其愿意提供技术资金支持，帮助它国实现或超额完成目标。这些举措使排放额度在跨国间实现了灵活转化。但也不能高兴太早。尽管人均排放低，但架不住人多，我国目前二氧化碳排放量已是世界亚军，随着经济、社会持续高速发展，数十年后很可能“超欧赶美”。另外，面临能源利用与效益产出低比率、高排放，也将给我国未来的可持续发展提出极高要求。远期不确定性大，承担的压力和责任也将随时间推移越来越重，因此，我们并不乐观。

尽管各国态度不一，减排困难和可能的各种国际争端难以预期，但有一点是肯定的：地球只有一个，它是我们人类唯一也是共同的家园。如何减缓气候变暖的趋势，是全世界任何国家都无法回避的现实问题。文明发展遇到的问题必须以文明的方式克服。大到使用风能太阳能等清洁替代能源，或减少石油消耗、促进环保汽车研发推广，小至家庭空调、冰箱的环保制冷剂都将对臭氧层和全球气候起到不可估量的巨大保护。

去年的美国灾难大片《后天》是极好警示。片中冰川融化导致全球气候巨变，海啸与暴风雪后，整个北半球重归“冰河世纪”。看似离奇，但有谁敢保证数十甚至数百年后不会成为现实？人类已在地球生存了300万年，可仅仅就是最近这一二百年，科技翻天巨变后，对环境的破坏甚至连人类自己都不敢相信。

大自然的惩罚还只是刚开了个头，《京都议定书》也才刚生效，这就要考验人类的道德与智慧了。

2005年2月2日

“海棠”“麦莎”给我们上了一课

俗话说“天有不测风云”，天灾往往不以人的意志为转移。然而，尽量降低天灾风险，减少损失，却是人力可为的。

就在上月的“海棠”还令人心有余悸时，前两天“麦莎”又接踵而至。两股台风横扫大陆，所到之处狂风、暴雨、洪水之凶猛令人惊愕不已。对此，各地发出警报，积极“抗台”，数以百万的受威胁地区群众被转移安置。台风肆虐后，留下的仍是房倒屋塌的片片狼藉，农作物全部被毁，淡水、海水养殖遭“灭顶之灾”。不少群众虽未受人身伤害，但面对巨大经济损失欲哭无泪。尤其是借贷巨资的种养殖户，在镜头前近乎绝望的神情令人久久难以平静。据统计，“海棠”一天之内就对福建、浙江造成直接经济损失 80.93 亿元。而“麦莎”又使浙江损失 65.6 亿元、江苏损失 12 个亿元……

客观地讲，如今我国的观测预报体系已能较为准确地预报台风、洪水等强自然灾害。国家对防灾硬件设施的建设也十分重视，投入资金数以百亿计。这对防灾减灾都起到了很大作用，但是，与自然的博大不可抗拒相比，人类的努力终归显得渺小。很多时候，能保全生命已是相当不易。对于灾后安置，我国通常是靠政府和社会捐助来尽量保证灾民吃饱、穿暖、有地方住，后续帮助则比较有限。至于赔偿体系、恢复生产的融资渠道等方面更是十分不完善。物质、财产损失往往只能灾民自己承担。试图搬家避灾显然不现实，人们更不能因捉摸不定的天灾而消极懈怠，放弃发展经济与提高生活水平。那么，群众财产与生产经营风险究竟如何才能减弱，甚至化解？

透过发达国家经验看，类似“自然灾害保险”等一整套应对机制实际是减少大灾损失的关键。政府在这之中也往往起着十分重要的作用。首先，政府须主动推行、介入灾害保险机制，制定相关政策法规，指导商业保险公司运作，还要承担部分必要救济职责。其次，全社会都应强化防灾、减灾意识，逐步推行灾害险的普及，让足够多的个人、企业既充当贡献参与者，又成为潜在受益者。同时，通过制定、收取、经营管理与风险系数相称的保费，一方面尽可能体现公平原则，另一方面也为整个机制正常运转、确保出险后充足赔付奠定基础。当然，某些严重情况仅凭几家保险公司同样难以支撑，国家更不愿看到因巨灾救助影响整体经济运行。此时，“再保险”的重要性凸现出来。再保险的含义是通过再保险人于国际间的运作，将承保风险在全球范围分散平衡，提高整体抗风险能力，降低区域风险系数，使小范围不可保风险成为大范围可保险，形成“一方有难，八方支援”局面。由于投保人、政府、直接保险公司、再保险公司多方分担，对减少灾害损失、尽快恢复生产生活秩序，效果也十分显著。事实上，1985 年墨西哥大地震 98％以上的赔偿就是由再保险公司承担的。1992 年美国安德鲁飓风、1990 年欧洲冬季狂风赔偿中再保险同样功不可没。“9・11”恐怖袭击中，更有 60％～70％的赔偿责任由全球再保险市场承担。

我国保险业现状不太乐观。一是行业运作不规范、监管水平不成熟、过高业务提成、出险不赔等问题使不少人对商业保险缺乏信任。此外，由于保险公司宣传不足、对“薄利费事”险种的轻视，也使许多人压根不知道有农业灾害等险种这回事。包括这两次台风在内的许多天灾，保险公司赔偿金额与社会损失差距之大，更折射出社会总体参保比例仍旧较低。随着我国保险总额、参保人群、保险范围不断增长扩大，实际急需国际再保险市场分担风险。然而，国内商业保险公司片面追求眼前利益，自留比例过高，国际分保比例、佣金过低，普遍超能力承保，也使国内再保险市场规模、再保险公司实力严重不足，绝大部分风险都被留在国内，抗巨灾、抗风险能力相当有限。

应当说，规范保险市场、建立“自然灾害保险”机制是一个系统工程，最终完善与否也有赖于整个社会保障体系的建设。面对“海棠”、“麦莎”，面对每年洪水、干旱、台风等导致的惊人损失，国内保险业应当意识到风险与市场机会并存，理应通过积极的科学评估，借鉴国际经验，推出相应险种，真正担负起应尽职责。同时，事关人民群众生命安全、切身利益以及社会发展，这既是政府推行、引导的源动力，更是不可推卸的义务和责任。

2005 年 8 月 10 日

油价涨而牵动全球

从年初到年尾，家里买车计划始终没落实，一直在“研究研究”之中，重要原因之一，就是受“买车容易养车难”的影响。马得吃草，车得烧油，这油价眼瞅着一劲往上窜。2005年国家5次上调成品油价格，93号汽油从前年每升2.36元飙至如今4.26元，涨幅超过80%！人们惊呼“高油价时代”已然来临！

2005年给人印象最深、影响涉及范围最广的价格波动，当属那犹如打了“兴奋剂”的国际油价——从年初的每桶40多美元，一路“直冲云霄”，先后突破50美元、60美元“心理关口”，最高冲至70美元，“牛气”十足。

原来，是国际油价的牛气带动了国内油价的上窜！

随着社会与经济快速发展，中国对能源的需求也在快速增加。2003年进口原油占到国内总消费量的36%，2004年升至42%，我国已成为仅次于美国的世界第二大石油进口国。进口成本节节高直接导致国内油价跟着步步“飘红”。对于众多开经济型轿车、对价格比较敏感的私家车主，眼瞅着油价“隔三差五”地蹦，腰包里的辛苦钱哗哗往外流，只能聊以自慰“享受的代价”，或是抱怨“上了贼船”。更多“持币待购”者，要么进一步搁置购车计划，要么选车时得更多盘算排量与经济性。而受油价冲击最大的，当属视油为“命根”的公交和出租车行业。前者由于政府补贴日子还算过得去，后者大部分得“自己扛”。要说最不拿油价当回事的，唯有“实报实销”的公车。至于许多城市限制小排量汽车，更在客观上导致了“鼓励多费油”！据统计，今年1月至9月，由于油价暴涨，中国为舶来油多掏了100多亿美元。由此带来的GDP增长放缓、居民消费价格上涨、工业品出厂价格上扬等负面影响更是“板上钉钉”。

然而，由于国际油价高、国内油价相对低，国内石油商就打起了“多出口少进口”的如意算盘，加上受台风影响，珠三角地区居然闹了一个多月“油荒”。8月的广州，“没油”加油站前排几百米“长龙”景象随处可见。因燃料耗尽，一些车只得在路上“趴窝歇菜”。当地工业企业经营、效益也因此受到极大影响！暂不论这场“油荒”是单纯调配问题，还是所谓“油商人为行径逼迫国家再提价”，单看石油企业嚷嚷的“国内油价严重倒挂，越生产越赔本”是否属实。2004年央企利润66%源自中石油、中石化、中海油等7家高垄断企业。而中石油利润则达1029.27亿元，较2003年暴增47.9%！其年报也明确指出是“原油价格上涨以及天然气、成品油和化工等主要产品价格上涨、产能增加所致”。2005年油价涨幅比2004年还大，油商却大倒苦水岂非咄咄怪事？

不管怎么说，经历了油价暴涨与“油荒”，中国老百姓是越来越理解能源对国家与个人的意义。事实上，在能源有限，消耗高增，尚无可广泛利用替代品之前，如果一个国家没石油了，经济巨轮转不动了，其社会发展与现代文明必然停滞倒退，甚至会威胁其生存。有的国家不惜投入巨额军费，挑起局部战争，搭上大兵性命，承受国际国内强烈指责，也要去争抢控制能源，由此也有了“合理解释”。而纵观历史，由能源挑起的战事纷争更不胜枚举。简言之，能源战略不仅关乎国家长治久安，而且早已是全球性的政治问题。

中国已在通过多种途径，主动出击，寻求国际合作，努力确保未来自身能源安全，当然道路不平坦。数月前，中海油收购美国石油公司尤尼科失败，便是因美众议院将经贸问题政治化，理由无外乎“中国威胁论”、“影响美国国家安全”等。去年12月，谈判多年的中俄石油“安大线”也被日本以“金元外交”搅黄。东海油气问题上，日本更是不断与中国发生摩擦，妄图霸占强夺资源。中国石油战略也在不断探索修正，重点已偏向中亚地区。中国石油企业已在哈萨克斯坦、吉尔吉斯斯坦投下巨资，进行石油开发，建设运输管线。而在有争议地区，中国则一贯持“搁置争议、共同开发”态度。此外，俄罗斯在2005～2010年间也将向中国提供5000万吨石油。出于战略伙伴关系考虑，俄还多次表示远东石油管道未来将优先建设中国支线。

开源固然重要，节流同样不可小视。由于没有国际油价主导权，缺乏足够市场影响力，各路国际炒家、投机势力兴风作浪，中国目前只能被迫接受油价上涨事实，承受高价舶来油造成的负面影响。因此乙醇汽油、天然气等替代能源不应仅仅是“示范”，而应进一步推广；解除“限小”、开征燃油税、大排量车高征税、严控豪华公车、推进公车改革乃至改变石油垄断经营等等问题更不能老停留在“论证研究阶段”。中国还必须摆脱高能耗低产出现状，尽最大努力克服能源瓶颈，冲破某些势力蓄意强加的发展枷锁。如若不然，“油荒”重演并非危言耸听，我们也将为“黑金”付出更多社会财富、劳动价值和更加漫长的发展代价。

2005年12月4日

古巴火车票不涨价

当地时间1月14日，古巴总统卡斯特罗亲临哈瓦那火车站，迎接中国出口古巴的12列火车机车。乘坐过崭新中国火车的卡斯特罗连称："真的很舒服！"

原来，古巴过去最好的火车，只是法国、加拿大淘汰的"二手货"，各种设施非常破旧。此次是中国首次向古巴出口火车，车辆不但美观舒适，还从古巴铁路的实际出发进行设计，最高时速120公里，每台车的采购金额加运费超过1500万美元。值得注意的是，对于投入运营后的票价，古巴官员表示：还没有涨价打算！

既然火车舒适、干净且价格不菲，票价为什么不涨？那不赔了吗？这不禁让人产生一系列联想。

随着我国社会发展步伐不断加快，包括水、电、煤、气、油等公共资源性产品，以及公交、出租车、地铁等公共服务性行业，经营价格均呈现"芝麻开花节节高"趋势。对于涨价，地方、企业、部门的说法基本为：成本及国际市场价格上扬、公用事业也要自负盈亏、理顺倒挂价格体系、发挥市场调节作用等等。尽管各类涨价引发过各种各样的议论，但一般都是照涨不误。加之各种市场化与产业化，住房、医疗、教育等大额开销“火箭”般上窜，一些人也在无奈地调侃：如今啥都在看涨，就是工资不“飘红”。

应当看到，随着近年水、电、气等生活必需品的频繁调价，甚至翻番，林林总总的“预期外”开支相加，使我国大量中低收入群体生活压力进一步增大。如果说城市低收入者生活因各类涨价捉襟见肘，中西部欠发达地区的广大群众所受的影响就更大。

对各类评估群众承受力的数据，也必须认真分析和思考。劳动和社会保障部资料显示，“十五”末期，中国在岗职工年平均工资达 18000 元左右，年均增长 12.6%。央行数据显示，我国城乡居民储蓄连续跨过三个万亿元大关，2005 年末达 14 万亿元。前一消息刚出，立即引来许多质疑性“现身说法”。这不奇怪，中国各地区间发展差异很大，东部与西部是如此，内陆与沿海也一样，即便同一城市，不同行业间收入差距也很明显。江苏算的上“富省”，该省 2004 年在岗职工年平均工资最高与最低行业之比达 6.84∶1，相差 41215 元，且还未考虑福利因素。因此，平均工资容易掩盖不“平均”。再联系中国基尼指数达 0.47，居民储蓄“极不均衡”也是显而易见。换句话说，由于发展的不平衡，加上原有社会公共福利的削弱与取消，新的社会保障还没有完全建立，相当一部分城乡居民生活水准在相对贫困化，少数人甚至是绝对贫困化。

古巴火车为何不提价？古巴预算法规定：“即使在最困难时期，国家也要继续改善人民生活质量”。其现行社会保障法令 100%地覆盖广大劳动者及其家庭。这些年，古巴政府顶住民众福利、生活必需品高补贴、经济下滑给财政带来的压力，仍保持对各项社会保障的投入力度，特别是继续免费教育和医疗，使社会保持了基本稳定。当然，由于社会保障支出高昂，2004 年已占其国家总预算六成以上，生产性投入不足，古巴人民生活水平不高，这是问题的另一个方面。

效率与公平，是发展中国家面临的两难问题，二者如何兼顾是一门大学问。坚持以经济建设为中心，中国经济二十多年来一直保持着稳定健康快速的发展态势，财政收入已多年实现两位数增长，国力明显增强，使国家有能力进一步改善人民生活，增加公共领域的投入。因而，在涉及民生、公共问题的定、调价问题上，不能简单视作市场行为。这是关乎社会公平，让更多群众分享改革成果，考验政府职责与行政能力的大课题。

2006 年 1 月 20 日

“谁来养活中国”论的破产

“手中有粮，心里不慌”，这句话道出了粮食安全对国家的重要意义。

12 月 15 日，联合国世界粮食计划署在北京正式宣布，鉴于中国政府在解决贫困人口温饱方面取得巨大成果，2005 年底将正式停止对华粮食援助。

对于这一消息，我们有充分理由感到自豪。这不仅标志着中国 26 年的粮食受捐赠历史画上了句号，而且由于对粮食计划署逐步加大的“反馈力度”，中国也开始成为一个重要的援助捐赠国！还不仅如此，中国以占世界 7％的耕地养活了占世界 20％以上的人口；改革开放以来，中国贫困人口从 2.5 亿减至目前的 2610 万，占世界同期减贫人口的 70％；最近 5 年世界贫困人口增加了 3 亿人，中国“十五”前 4 年，绝对贫困人口减少了 600 万。25 年来，世界主要农产品增长份额 20％以上来自中国，中国粮食年产量从 3 亿吨增至 5 亿吨，主要农产品供给也实现了总量平衡、丰年有余的历史性转变。曾被中国老百姓视为命根子的粮票，已于 20 世纪 90 年代初便全面退出历史舞台。如今市场上各类农产品不但花样繁多、供应充足、价格平稳，还掀起了“绿色食品”、“健康饮食”浪潮。中国在粮食生产问题上取得的巨大成就，不仅回答了11年前美国农业和环境问题专家莱斯特·布朗“谁来养活中国”的质疑，还得到了联合国开发计划署官员“中国在全球千年发展目标中所做的贡献，给予再高评价也不过分”的赞誉，也让所谓“中国威胁论”变得十分可笑。

能够取得上述成就，中国人所付出的努力无疑也是巨大的。从制度层面看，中国的扶贫遵循的是政府主导、开发式扶贫、“造血与输血”相结合的模式。近年来，为鼓励和保护农民种粮积极性，政府在稳定粮价、杜绝严防“打白条”的同时，还在逐渐减免农业税在内的各类税费。为弥补地方财政减收缺口，中央财政进行了大量转移支付。中国还对种粮实施了三种补贴：即对粮农直接补贴，对粮食主产区安排良种补贴及农机具购置补贴。为加强对农业综合发展的支持力度，在国债投资上对农业项目也采取倾斜政策。对农村公共卫生、社会保障、教育、文化等社会发展的投入也在不断增加。此外，中国的农业科技人员在科技兴农、粮食增产中，同样功不可没。其中最著名的当属被誉为“杂交水稻之父”的袁隆平。目前，杂交水稻在中国种植面积约为2.3亿亩，每年增产粮食超过200亿公斤。中国杂交水稻不仅为中国，更为全世界的粮食增产做出了巨大贡献。

成绩的确令人欣喜，但我们也应清醒地认识到存在的问题与困难。一方面，目前中国还有2610万人没有解决温饱。这些人中的绝大部分生活在山区或生存条件十分恶劣的地区，许多人人均耕地只有几分地，“自我造血”能力差，也缺乏吸引投资的环境，因而减贫工作难度变得越来越大。另一方面，近5000万刚脱贫人口后续发展能力与承受力也很脆弱，必须尽全力巩固脱贫成果，避免他们因波折变故再度返贫。更需注意的是，人多地少是中国无法回避的长期矛盾。国土资源部调查显示，2004年中国耕地净减少1200.4万亩，全国耕地面积由1996年10月底的19.51亿亩，减少到2004年10月底的18.37亿亩，人均耕地面积仅为1.41亩。这之中，生态退耕固然是耕地减少主因之一，但不少地方屡禁不止的私征、乱占土地，大规模进行土地商业开发也必须引起高度警惕。由此引发的失地农民生计问题与社会矛盾，也已十分现实地摆在眼前。大量调查表明，简单经济补偿无法使农民恢复到从前的收入和生活水平。还需政府在防灾减灾、南水北调、西部开发等工作中做出更大努力，投入更多人力、物力、财力。

事实上，解决“三农”与贫困问题的迫切性，以及对中国全面迈入小康社会，实现下一步发展战略目标的重大意义，早已在全社会形成共识。近年来中央一号文件无一例外地将“三农”与促进农民增收作为核心议题；中共十六届五中全会提出了“要更加注重社会公平、让人民分享改革成果”；“十一五”规划中“调整城乡利益分配格局”更被作为重中之重。

中国在扶贫、脱贫和解决粮食问题上取得的成绩称得上“前无古人”，如何挑战自我，进一步减贫增收，实现再度超越，不仅为亿万农民兄弟所企盼，更为全世界的目光所关注。中国人一心一意办好自己的事情，解决好13亿人的问题，就是对世界的巨大贡献！

2005年12月19日

后 记

说起写时评的机缘，不能不提上海东方网邵传烈老师。是他首先邀请老爸为网站做时事评论，我才有幸“搭车”。起初并没什么计划设想，就想写写看，一来试试自己能力，二来找点事做。

可真的写起来，似乎就“刹不住车”了。一年半光景，已在网站、各类报刊媒体上“产出”两百多篇。这一事实回过头看，连自己都有些不敢相信。具体过程则常常是今天一篇刚写完，明天又有新开始。频繁写作不是源于他人要求，而是一种无形的自我压力。究其原因，应该就是想做事。人无压力轻飘飘，无事要生非，会胡思乱想。既然如此，不如自己给自己“上发条”。有时感觉也很累，但似乎停不下来。这种感觉很奇怪，说好听点是“求上进”，不好听也可说“自虐”，不懂劳逸结合。写的过程也让人感触颇深。这种感受很复杂，既有找题目“发挥”的冥思苦想，也有搜集繁多材料时的精疲力竭，还有对某些问题的感慨能得以一吐为快尽情抒发的“酣畅淋漓”。这些感受苦涩又甜美，也使生活繁忙充实。

应当说，不管是写时评还是写其他文章我都是“新人”。新人自然在遣词造句、文学素养等很多方面存在诸多不足。但凡事都有正负面，因为“新”，窃以为自己也有某些优势。“初生牛犊”在想法和思路上少了不少条条框框，写法用词也没有那么多忌惮晦涩。文章中多一分辛辣、多一分对世间不平的正义感、多一分对人间爱意的感动也许算是目前写作的一点特色吧。由于没“资历”和本身的不足，也不怕并愿意接受前辈和读者的批评指导。

虽然网络早已融入寻常生活，但其迅速便捷实效性强的特性，让人仍然十分感慨。它提供了一个巨大平台，也创造了无数机会，很多新兴职业都由此而来，网络时评当属其中之一。反观传统媒介，普通人一般只有接受的份，想发表点见解，那基本就俩字——“没戏”。数字化的网络，资源却是无穷的，传播成本几乎不变，加之其便利的交流方式，无疑给“业余”人士提供了发表言论良机。大量网络写手、自由撰稿人纷纷涌现。就是最普通的人也能在留言版、BBS、个人博客上侃几句，吐露心声，不用顾及他人。网络繁荣了交流渠道，也使更多人能够参与到许多问题的讨论中来。

当然，写的多、写的杂了，与我的老爸在一些观点和意见上也有冲突的时候。作为在人民日报当了30年编辑，编、阅稿无数的他，有充分资格和理由教导咱这“小字辈”。但在某些观点问题上我也会据理力争。因为凡是观点就可能引发争议，没有争议也不称之为观点。“代沟”一说也不容回避。毕竟两代人，在思想观念、成长环境，对社会意识形态的认识都会不同。新人观点虽不一定正确，但没有“创新精神”，社会怎么可能前进？当然，不得不承认的是，他的某些教诲也确实有道理，比如文采、文化内涵、历史底蕴等文字创作的深层次品味的确是我所欠缺的。而这些不足既受个人文化水平所限，也有时评本身“短平快”特性的影响。我理解“文化快餐”与经得起历史淘洗而能“流传”的文章之本质区别，也希望能提高水平，朝那一方向努力。但这需要时间，需要在阅历、知识等各方面积累沉淀。“十年磨一剑”绝非虚传。

有时，我也在思索写时评是否具有现实意义。因为“混口饭吃”的同时，写的目的当然还是希望获得认同，愿意看到某些问题会因此有所改变。但到底能否产生共鸣与作用却是时常的疑问。网络的便捷、各种报纸杂志铺天盖地，每日信息量难以量计。在这信息汪洋中，个人的一点看法犹如一滴水珠，能引起多少注意？但时间长了，也看出点门道。事实上，千万滴水珠汇集起来就是大河，这是一种力量，有时势不可挡。“公众舆论”是民心、民意的体现。当权者若想长治久安，就必须一心为民，提倡民主，服务人民。这是宗旨，也是执政党的执政基础。在某些事件中，读者很可能会因看到许多相似报道、各种言论感到厌倦，但这恰恰是在凝聚“力量”。相当多问题都是由反复报道，各种观点集思广益，强大舆论让更多人知悉，引起重视，最终得以改善甚至解决。每遇此时，作者也会会心一笑，感到自己也在其中尽了绵薄之力。此外，时评的另一作用，我个人认为还可当新闻看。因为人的精力有限，看时评不仅能获悉某人观点，也了解了尚未知晓的时事新闻。纵然不一定“流芳百世”，却能颂扬美好，伸张正义，宣泄情感。也许，时评这道“快餐”的生命力和意义就在于此。

偶尔也会怀疑自己是否会有江郎才尽的那一天。这种对未来的不确定相信许多年轻人都曾有过。如今社会机会众多，竞争激烈，各种诱惑也大。但正是不确定性和预期，使人拥有对未来的憧憬和向往。写作的前景也许因年轻我还看不透彻，但通过努力，也已看到些“成果”。年轻人需要一些斗志，应给自己多一分自信，这是激发积极向上的动力源泉，而虚心地有选择地接受长辈的经验则是向上的一大支点。我希望自己在拥有动力的同时也能保持平和的心态。

在此，我真心感谢网站、报纸、刊物等许多媒体的老师，是他们的支持、鼓励给了我来之不易的发表机会。特别是东方网的邵传烈老师，是他让我看到了信心和力量，没有他的鼓励和支持，我很难有今天的成绩，我真心感谢他。我也要感谢老爸。我写得多，他也要频繁辛苦地指导。在争论——我们谓之“合作”的同时，我在努力接受，更迫切希望进步。我深深地爱他。而我的妈妈，我的欢乐和痛苦一直与她分享，她同样是我最爱的人。她对工作的态度和执著对我影响深远。我在努力，她也要有信心，应当相信明天会更好！而儿时起便给予我珍贵友情、帮助的玩伴，关心我的表姐，让我远离孤单。衷心希望我所爱和爱我的人平安。

蒋　萌

2006 年 2 月 14 日

附录

走近蒋萌

宋含露

如果仅仅因为他是一位二十五六岁的年轻人，有一部数十万字的时评和杂文的积集即将问世，虽也出类拔萃，却不会那样的令人震撼。

蒋萌在12岁那年发现脊髓长瘤，两年之后，虽从死神那儿夺回了生命，肢体的功能却无法完全恢复，他失去了健全的体魄，失去了无忧无虑的童年，也不得不脱离了常人所走的读书、升学、就业的人生轨迹。然而，在十余年后，“人民网2005年度最具影响力的十大网评人”这一荣誉却向世人昭示，从14岁起便以轮椅为伴的蒋萌，终于在这个大千世界，找到了一个属于他自己的位置，走出了一条属于他自己的路。

因此，当我获悉蒋萌的时评杂文集即将由福建人民出版社正式出版之时，便决计采访蒋萌。

一

按照事先的约定，在一个周末的上午，我按响了坐落于北京金台西路的蒋萌家的门铃。采访就在那套三居室中并不宽绰明亮的客厅中进行。蒋萌妈妈把一手拄着拐杖的蒋萌从卧室中扶出来，帮他在沙发上坐稳当了。整整六个小时，他就一直坐在那边与我交谈，甚至没有变换过角度和方位。

“你是被抬进来的吧。”蒋萌告诉我，这是1992年的一天，天坛医院神经外科的医生看了他的核磁共振结果后说的一句话。那时他才12岁，还不能清楚地了解脊柱侧弯以及肿瘤与空洞压迫神经意味着什么，更没有意识到在青少年中只有十万分之零点三概率的不幸疾病已经降落到他的头上。但这句话，却令他终身难忘！

蒋萌说，那几年，他的父母一直没有把他的病情原原本本地告诉他，他不知道自己得的是什么病，后果有多严重，虽然感到疼痛难忍，却没有害怕过，更没有感到死神的威胁。这些话听来让人辛酸，但在辛酸之余，我也替他庆幸，因为这至少让他减少了精神上的痛苦。蒋萌现在当然知道，这一部分的痛苦，都由他父母承受了。十二三岁的儿子被脊柱内的肿瘤压迫得夜夜失眠直至呼吸困难，父母却是爱莫能助，还不能让儿子从他们的神态中窥见其中的隐情，这是双重的折磨。蒋萌特别佩服他的父亲，他说那么多年来，他没有看到父亲掉过一滴眼泪。

听蒋萌述说那几年的求医之路，是让人屏息的。父母带着他，不知跑了多少医院，但手术难度特别大，没有医院愿意承接，都建议保守治疗。求医的失败使他们尝试做气功与按摩的治疗，却也无法抑制越来越不堪忍受的病情。他不能明确说出他父母当时的月收入，但清楚地记得，得病之前，他很想买一台游戏机，他的父母因为觉得太贵而拒绝了。然而，为了他的病，父母真是不惜倾其所有。仅仅对脊柱的一个部分做核磁共振，就得花去一千多元，而他脊柱的上中下三个部分共做了三次。1993年天天打车接受气功按摩治疗，一年下来，光来回的车费，就花了一万多元。许多人劝他父母不要花钱治他的病了，以免“人财两空”，他父母却做出了“责任的抉择”，终于在一个偶然的机会获得有关上海华山医院神经外科专家徐启武教授的信息。

蒋萌特别感激他的父母，也特别感谢此后为他做了两次大手术的徐教授。当他说着这些的时候，我发现他的眼神有些迷茫，声音也渐渐低了下去。是的，倘若不是他父母的那份执著，倘若没有徐教授的精湛的医术和全身心的投入，还有那句“医生尽力，父母尽心”的嘱托，我恐怕也不会坐在这里和他交谈了。

二

得病前的小蒋萌，大概也是不太安分的“淘气包”。他告诉我，小时候不喜欢幼儿园与学校的束缚，常逃学。两次打开脊椎椎板的手术和一个半月的化疗之后，蒋萌的肿瘤算是根除了，但他的下肢恢复得不是很好，行动相当不便，再考虑到复发的可能性，以及他和同班同学在功课上已拉开了难以弥补的差距，他没有复学。天天在家中待着，曾经渴望哪怕是片刻的闲暇，变成了难于打发的漫长岁月，连时针也似乎走得特别的慢。同学们都在学校里上课，他没有玩伴，更没有玩的心情。此后，又眼睁睁地看着他儿时的伙伴有说有笑地升入中学，他感到深深的失落。他说，那时候，他才开始想到命运为什么如此不公，这种倒霉的病为什么偏偏就会落在自己身上！

十四五岁这个年龄段，对于一般的孩子而言，虽是一个情绪起伏躁动不安的青春叛逆期，却又总是在家庭、学校以及社会为他们铺设的轨道上滑行，无须过多地考虑自己的未来人生。蒋萌却多了一种本来在他这个年龄段还无须承受的心理负载，他不得不正视现实，不得不正视自己被这场可诅咒的疾病改变了的人生轨迹。也是在那时，他开始想到，他不能改变自己的命运，却应该去改变能够改变的一切。也是在那时，他已朦胧地意识到，需要走出一条适合于自己的通向未来的路，需要在这个世界中找到属于他自己的位置。

人在家中，心系学业。蒋萌说，在那几年中，每个学期初，就和别的家长一样，他妈妈都要赶到书店排队为他购买教参，这几乎已经成了他们家的一件大事。不同的是，别人的父母各科都要抢购一本，他的母亲则只买一本英语的教参。在一位善良的朋友的帮助下，他依照指定教材的进度，配合教参自学英语。一个一个地积累单词，一条一条地掌握语法，一篇一篇地背诵课文。他还自学电脑编程，没有老师，全靠自己看书和源代码，由于缺乏数学方面的基础，学深了，常常觉得有些力不从心。

如此寒暑易节，一闪就是五六年，小蒋萌已是将近二十岁的年轻人了。

1999 年 7 月 7 日，是蒋萌读小学时的同班同学高考的日子。想到曾经院子里一同玩耍的小伙伴如今都端坐在考场之中，紧张而兴奋地面对着这一举国上下关注的考试，蒋萌心里特别不是滋味。那一天，他本来也该与他的同龄人一样，坐在那庄严的考场之中，堂堂正正地去争取那一份属于自己的机会。可是，五六年前的不幸偏偏夺去了他为将来步入社会打下人生最初的基础的权利。如果说，在过去的五六年中，他没有过多地抱怨命运的不公，没有虚度光阴放弃自己，那么，在这个特殊的日子里，他怎么也不能平息因为自己与接受高等教育的机会擦肩而过而引起的内心波动了。

那天晚上，蒋萌哭了，泪水在面颊上默默流淌。

他的父母亲不知怎么回事。这么多年过来了，他们从来没有看到蒋萌这样伤心地哭泣。但当他们意识到儿子为何而哭之时，也只能无言以对，他们或许也感到一切语言的安慰都显得苍白。回忆起那晚的情景，蒋萌显得有些愧疚。对一路搀扶自己走来的父母，他是深怀感激的，但在他情绪低落地熬过白天之后，终于没有控制住自己内心的委屈与对命运的抱怨。那时候，他没有想到默默地守着他的父母心中承受着的煎熬。

三

好在蒋萌很快地摆脱了这种“高考情结”。

他依然在摸索着适合于自己的通向未来的路，依然在寻找着属于自己的位置。他不仅完成了研究生阶段的英语学习，还曾试图翻译一些英文材料。至于国文的阅读与写作，本是必要的一课，他还每天记着日记。编程是放弃了，但因为有这么一个开端，以及此后英特网的普及，他对计算机的硬件和各种数码产品的兴趣却被唤醒了。

电脑就摆在他的床头，网络成了他生活中的名副其实的无障碍通道，通过电脑与网络，他不用任何协助，就可以在那个虚拟世界中自由奔驰。他成了识别电子与数码产品的高手，为自己订购并安装电脑，为朋友诊断并排除电脑故障，为父亲挑选实惠又适用的手机。他还喜欢在各种论坛与人打口水仗，为某些热点问题争得天昏地暗。他只是没有成为一味追求电子产品更新的玩家，这是一件砸钱的事，他知道自己玩不起。

由于左手的触感恢复得不好，他一直是靠右手打字。他的右胳膊是第一次手术后过了十几天就恢复机能的。这么快就能支配自己的肢体，哪怕只是一只右胳膊，也像是一个奇迹，他说他当时真是喜极而泣。我很惊异，很难想象一只手是如何控制那百来个键的，蒋萌却有些自豪地看着自己的右手说：“右手基本可以盲打，速度也还可以。”

写网评是因为他父亲的一位朋友的建议。那位朋友叫邵传烈，笔名吴兴人，是上海文汇报的老报人，也是一位杂文家，当时就在东方网主持时评专栏。他十分感激这位长辈，就像感激徐启武教授一样。2004年5月27日，他给东方网传去了第一篇网评，从此一发而不可收。蒋萌告诉我，写网评的第一年，他几乎每天都在写作，也几乎每天都有新作，只有过年的时候才休息。尽管只是一篇篇千余字的短文，也像在攻克一个个的堡垒。倘若对某个问题有些一时不能组织成文的想法，即使晚上睡着了，也会在梦境中出现那些相关的材料和片断的文字。他不轻易放弃，一定要把那些自己还没有完全理清的想法敲在电脑上反复修改，直到改出一篇自成一说的作品。现在，蒋萌基本上两天写一篇时评，文章不长，写前深思熟虑，写后又几经修改。他为东方网写，为人民网写，也为《光明日报》、《中国青年报》、《工人日报》、《北京日报》、《羊城晚报》、《今晚报》、《杂文报》、《讽刺与幽默》以及《国风》、《民主》、《前线》等纸质媒体撰写时评和杂文。为此，蒋萌常常工作到深夜一两点。

于是我想，蒋萌成为一位有影响的时评和杂文作家，尽管事出偶然，这偶然之中却也有其必然。就像十几年前，他父亲获得有关徐启武教授的信息而使他绝处逢生事出偶然一样。假如没有一种苦苦寻求永不放弃的执著，假如没有病后十几年来的学习、磨炼与积累，这种偶然即使碰上了，也很容易交臂而过。

蒋萌却有些自嘲地说，念书的时候他比较喜欢理科，对语文没有什么特殊感觉，唯一可以沾得上边的就是他从小有写日记的习惯，没有想到现在会和文字打交道。但是，当说起几天前写的《怎样才是对“七七”最好的纪念》一文时，坐在沙发中的他，攥着拳头用力挥动，脸上浮现出写作时热血沸腾的神态。

蒋萌是早已渡过了尝试的阶段，而深深投入到这个工作中去了。网评对于他，不仅是一种能够在未来社会中立足的职业，更是一种使命。他也从中获得了生活的乐趣。

四

网络在信息传递方面得天独厚的优势，确使蒋萌如鱼得水。他不太看电视，他说自己对于社会各方面的了解，主要来自网上的各色论坛。他也看《内参》和《凤凰周刊》，从那些更有深度的理论分析中开阔视野，拓展思路。因为父亲的建议，他开始读一些史书，从古人的智慧中吸取养分，以史为鉴，使自己对于现实的思考更为厚重。但我深深感到，他读得最透的，还是社会这部大书。在这部大书中，他获得了许多高校学生未必能够学到的东西。

蒋萌将他的网评集，粗分为柴米油盐、官风民意、书香味外、荣辱之间、地球村语五个专辑，内容涉及国企改革、医疗改革、教育改革、党风政风、环境保护、旅游休闲、战后日本、两岸统一以及与老百姓日常生活有关的方方面面，可谓是国事、家事、天下事、事事关心，其涉及面之广，反应之快，足以使人为之惊叹。这两三年来的大大小小的新闻事件，几乎都在他的网评中留下痕迹。他的《"一流大学毕业生"哪去了》一文被评为"2005 年度最具影响力的十大人民时评"，他本人也被评上"人民网 2005 年度最具影响力的十大网评人"的称号，他的《是狗疯了还是人疯了》一文被选入 2005 年度的《中国最佳杂文》。他还有许多在未必十分引人注目的社会新闻中显微发隐的作品，也一样值得人们关注。

国家图书馆将阅览室办进工地，有针对性地挑选了 3000 多册期刊，供为"国图二期工程"建设挥汗的农民兄弟自由阅读，这"算不上什么大事"，几千册期刊对于其国图的藏书量"更可谓九牛一毛"，但蒋萌却从中看到了其中的意义，他在《"工地阅览室"感动上帝》一文中说："对一些农民来说，此举不仅丰富了业余生活，开阔了视野，使他们能够从书籍的海洋中获取新知，更为重要的是，让他们看到了更多人生的希望，感受到城里人的关爱，有助于他们提高文化素质和精神风貌，融入现代城市。”

一家野生动物园为了游客与动物拥抱亲吻“亲密接触”以获取更多利润，竟将华南虎满口利齿从根部齐刷刷地锯断，露出惨不忍睹的牙髓，而因为现行法律没有相关规定，这种行为居然不能受到应有的制裁，他《为啥要“虎口锯牙”》一文中义正辞严地谴责某些利令智昏的人这种虐待摧残动物的行径，并指出：“加强动物保护意识，制定相关法律是那些‘有关部门’的职能，他们不能光拿旧条文说事。”

号称是亚洲首次举办的顶尖级奢侈品展览登陆上海国际会展中心，远道而来的“富人”们在正式开展后发现，此展的“奢侈度远不够级别”，为“雷声大雨点小”感到遗憾。蒋萌在这种社会现象中看到某种深层次的东西，他在《别让富豪牵着鼻子走》一文中说：“一味贪图奢侈与虚荣，以此炫耀，争面子，发泄内心郁闷，已是一种病态。奢侈具有极强的传染、上瘾性，很容易导致一定范围内群体性心态失衡，严重的还会发展为心理畸形。”因此，他呼吁：“对奢侈消费，应在宣传上严格控制和‘降温’，别让少数富豪牵着鼻子走。”

如此等等，都可看出，对于现实社会的脉搏，蒋萌把握得多准多切。

蒋萌告诉我，病愈后的这十多年里，他不太喜欢出门，这与他内向的性格有关，他也不太有这种心情，出门得坐轮椅，需要别人帮助，当然也不很方便。他浅笑着，有点不好意思地说：“我出门，那可都是前呼后拥，一大帮人。”

幸亏网络这一新的沟通方式，给蒋萌带来了完全不同的生活。“秀才不出门，能知天下事”，对于古人，这话多少有点吹牛的成分，对于蒋萌，却是毫不夸张。

五

由于蒋萌的特殊经历，他对学校教育格外关注。谈起大学生的生活、考研、留学他都显得毫不陌生。实际上，他的许多网评，都与教育相关，对于“奥数强国”、“高分复读”、“高招黑洞”、“留学垃圾”以及本科生“回炉”等等，都曾发表过自己独到的见解。我问蒋萌，当他看到行动不便的残疾人接受高等教育的消息时，心里会不会产生某种欲望与冲动，他的回答却完全出乎我的意料，他已经把曾有的隐痛变成对于像他那样不幸的人们的人文关怀。他说，国内的高校基本上还没有把接收残疾学生的硬件设施建设好，残疾学生入校后的人身安全该由谁来负责的问题也值得有关部门再做思考。我提这个问题时，曾犹豫再三，总怕触及他的隐痛。他说这些话的时候，却是格外的平静，以至使我感到自己的小心翼翼有些多余。

摆脱了曾有的阴影，坦然地面对自己的人生，这就是我看到的蒋萌。

蒋萌家的客厅里挂着一张多年以前他与他的表姐的合影，当时的他，虽然也坐着轮椅，却是胖乎乎的，现在却显得有些清瘦。因为腰部恢复得不好，无法长时间支撑脊柱，他需要不时用左肘支撑自己的身体，于是那里由于反复磨损而留下明显的老茧。我隐隐感觉到，在这个年轻人身上，有一种静默的力量，这是一种实现人生价值的巨大的热情。凭着这种力量，从十四岁起便以轮椅为伴的蒋萌，终于在大千世界中，找到了一个属于他自己的位置，走出了一条属于他自己的路。

2006 年 8 月 25 日